Eu Quero
Crescer Mais
Uma Vez

Revele o melhor em você mudando percepções e reconstruindo padrões comportamentais.

Translated to Portuguese from the English version of
I Wanna Grow Up Once Again

> "O livro de Sumit Goel é muito relacionável e nos conecta com nosso eu interior; levando-nos a uma jornada de nossa própria evolução."
>
> – Anupam Kher

Dr. Sumit Goel

Ukiyoto Publishing

Todos os direitos de publicação a nível mundial são detidos por

Ukiyoto Publishing

Publicado em 2023

Direitos de autor do conteúdo © Sumit Goel

ISBN 9789358461268

Todos os direitos reservados.

Nenhuma parte desta publicação pode ser reproduzida, transmitida ou armazenada num sistema de recuperação, sob qualquer forma e por qualquer meio, electrónico, mecânico, fotocópia, gravação ou outro, sem a autorização prévia do editor.

Os direitos morais do autor foram respeitados.

Esta é uma obra de ficção. Nomes, personagens, negócios, lugares, eventos, localidades e incidentes são produtos da imaginação do autor ou usados de forma fictícia. Qualquer semelhança com pessoas reais, vivas ou mortas, ou com acontecimentos reais é mera coincidência.

A venda deste livro está sujeita à condição de não poder ser emprestado, revendido, alugado ou posto a circular de qualquer outra forma, sem o consentimento prévio do editor, sob qualquer forma de encadernação ou capa diferente daquela em que foi publicado.

www.ukiyoto.com

Para Dr. Sunil e Madhur Goel

... Quem iniciou minha jornada e crescimento

... Você vive na minha memória

Para Anamika, Mohit, Samreedhi, Samidha e Sparsh Goel

... Quem contribuiu para o meu crescimento

... Você vive em meu coração

For Namrata Jain, Preksha Sakhala, Niyati Naik, Komal Ranka

... Quem apoiou meu crescimento

... Você ilumina minha vida

Para Todos Vocês

... Vamos crescer juntos

Anupam Kher fala...

"Escrevi um livro sobre life coaching porque
Minha vida se tornou minha própria referência sobre como viver."

Nossas percepções nos definem. Nossas percepções determinam nossos padrões de vida. Simplesmente, mude suas percepções sobre si mesmo e a vida, você quebrará os padrões de seu comportamento e criará uma vida que você escolherá para si mesmo.

Pergunte a si mesmo – O que estou aprendendo com essa situação? Como isso me transformou? Como isso remodelou meu senso de propósito? O que ela me ensinou sobre a vida?

Quando você tenta, corre o risco de falhar. Quando você não tenta, você garante.

Lembre-se, tristeza e adversidade não devem ser desprezadas ou algo a ser temido; enriquecem o caráter humano. Eles nos inspiram com garra e fazem a vida valer a pena. *"A vida não é sobre sobreviver à tempestade, é sobre dançar na chuva."* Ao viver cada momento, devemos experimentar tristeza em momentos tristes e felicidade em momentos felizes.

Descubra-se e siga seu coração. Não se desespere, mas inspire-se na vida. E procure dentro de si essa centelha de inspiração. Não o peça emprestado. Um pouco de introspecção levará você a um longo caminho para a autodescoberta. Uma vez que o processo começa, você começará a encontrar as respostas para a maioria dos seus problemas, em vez de se sentir perseguido.

Veja os momentos difíceis como uma curva de aprendizado em sua vida. É a vontade de aprender com o nosso reverso que é a diferença crítica entre pessoas bem-sucedidas e não tão bem-sucedidas.

Eu quero crescer... Mais uma vez!

A vida não é o que pensamos que é e nem sempre vai de acordo com os nossos planos. A vida é o que fazemos dela. Cada provação nos ensina lições valiosas. Nossos pensamentos e mentalidade compensam muito a forma como percebemos o que vem pela frente. Então, dê a si mesmo essa chance. Faça o que você quer que seja. Não deixe que o medo domine seu espaço mental. Afinal, somos donos de nós mesmos.

Nossa resiliência na vida só pode se fortalecer quando abraçamos a mudança e gerenciamos positivamente esses desafios, em vez de esconder e ignorar as oportunidades que a mudança pode trazer em nossas vidas.

Aprender com o passado, reajustar, reavaliar e adaptar-se ao novo, sempre nos levará adiante com renovado entusiasmo e incutirá um novo entusiasmo pela vida. Todos nós desejamos viver vidas felizes, gratificantes e bem-sucedidas. Para conseguir isso, precisamos entender ativamente como e quando nos adaptar, o que deixar de lado e com quais lições aprender, para fazer as mudanças necessárias.

Assim, mudar a percepção; quebre o padrão!

O livro de Sumit Goel é um livro muito relacionável que nos conecta com nosso eu interior. Leva-nos numa viagem de evolução. Com o primeiro suspiro, o primeiro grito iniciamos a grande e longa jornada chamada Vida. À medida que crescemos, tentamos entender nossas vidas, a nós mesmos e ao mundo ao nosso redor. Esses entendimentos são nossas percepções. Nossa percepção se torna uma realidade para nós e a história de nossas vidas. Nossas percepções levam aos nossos padrões de comportamento. E, na maioria das vezes, esses padrões de comportamento são algo que achamos difícil de quebrar. E assim, seguimos a mesma rotina dia após dia. A gente se vê preso em loops, na vida. As histórias são diferentes, as situações são diferentes, mas nossos padrões permanecem os mesmos.

Quando olhamos para a nossa vida, às vezes desejamos viver tudo de novo. Este livro leva você através de uma jornada de transformação através dos três passos de consciência, aceitação e ação.

Acho que se você ri de seus problemas e conta ao mundo inteiro o que deu errado, você não pode se assustar com nada. Quando você faz o que ama e tem uma paixão profunda por isso, cada dia parece um feriado e um dia bem passado.

"Vamos nos apaixonar pelo processo de sermos a melhor versão de nós mesmos."

Como sempre digo...

A melhor coisa sobre você é você!

Seu melhor dia é hoje!

Eu sinceramente recomendo...

Eu quero crescer... Mais uma vez!

Mudar a percepção e quebrar o padrão

Anupam Kher

Ator Internacional,

Autor, Palestrante

Motivacional

Deixe a jornada começar

"Na infinidade da vida onde estou, tudo é perfeito, inteiro e completo."

– Louise Hay Todos nós queremos viver nossos sonhos e criar a vida que queremos.

Mas será que acontece do jeito que queremos?

Quando crianças, tínhamos muitas ambições. Prático ou impraticável não importava para nós. Nós gostamos de desempenhar esses papéis completamente. Podíamos jogar quem desejávamos ser.

Mas, à medida que crescemos, não nos sentimos... que se fosse possível... se pudéssemos rebobinar nossa vida e dissesse a nós mesmos – Eu quero crescer... Mais uma vez!

Então, o que nos impede agora?

É assustador pensar no que acontecerá se seguirmos nossos corações quando não parece muito prático. É assustador abrir mão da existência segura e previsível da vida rotineira. É assustador fazer o que achamos que não podemos fazer. É assustador pensar que podemos falhar. É assustador quando não sabemos por onde começar.

Frequentemente questionamos o significado ou propósito de nossa vida. Temos pensamentos "desanimadores" que parecem surgir do nada. A gente se sente diferente das outras pessoas. A falta de conexão com nossos sentimentos nos diferencia e nos dilacera. Quando nossas emoções são afastadas, sentimos uma sensação de vazio como se algo estivesse faltando dentro de nós, mas não conseguimos identificar o que é e achamos difícil nos conectar. Tentamos deixar de ser nós mesmos, de sermos incluídos em um grupo, na sociedade em geral. Queremos fazer amigos, fazer parte dos círculos sociais. Mas a gente acaba se sentindo sozinho.

Apesar da nossa ligação através da Internet, muitos de nós, paradoxalmente, sentimo-nos mais isolados do que alguma vez estivemos. O caminho para a realização, contentamento e empoderamento não é tão simples quanto ler alguns pontos positivos

Pensamentos. Para muitos de nós, mesmo aqueles que leram todos os livros de autoajuda, foram a seminários e praticaram as técnicas, sentem que algo está errado.

É porque olhamos para fora em busca de ajuda.

É assim que vivemos: estudar, fazer faculdade, fazer um trabalho que não gostamos, casar, ter filhos, poupar para a aposentadoria e, aos poucos, desistir. Podíamos jogar pelo seguro. Mas isso não é uma vida, isso é apenas existir. Mas não queremos viver assim.

Todos nós já fomos crianças, e ainda temos essa criança morando dentro de nós. Acumulamos mágoas, traumas, medos e raiva na infância. É importante lembrar que nossos pais fizeram o melhor que puderam com o nível de informação, educação e maturidade emocional que tiveram. Mas ainda assim, na parte mais profunda de nós, sentimos 'Algo não está bem'. À medida que crescemos, pensávamos que tínhamos deixado nossa bagagem emocional para trás. Achamos que somos maduros, somos adultos. Mas, em qualquer momento de nossa vida, nossa voz interior ainda nos diz – Eu quero crescer... Mais uma vez!

Este livro poderia ter sido o melhor presente para as crianças. Mas, infelizmente, ainda é cedo para que eles absorvam a intenção do livro.

Este livro destina-se aos adolescentes e jovens adultos, que estão no momento oportuno de viver a vida e 'crescer' para serem o que escolhem ser.

Este livro destina-se a todos os "maduros", que sentem que vivemos a nossa vida. Bem, não realmente, ainda temos um longo caminho a percorrer.

Isso é para todos nós... 'Nós, humanos!'

Este livro é uma "viagem interior" sobre como vivemos nossa vida até agora... e como escolhemos viver a partir de agora!

Ao escolhermos viajar por este livro, precisamos ter tempo para parar e refletir.

A primeira vez que este livro for lido, ele nos fará olhar para dentro. Haveria um ponto no livro, onde cada um de nós se sentirá... Essa é a minha história! A intenção é criar Conscientização.

Quando estamos conscientes de nossas percepções e padrões, haveria um desejo interior de ler este livro novamente. A intenção é a aceitação.

A intenção final é a Ação.

Não temos de encontrar o nosso caminho 'lá fora'. Já está esperando dentro de nós, esperando para se desdobrar. Tudo o que temos de fazer é dar o primeiro passo.

Escolhemos começar agora.

Como bem coloca Anupam Kher... Seu melhor dia é hoje!

Vai dar o primeiro passo?

Tudo sozinho

Estou sozinho, preso em uma ilha

Parece que meus entes queridos estão prestes a deixar minha mão Estou sozinho, perdido na floresta escura

Sinto que minhas emoções estão presas

Estou sozinho, vagando no oceano azul profundo Sinto que meu coração e alma perderam a conexão Estou sozinho, sentado olhando para o céu

Sinto que se tornou meu hobby chorar estou sozinho, em pé na multidão

Parece que eu quero me criticar em voz alta

Estou sozinho, intrigado com o quebra-cabeça dos pensamentos

Sinto que estou desorientada por distrações de todos os tipos Estou sozinha, meu coração dói de dor

Sinto que minha automotivação está indo em vão Estou sozinho, minhas pálpebras inchadas com os olhos secos Sinto que nunca vou recuperar mesmo se eu tentar

Estou sozinho, minha esperança foi embora

Sinto que estou em um túnel escuro sem o raio do sol Estou sozinho, carregando um coração partido

Parece que meu colapso está prestes a começar

Estou sozinho, não há desculpa nem razão Sinto que sou uma pessoa terrível

Estarei para sempre sozinho

Desejo Quero crescer... Mais uma vez

.

Confirmações

A história de cada um de nós é a história da humanidade.

Algumas almas apenas nos inspiram por sua existência.

Reconheço a todos que conheci nessa vida maravilhosa, a cada história que inspirou, a cada situação que me quebrou para me ajudar a me reconstruir. Expresso minha gratidão a todos vocês e espero sinceramente que este livro sirva ao seu propósito anímico.

Anupam Kher é uma instituição em si mesmo – multitalentoso e multifacetado, um ator, um autor e um verdadeiro motivador, que inspira por suas ações. O apoio dele duplica o meu entusiasmo.

Kashvi Gala e Niyati Naik foram meticulosamente os pilares de sustentação desde o início deste livro até a sua criação. Reconheço suas contribuições literárias neste livro.

Komal Ranka tem sido um verdadeiro amigo, motivador e crítico, mantendo-me sempre focado.

Mritsa Kukyan, Preksha Sakhala, Vini Nandu, Krisha Pardeshi pelo seu apoio genuíno, quando era mais necessário.

Parizad Damania, Jenil Panthaki, Divya Menon, Roopali Dubey, Vipin Dhyani, e a muitas pessoas que me abençoaram e oraram por mim, e compartilharam suas vidas e experiências!

Independentemente da fonte, expresso minha gratidão àqueles que contribuíram anonimamente para este trabalho através de conselhos, ensinamentos, artigos, blogs, livros, sites e experiências.

A Team Ukiyoto Publishing merece aplausos por seu profissionalismo, presteza, disciplina, organização e positividade!

Danke! Dhanyavad! Gracias! Merci! Obrigado!

Conteúdo

Seção 1: Percepções	1
Crescendo...	2
Percepções	13
Percepções de Solidão – "Psych-Alone"	18
Psych-Alone: 'Eu' da Tempestade	23
Psych-Alone: Estou bem	29
Psych-Alone: Eu não posso dizer não	34
Psych-Alone: Eu não sou bom o suficiente	40
Psych-Alone: Eu sou culpado	47
Psych-Alone: Eu Sou um Fracasso	52
Psych-Alone: Sinto muito	60
Psych-Alone: Eu sou um mentiroso	65
Seção 2: Padrões	75
Padrões	76
Padrões internos da criança	80
Padrões de Padrões Internos da Criança	87
Diálogo Interior e Salto no Tempo	90
Pensar Aberrações	99
Falácia da Equidade	109
Desligamento	116
Distorções	120
Especialidade	124
Os Traços Internos da Criança	128
Investigando nossos padrões	135
Seção 3: Alterar o Percepção, Quebre o Padrão	146
O Universo é um Pensamento!	147
A Jornada da Transformação	153
Gatilhos	161
Por que não fazemos	171
Segurando... Soltar	182
Retrocessos e Burnouts	192

Quebrando padrões	200
Basta fazê-lo...	205
Ator – Observador – Diretor – Produtor	214
Mindfulness: Vida em um Sopro	222
Mudou a percepção e quebrou o padrão	231
Tudo OK!	237
Um novo começo	238

Seção 1: Percepções

Crescendo...

"Porque em cada adulto habita uma criança que foi, e em cada criança reside o adulto que será."
"As infâncias nunca duram. Mas todos merecem um."
"É mais fácil construir filhos fortes do que reparar homens quebrados."
"Todos nós somos produtos da nossa infância."
– Michael Jackson

Crescendo... O primeiro ano

A infância é como um espelho, que reflete na vida após a morte as imagens que lhe foram apresentadas pela primeira vez. A primeira coisa continua para sempre com a criança. A primeira alegria, a primeira tristeza, o primeiro sucesso, o primeiro fracasso, a primeira conquista, a primeira desventura pinta o primeiro plano de sua vida.

Expressar emoções é a primeira ferramenta disponível para os bebês se comunicarem conosco. Eles expressam suas emoções através de sua postura, voz e expressões faciais desde o nascimento. Essas atitudes nos ajudam a adaptar nosso comportamento ao estado emocional do bebê. À medida que a criança cresce, ela evolui através de vários marcos emocionais e sociais. Desde a vida no útero materno até o processo de parto e começando como um recém-nascido sonolento, a criança logo se torna alerta, responsiva e interessada em interagir com as pessoas ao seu redor.

A capacidade dos bebês de diferenciar expressões emocionais se desenvolve nos primeiros seis meses de vida. Nesse período, eles têm preferência por rostos sorridentes e vozes felizes. Antes dos seis meses, eles podem distinguir a felicidade de outras expressões, como medo, tristeza ou raiva. A partir dos sete meses, eles desenvolvem a capacidade de discriminar várias outras expressões faciais.

O 1° Mês

Os recém-nascidos passam grande parte do tempo dormindo. Eles gostam de ser pegos e ficam animados por serem abraçados. Eles passam por vários estados de alerta. O estado de alerta silencioso é quando a criança está fofa e quieta quando olha nos nossos olhos, ouve a nossa voz, contempla o ambiente que a rodeia e se habitua ao ambiente. O estado de alerta ativo é quando o bebê se move com frequência, olha ao redor e emite sons. Os outros estados de alerta são choro, sonolência e sono. O choro é a única forma de comunicação da criança no início. O choro aumenta gradativamente nas primeiras semanas de vida.

O 2º Mês

A criança começa a demonstrar alegria, interesse e angústia por meio de expressões faciais. Eles movem a boca, as sobrancelhas e os músculos da testa de maneiras diferentes. As expressões faciais da criança refletem as emoções que ela está sentindo no momento e nunca são intencionais. Nos primeiros dois meses, a criança demonstra grande interesse pelos rostos dos cuidadores. Sua capacidade de manter contato visual aumenta constantemente. Eles têm uma preferência marcada por olhar para rostos em vez de objetos inanimados. A criança pode tentar imitar os gestos faciais de seus cuidadores ou abrir a boca muito amplamente. Isso significa que a criança percebe que há semelhanças entre ela e as outras pessoas ao seu redor. À medida que envelhecem, a imitação torna-se uma ferramenta crucial para a aprendizagem de novos comportamentos. Eles nos observam e aprendem com o que fazemos. Eles também começam a se interessar pelas conversas das pessoas e como as pessoas se revezam ouvindo e falando. Eles emitem sons quando falamos com eles e esperam que respondamos. Na verdade, se a criança está chorando, podemos distraí-la simplesmente falando com ela. É provável que seja a hora em que eles invadem seu primeiro sorriso "real"! Eles agora sorriem em resposta ao nosso sorriso. Inicia-se assim a comunicação face a face.

O 3º Mês

O choro da criança agora começa a desaparecer. As sessões de sorriso tornam-se cada vez mais animadas e alegres. Quando as coisas ficam muito intensas emocionalmente, elas Pare de olhar e olhe para longe por alguns instantes. Isso é aversão ao olhar e mostra que o nível de excitação da criança é alto. Eles começam a fazer sons sempre felizes e contentes. Eles gostam de nos imitar e nos fazer imitá-los.

O 4º Mês

A criança fica melhor em comunicar o que precisa. Eles jogam os braços para o alto para nos avisar quando querem ser pegos. Nós, por sua vez, ficamos melhores em descobrir o que seus gritos significam. Nessa época, a criança percebe nossas demonstrações de emoção, como tom de voz, expressões faciais e linguagem corporal. Imitam as demonstrações de emoção que veem. Se exibirmos emoções negativas, elas podem reagir de maneiras diferentes. Por exemplo, se demonstramos raiva, eles ficam chateados; se demonstramos tristeza, eles desviam o olhar e interagem menos; e se demonstramos medo, eles se tornam medrosos. Se as pessoas ao seu redor estão discutindo ou brigando, elas começam a captar as emoções angustiantes ao seu redor.

O 5º Mês

Outro marco encantador começa a ocorrer neste mês: a primeira risada da criança. Eles também começam a mostrar uma diferença na maneira como reagem a pessoas desconhecidas. Eles podem tolerar um estranho, mas podem agir silenciosamente em torno dessa pessoa. Preferem estar perto de pessoas que conhecem. A criança agora é capaz de demonstrar raiva e frustração por meio de expressões faciais. *Eles estão com raiva "no momento" e não com raiva de nós.* Se lhes oferecermos algo para comer que eles não querem, eles desviam a cabeça com um olhar de nojo no rosto. A criança está se comunicando conosco quando mostra como está se sentindo. Se eles comunicam tristeza ou frustração, precisamos resolver o problema para eles. Se estamos ficando frustrados com sua angústia, precisamos nos acalmar primeiro e depois acalmá-los de forma mais eficaz. Se formos sensíveis aos seus sentimentos, a longo prazo, eles serão mais capazes de lidar com emoções negativas, se comportar de forma mais cooperativa e serem mentalmente mais saudáveis.

O 6º Mês

A criança imita nossas ações e emoções com mais destaque. Se batemos palmas, eles tentam fazer isso também. Se sorrirmos, eles sorriem. Se franzirmos a testa, eles parecem tristes, ou podem até começar a chorar. Eles gostam de colocar a língua para fora quando o fazemos. A criança começa a virar a cabeça quando chamamos seu nome. Eles começam a seguir nosso olhar e prestar atenção no que estamos olhando. Esse é o início da atenção conjunta, que é a capacidade da criança de coordenar sua atenção com a nossa. Quando as coisas ficam muito intensas emocionalmente, eles fazem muitas ações, além de desviar o olhar. Eles podem virar a cabeça, arquear as costas, fechar os olhos, assustar, olhar para outra coisa, virar-se para nós, começar a chupar, bocejar, sinalizar ou começar a chorar. São indícios de que a criança é afetada.

O 7º Mês

Neste mês, a criança começa a apresentar outra emoção importante – o medo. Eles podem ficar chateados se virem um estranho se aproximando ou se ouvirem um barulho repentino e alto. Nós, por sua vez, podemos nos tornar bastante protetores e demonstrar cuidado com a criança se a virmos ficando com medo. Uma boa maneira de eles chamarem nossa atenção é fazer algum som. Peek-a-boo se torna um ótimo jogo para brincar com a criança!

O 8º ao 10º Meses

A criança agora apresenta expressões faciais que correspondem a todas as emoções básicas: interesse, alegria, surpresa, raiva, tristeza, nojo e medo. Essas emoções podem ser experimentadas uma de cada vez, mas mais frequentemente elas se misturam em muitas combinações diferentes. Por exemplo, se eles ouvem um barulho alto e repentino, eles podem mostrar surpresa e medo ao assustar e parecer assustados. Até essa idade, a criança pode sentir raiva, mas não pode estar "com raiva de alguém". Por volta de nove meses, eles estão apenas começando a ser capazes de interpretar as ações das pessoas. Eles entram em sintonia com as emoções das outras pessoas. Agora eles podem ler seus rostos e descobrir como estão se sentindo. Eles continuam a gostar de copiar os gestos e emoções de outras pessoas. Sua atenção conjunta melhora continuamente, e agora eles podem apontar para um objeto e garantir que o demos a eles. A atenção conjunta é crucial para o desenvolvimento e aprendizagem de línguas. Alguns podem parecer um pouco mais sérios ou menos relaxados com estranhos, outros mostram desconforto. A ansiedade estranha se desenvolve porque agora eles podem não apenas dizer a diferença entre pessoas familiares e desconhecidas, mas também desenvolveram um sentimento de medo. O medo pode ativar seu sistema de apego, e eles mostram isso tentando ficar fisicamente perto de nós. Eles não serão facilmente consolados por mais ninguém. Se não tiverem a certeza do que estão a fazer, procurar-nos-ão para nos tranquilizar.

O 11º e o 12º Meses

No final do primeiro ano da criança, eles se tornam mais independentes. Eles querem se alimentar e fazer outras coisas por conta própria. Aos 12 meses, eles ainda experimentam emoções de forma plena e com grande intensidade. No entanto, à medida que envelhecem, aprendem a regular suas emoções. Isso significa que eles começarão a experimentar suas emoções de forma mais branda. Eles encontrarão maneiras de lidar construtivamente com seus sentimentos. Por exemplo, se eles estão com medo, eles podem não chorar e ficar sobrecarregados como teriam quando eram mais jovens. Em vez disso, eles recorrem a um cuidador familiar para se tranquilizar.

Em algum momento dos últimos dois meses, é provável que a criança diga suas primeiras palavras. Com o passar do tempo, e em seus segundos anos e subsequentes, eles começam a se comunicar verbalmente. Este é um novo nível de comunicação, com palavras. Pela criança falar sua primeira palavra, ela já tem uma consciência de cerca de 15 mil palavras!

Entendendo as relações entre pais e filhos

A relação entre um pai e a criança é um vínculo único que nutre o crescimento e desenvolvimento holístico de uma criança. Ela estabelece as bases para seu comportamento, personalidade, traços e valores. Pais amorosos *criam filhos amorosos*. As crianças aprendem e se desenvolvem melhor quando têm relacionamentos fortes, amorosos e positivos com os pais e outros cuidadores. Relacionamentos positivos com os pais ajudam as crianças a aprender sobre o mundo.

Não existe uma fórmula para acertar essa relação entre pais e filhos. Mas se a nossa relação com o nosso filho é construída de forma calorosa, amorosa e Na maioria das vezes, a criança se sentirá amada e segura. Desde pesquisar vários estilos parentais até experimentar diferentes truques parentais, sempre vamos além para garantir que criamos filhos felizes e bem-sucedidos. Mas não importa o estilo que escolhemos usar, no final das contas, ainda se resume ao tipo de relacionamento que todos os pais têm com seus filhos. Quanto mais forte for a relação entre pais e filhos, melhor será a educação.

Papel dos pais

É por meio de relacionamentos amorosos e solidários entre pais e filhos que as bases para futuros relacionamentos saudáveis são formadas. Ser valorizado apenas por quem ele é, ajuda a construir a autoestima dos nossos filhos.

Papel de nutrir

Nutrir é cuidar das necessidades básicas da criança, como alimentação, saúde, abrigo, vestuário, etc., e também dar amor, atenção, compreensão, aceitação, tempo e apoio.

Através de nossas palavras e ações, comunicamos aos nossos filhos que eles são amados e aceitos. É importante entender que os pais precisam aproveitá-los e aceitá-los como são. Que sejam como são e não o que queremos que sejam. A educação saudável faz com que a criança se sinta bem consigo mesma, sinta-se amável e digna de ser cuidada, sinta-se ouvida, sinta-se compreendida e torne-se confiante. Eles sentem que podem enfrentar situações difíceis e enfrentar desafios porque estamos lá para apoiá-los.

Nutrir demais é ser excessivamente protetor e muito envolvido em suas vidas. As crianças tornam-se dependentes e perdem habilidades de enfrentamento. Subnutrir é estar emocionalmente distante e não estar adequadamente envolvido em suas vidas. As crianças sentem-se mal-amadas com problemas de confiança.

Função da estrutura

Estruturar é dar direção, impor regras, usar a disciplina, estabelecer limites, estabelecer e seguir com consequências, responsabilizar as crianças por seu comportamento e ensinar valores.

O objetivo é ajudar as crianças a desenvolver um comportamento adequado e aumentar o crescimento, a maturidade e a habilidade. A estruturação saudável faz com que as crianças sintam uma sensação de segurança de que as regras estarão em vigor quando não puderem controlar seus impulsos. Aprendem a lidar com frustrações e decepções, descobrem que o mundo não gira totalmente em torno deles, aprendem comportamentos responsáveis, aprendem com seus erros, ganham experiência na tomada de decisões e se tornam mais autossuficientes e capazes.

Estruturar demais é ser rígido e usar disciplina severa. As crianças podem se tornar passivas ou podem se rebelar. A subestruturação está tornando nossas expectativas e regras pouco claras e inconsistentes. As crianças sentem-se confusas e não aprendem a ser responsáveis.

Um "crescer" saudável envolve conduzir ambos os papéis com o equilíbrio certo entre eles, no momento certo e da maneira certa.

Padrões parentais

A boa parentalidade é responsabilidade de todos os pais e direito de toda criança. Existem várias razões pelas quais um pai pode ser emocionalmente negligente, que vão desde simplesmente não ter um modelo melhor de sua infância para não ter recursos emocionais suficientes devido a estar sobrecarregado ou sobrecarregado, para lutar com seu luto ou uma variedade de outros cenários. Nossos pais podem seguir estritamente um certo padrão ou talvez uma mistura de muitos e podem variar de ser muito saudável e amoroso ao mesmo tempo para ser disfuncional.

Pais autoritários

Todos os pais autoritários são emocionalmente negligentes, pois sempre escolheram suas regras e diretrizes em vez de buscar, conhecer e entender seu filho.

- Focadas em regras, são restritivas e punitivas.

- Criam seus filhos com pouca flexibilidade e altas exigências.

- Queira que as crianças sigam regras, mas não estejam inclinadas a ouvir seus sentimentos e necessidades.

- Não tolere qualquer desvio de suas regras, padrões e maneiras de fazer as coisas.

- Exija cumprimento inabalável e inquestionável.

Filhos de pais autoritários

- Crianças criadas por pais autoritários podem se rebelar contra a autoridade ou se tornar excessivamente submissas por medo de repercussão, vergonha ou abandono.

Pais Perfeccionistas

Pais perfeccionistas acreditam fortemente que seus filhos devem sempre fazer melhor. Elas percebem seus filhos como um reflexo de si mesmas.

- Tornam-se muito exigentes com seus filhos.

- São motivados por mais do que apenas percepções sociais sobre eles e a família.

- Muitas crianças superdotadas têm pais perfeccionistas.

- Esses pais nunca estão satisfeitos, estão sempre se esforçando e muitas vezes além de seu potencial.

Filhos de pais perfeccionistas

- Essas crianças muitas vezes crescem para serem perfeccionistas.

• Eles estabelecem expectativas irrealisticamente altas para si mesmos.

• Eles têm pouca inteligência emocional e maturidade.

• Eles também lutam para lidar com falhas e lutam com sentimentos de ansiedade de não serem bons o suficiente.

Pais Sociopatas

Os pais sociopatas são mais comuns e muitas vezes são mais vagos e menos óbvios. Eles tendem a ter bons empregos, famílias de aparência perfeita e são responsáveis.

• Parecem perfeitamente comuns, mas falta consciência e empatia.

• Talvez verbal e fisicamente abusivo.

• Tem dificuldade em assumir os erros e, assim, culpar tudo na criança.

• Manipular emocionalmente e magoar verbal e emocionalmente a criança e comportar-se como se nada tivesse acontecido.

Filhos de Pais Sociopatas

• A criança tende a ficar assustada, ansiosa e confusa.

• Eles têm dificuldade em se proteger e estabelecer limites apropriados por medo de retaliação.

• Eles carregam muita vergonha e culpa e se sentem ansiosos, inseguros e com medo.

Pais Permissivos

O que os pais permissivos não conseguem ver é que os filhos precisam de alguma estrutura, algumas regras e alguns limites em que, e contra os quais, para se definirem.

• Tenha uma atitude mais passiva em relação à criação dos filhos.

• Pais considerados "legais".

• Dificilmente impõem regras e limitações aos filhos.

Filhos de Pais Permissivos

•   A criança é incapaz de aprender mecanismos saudáveis de enfrentamento, disciplina e perseverança para lidar com as exigências do mundo real.

•   Eles têm dificuldade em estabelecer limites e limites para si mesmos ou para os outros na vida adulta.

•   Quando adultos, eles têm dificuldade em ver com precisão a si mesmos, seus pontos fortes, seus pontos fracos e o que devem buscar.

Pais narcisistas

Os pais narcisistas sentem que o mundo gira em torno deles. Normalmente, é tudo sobre as necessidades dos pais em vez da criança.

•   Parecem grandiosos e confiantes, mas são facilmente feridos e emocionalmente fracos.

•   Veja a criança como uma extensão de si mesma.

•   Pode ser tóxico para o desenvolvimento de uma criança e são experimentados como prejudiciais, exigentes e difíceis de agradar.

•   Pode ser bastante vingativo quando desafiado ou provado errado e dispensar julgamento severo e punição sobre seus filhos.

Filhos de Pais Narcisistas

•   Quando adultos, eles têm dificuldade em identificar suas necessidades e garantir que elas sejam atendidas.

•   Eles sentem que suas necessidades não são dignas de serem atendidas, são excessivas ou são muito exigentes com aqueles que os cercam.

•   Eles se sentem desconfortáveis em relacionamentos próximos.

Pais ausentes

Pais ausentes são aqueles que não estão presentes na vida da criança. Isso pode ser devido a uma variedade de razões, como morte, doença, longas jornadas de trabalho, viagens frequentes a trabalho ou divórcio.

•   Pais solteiros, viúvos ou sobrecarregados por causa de cuidar de outros membros da família tornam-se indisponíveis para a criança.

•   Recursos financeiros limitados podem fazer com que o pai trabalhe demais ou trabalhe fora de casa, mesmo por meses e anos, em que a criança tem que cuidar de si mesma.

• Esses pais podem estar tristes por perder alguém importante e são incapazes de se concentrar em qualquer outra coisa que não seja sua dor.

Filhos de pais ausentes

• Eles acabam se criando. O filho mais velho também pode criar os irmãos mais novos.

• Eles não discutem seus sentimentos dolorosos, pois não querem que os pais sejam sobrecarregados ainda mais com sua situação.

• Tornam-se excessivamente responsáveis. Quando crianças, parecem adultos, sobrecarregados de preocupação e ansiedade em relação à família.

• Eles são muito bons em cuidar dos outros ao seu redor. Mas têm muita dificuldade com o autocuidado.

Pais deprimidos

Pais deprimidos são como pais ausentes. Eles estão tão perdidos em seu estado de turbulência emocional que simplesmente não estão lá para a criança.

• Não estar no estado mental para ser pai de seu filho e ser sensível aos sentimentos da criança.

Filhos de pais deprimidos

• As crianças crescem sentindo que devem se comportar perfeitamente para não fazer seus pais se sentirem piores.

• Eles exigem demais de si mesmos e são incapazes de perdoar seus próprios erros.

• Eles não sabem como chamar a atenção de maneiras positivas, pois seu bom comportamento muitas vezes passou despercebido. O mau comportamento ganhou atenção, mesmo que negativa, foi melhor do que nada.

• Eles nunca aprendem a se auto-acalmar adequadamente e sofrer em consequência e podem se voltar para comportamentos aditivos.

Pais viciados

Os pais viciados estão perdidos em seu estado viciado – talvez álcool, narcóticos, trabalho, mídia social, jogos de azar e outros.

- Negligenciar seu filho quando ele está satisfazendo seu vício.
- Dificilmente preste atenção, quando a criança precisa.
- Indiretamente, enviar uma mensagem confusa para a criança por causa de seus comportamentos flutuantes.
- Pode ser egoísta e negligente e isso pode alternar com carinho e amor no momento seguinte.

Filhos de pais viciados

- A criança sente-se desconfortável e nervosa.
- Eles tendem a ser ansiosos, temem a mudança e o futuro, inseguros de si mesmos e do efeito que têm sobre os outros, e geralmente são inseguros.
- Eles são mais propensos a desenvolver vícios próprios.

Quando criada em tais famílias, a criança não tem outra opção a não ser ser a própria mãe e, muitas vezes, seus irmãos. As famílias podem estar enfrentando dificuldades e recursos limitados e a criança simplesmente não é bem cuidada. Eles podem ser excessivamente responsáveis e ter dificuldade em entender o que querem ou precisam. Isso os deixa com **percepções e padrões de se sentirem sozinhos, vazios e desconectados.** Eles têm dificuldade em falar por si mesmos, falar sobre temas difíceis por medo de perturbar a família e, muitas vezes, têm dificuldade em cuidar de si mesmos ou mesmo sentir que suas necessidades são válidas e dignas.

"Uma criança raramente precisa de uma boa conversa tanto quanto de uma boa escuta."

"Passei toda a minha infância desejando ser mais velha e agora estou passando minha vida adulta desejando ser mais jovem."

"Como seres humanos, todos nós amadurecemos fisicamente da infância para a adolescência e depois para a idade adulta, mas nossas emoções ficam para trás."

Percepções

"Não há verdade. Só há percepção."

"Há coisas conhecidas e há coisas desconhecidas, e no meio estão as portas da percepção."

"Quando mudamos nossa percepção, nossa experiência muda." "Sua percepção de mim é um reflexo de você."

"Não é o que você olha que importa, é o que você vê."

A percepção é um processo através do qual tudo neste mundo é interpretado e compreendido. Nossa percepção é baseada em nossos pensamentos e crenças, que definem a maneira como pensamos e, portanto, a maneira como agimos.

Percepção é como algo é considerado, compreendido ou interpretado. É o conjunto de processos que usamos para dar sentido a todos os estímulos que nos são apresentados. Nossas percepções são baseadas em como interpretamos essas diferentes sensações. O processo de nossa percepção começa com o recebimento de estímulos do nosso ambiente e termina com a nossa interpretação desses estímulos.

Quando se trata de nosso próprio eu, existem dois tipos de percepção: a maneira como *vemos a nós mesmos e ao nosso mundo e a maneira como os outros nos veem*. A única percepção sobre a qual temos controle é a nossa. A forma como percebemos nosso mundo influencia nossa atitude, que por sua vez afeta o que atraímos. Se percebermos um mundo de abundância, nossas ações e atitudes atraem abundância. Se percebermos que nossa vida carece do que precisamos, nos preocupamos mais em conservar o que temos do que em alcançar as coisas que queremos e precisamos. Nossos cérebros processam automaticamente o que nos preocupa como uma ameaça. Isso, então, muda nossa percepção e até mesmo nossa química corporal.

"O momento em que você muda sua percepção é o momento em que você reescreve a química do seu corpo."

A percepção não é sobre o que acontece, é sobre o que estamos prestando atenção e, em seguida, a maneira como interpretamos isso e, em última análise, como agimos ou reagimos a ele.

Complete a declaração – A vida é   .

A vida pode ser um desafio, uma aventura, uma provação, chata, horrível, tortura, maravilhosa ou qualquer coisa. Depende de nós como preenchemos esse espaço em branco. A questão é... A vida é realmente um desafio, uma aventura ou qualquer coisa que pensemos. A realidade é que não há realidade. Trata-se da nossa percepção do que é a vida para nós. *Nossa percepção se torna uma realidade para nós.* E vamos formando nossas percepções, essas percepções se tornam nossa versão da realidade e isso se torna a história de nossas vidas.

Felizes ou tristes, emocionantes ou maçantes, desafiadores ou derrotadores, interpretamos cada momento que passamos neste mundo. E nosso mundo é o que nossa mente diz que é. Então, em última análise, nossos pensamentos, crenças e comportamentos exercem a influência mais poderosa em nossa percepção de nossa vida.

Se percebermos que nossa vida é do jeito que desejamos, se nossas percepções são empoderadoras, é isso que vamos manifestar. Mas, se não, a percepção precisa mudar. Uma vez que decidimos mudar nossos pensamentos, então temos que decidir tomar as medidas para que isso aconteça. Então, se nos deparamos com uma situação desafiadora em nossos dias, pergunte – *eu percebo soluções e sucesso, ou percebo problemas e fracasso?* A escolha é sempre nossa.

Estágios de Percepção

Sensação e percepção são praticamente impossíveis de separar porque fazem parte de um processo contínuo. A percepção processa a estimulação sensorial e a traduz em uma experiência. O processo de percepção é inconsciente e acontece centenas de milhares de vezes por dia. A percepção ocorre em cinco estágios: estimulação, organização, interpretação-avaliação, memória e recordação. Como percebemos, o O cérebro seleciona, organiza e integra ativamente informações sensoriais para construir um evento.

Seleção do Estímulo

A cada momento de nossa vida, somos expostos a um número infinito de estímulos. Mas nosso cérebro não presta atenção em todos eles. O primeiro passo da percepção é a decisão consciente ou inconsciente de qual estímulo atender. Focamos em um estímulo, que se torna o estímulo assistido.

A seleção é o processo pelo qual atendemos a alguns estímulos em nosso ambiente e não a outros e é influenciada por nossos motivos, incentivos, impulsos ou impulsos para agir de determinada maneira. A seleção é frequentemente influenciada por estímulos intensos.

Efeito coquetel: É o fenômeno quando focamos seletivamente em um determinado estímulo e filtramos os outros estímulos da mesma forma que um frequentador da festa pode se concentrar em uma única conversa em uma sala barulhenta ou notar seu nome sendo falado em outra conversa. A atenção seletiva aparece em todas as idades. Os bebês começam a virar a cabeça para um som que lhes é familiar. Isso mostra que os lactentes atendem seletivamente a estímulos específicos em seu ambiente.

Organização

A organização, o segundo estágio do processo perceptivo, é como organizamos mentalmente as informações em padrões significativos e digeríveis. A capacidade de identificar e reconhecer é crucial para a percepção normal. Sem essa capacidade, as pessoas não podem usar efetivamente seus sentidos. A organização ajuda a perceber as coisas como uma unidade.

Uma vez que escolhemos atender ao estímulo, ele desencadeia uma série de reações em nosso cérebro. O cérebro constrói uma representação mental do estímulo, chamada de percepção. Um estímulo ambíguo pode ser traduzido em múltiplos preceitos, experimentados aleatoriamente. Embora nossa tendência a agrupar estímulos nos ajude a organizar nossas sensações de forma rápida e eficiente, ela também pode levar a percepções equivocadas.

Os esquemas perceptivos nos ajudam a organizar as impressões das pessoas com base na aparência, papéis sociais, interação ou outros traços, enquanto os estereótipos nos ajudam a sistematizar informações para que as informações sejam mais fáceis de identificar, lembrar, prever e reagir.

Interpretação-Avaliação

Após a etapa de seleção do estímulo e organização da informação, o próximo e vital passo é a interpretação de uma forma que faça sentido usando nossas informações existentes. Significa simplesmente que pegamos a informação que é sentida e organizada e a convertemos em algo que pode ser categorizado. Isso acontece de forma contínua e inconsciente. Ao colocar diferentes estímulos em categorias, podemos entender e reagir melhor ao mundo ao nosso redor.

Uma vez que as informações são organizadas em categorias, nós as sobrepomos às nossas vidas para dar-lhes significado. *A interpretação dos estímulos é subjetiva, o que significa que os indivíduos podem chegar a conclusões diferentes sobre os mesmos estímulos.* A interpretação subjetiva dos estímulos é afetada por valores, necessidades, crenças, experiências, expectativas, autoconceito e outros fatores pessoais. A experiência prévia desempenha um papel importante na forma como uma pessoa interpreta os estímulos. Diferentes indivíduos reagem de forma diferente aos mesmos estímulos, dependendo de sua experiência prévia com esses estímulos.

As esperanças e expectativas de um indivíduo sobre um estímulo podem afetar sua interpretação.

Se eu me considero uma pessoa atraente, posso interpretar olhares de estranhos (estímulo) como admiração (interpretação). No entanto, se eu acreditar que sou pouco atraente, posso interpretar esses mesmos olhares como julgamentos negativos.

Memória

As etapas de estimulação, organização e interpretação-avaliação são seguidas pelo armazenamento das informações interpretadas e avaliadas, conhecidas como memória. É o armazenamento tanto da percepção quanto da interpretação-avaliação. Nossa mente é 10% consciente e 90% subconsciente. Este A mente subconsciente é o banco de memória que armazena todas as memórias positivas e negativas.

Lembrar

Certos gatilhos podem levar a memória armazenada na mente subconsciente para o estado consciente. Quando estímulos semelhantes ocorrem, todo o ciclo de seleção, organização e interpretação-avaliação de estímulos, com base em um evento passado semelhante, acontece. Isso aumenta a memória já armazenada do evento anterior. Isso fortalece a memória de eventos semelhantes, o que acaba se tornando um padrão. Os gatilhos podem então facilmente recordar as memórias de eventos anteriores.

Estudo de caso

Rahul tinha 5 anos. Um dia, seu pai o repreendeu na frente de alguns convidados em casa por ser muito tímido e incapaz de recitar um poema que ele conhecia. Trancou-se no quarto, não comeu comida e chorou. No devido tempo, ele estava de volta à sua vida normal e talvez até tenha esquecido disso.

Ele começou a crescer para ser um aluno inteligente e se tornou o animal de estimação de seu professor. Mas, um dia, ele ficou com a língua amarrada quando lhe pediram para explicar algo na aula. Sentiu-se constrangido, voltou para casa, trancou-se e chorou. Já adulto, passou a evitar reuniões sociais e festas. Ele simplesmente não gostava e nem sabia o porquê. Ele ficaria quieto e diria a si mesmo – eu não sou bom o suficiente. Eu sou um fracassado. Não posso simplesmente me expressar na frente dos outros.

Vamos entender isso a partir da compreensão das percepções.

O que aconteceu – Rahul foi instruído a recitar um poema na frente dos convidados. Esse é o estímulo. Esse estímulo foi organizado e processado pelo cérebro. Ele não podia recitar. Foi interpretado por Rahul como constrangimento, diante dos outros. Isso se devia à sua natureza inata de ser tímido, bem como à sua sensibilidade à indignação.

O que realmente aconteceu foi que o pai de Rahul lhe disse para recitar um poema que ele não podia.

O que foi processado foi que ele foi repreendido *na frente de outras pessoas*. Isso foi retido no subconsciente de Rahul. Da próxima vez, um evento ou estímulo semelhante aconteceu, na frente do professor ou em uma reunião social, houve uma lembrança do passado subconsciente e uma percepção semelhante aconteceu de que ele estava envergonhado e ficou com a língua amarrada na frente das pessoas.

O que realmente aconteceu torna-se então insignificante. O que Rahul percebeu tornou-se sua realidade. E o que Rahul percebeu depois de uma série de eventos desse tipo foi que – eu não sou bom o suficiente. Eu sou um fracassado.

"Não vemos as coisas como elas são, nós as vemos como somos."

"As pessoas veem o que querem ver e o que as pessoas querem ver nem sempre é a verdade."

"A realidade é, em última análise, um ato seletivo de percepção e interpretação."

"Uma mudança em nossa percepção e interpretação nos permite quebrar velhos hábitos e despertar novas possibilidades de equilíbrio, cura e transformação."

Percepções de Solidão – "Psych-Alone"

"O que acontece em nós é mais importante do que o que acontece conosco."

Nossos pais foram treinados para serem pais enquanto cresciam?

Estariam eles tentando equilibrar seu passado e futuro, sua família e sociedade, seu bem e mal?

Eles estavam tentando nos transformar em sua réplica ou exatamente o contrário?

Fomos os canais para seus objetivos, ambições e desejos não realizados?

Eles foram curados internamente quando decidiram nos trazer a este mundo?

À medida que crescemos -

Será que nossos pais não nos amavam? Será que eles não se importaram conosco?

Eles nos negligenciaram?

Bem, a resposta é – Não, ou talvez sim – não sabemos, não podemos julgar, não podemos verificar ou confirmar sua intenção, ato ou versão da realidade.

Eles podem ou não ter nos negligenciado.

Mas poderíamos ter nos sentido negligenciados. E isso é importante. Tudo começa com a sensação de sermos negligenciados quando mais precisamos.

Tem tudo a ver com as nossas percepções à medida que crescemos. Percepção de Solidão é a sensação de estar sozinha, um sentimento de que ninguém pode me entender, ninguém pode ver minha dor, estou sozinha.

Solitário não é estar sozinho, é a sensação de que ninguém se importa. É um sentimento solitário quando alguém com quem você se importa se torna um estranho.

Estou caindo aos pedaços e ninguém sabe, não tenho com quem falar e estou sozinho.

Só quero sentir que sou importante para alguém.

Eu chamo isso de "Síndrome do Psiquismo Sozinho".

É o ciclone que existe dentro do nosso eu interior.

O ciclone que existe no ambiente externo é uma massa de ar de grande escala que gira em torno de um forte centro de baixa pressão atmosférica, que tem ventos espirais internos.

Da mesma forma, "Psych-Alone" existe em nosso ambiente, em torno de nossa percepção de solidão, acumulando experiências e fazendo percepções, espirais ao nosso redor ao longo de nossa vida

O que realmente acontece quando nos sentimos sozinhos é que nos abandonamos. Deixamos de cuidar de nossas próprias necessidades básicas, não nos valorizamos, não ouvimos nossos próprios pensamentos e não cuidamos de nosso eu físico, emocional ou espiritual. Trata-se da Síndrome Psych-Alone. 'Eu' abandonou 'Eu'.

O sentimento de Psych-Alone é, na verdade, uma experiência de infância invisível, sutil e não memorável.

É vivenciada quando sentimos que nossos pais não conseguiram responder o suficiente às nossas necessidades emocionais enquanto estávamos crescendo. Nossos pais provavelmente deram o seu melhor, em sua percepção. Não se trata do que é certo e do que é errado, não se trata do que é bom e do que é mau. *É a nossa percepção e a nossa expectativa.*

A experiência de negligência é diferente da experiência de abuso. O abuso é um ato parental; A negligência é a omissão dos pais.

Eles provavelmente não perceberam e responderam adequadamente aos nossos sentimentos. É um ato de omissão, não é visível, perceptível ou memorável. A negligência é o pano de fundo e não o primeiro plano. É insidioso e negligenciado enquanto faz seu dano silencioso. Ironicamente, até os pais reclamam – Estamos fazendo tudo o que podemos por nossos filhos, sustentando-os. Mas não conseguimos entender o que está dando errado.

É porque eles provavelmente passaram pelos mesmos sentimentos que cresceram.

Isso acontece na maioria dos lares, para a maioria das crianças, todos os dias. Muitos desses lares são amorosos e carinhosos de todas as outras maneiras. *Muitos pais emocionalmente negligentes geralmente não são pessoas ruins ou pais sem amor. Muitos estão, de fato, tentando ao máximo criar bem seus filhos.* A falta de resposta dos pais não é algo que nos acontece quando crianças. Em vez disso, é algo que *não acontece para nós* como uma criança. Muito mais tarde, à medida que crescemos, sentimos que algo não está bem, mas não sabemos o que é. Olhamos para a nossa infância em busca de respostas, mas não conseguimos ver o invisível. Então, facilmente assumimos e concluímos que algo está fundamentalmente errado conosco – *a culpa é minha, sou apenas diferente, não sou bom o suficiente.*

Sentimentos da Síndrome Psych-Alone

• Não sabemos do que somos capazes, nossos pontos fortes e fracos, o que gostamos, o que queremos e o que importa para nós.

• Sentimos uma sensação de vazio ou dormência.

• Temos dificuldade em dizer o que estamos sentindo.

• Somos simplesmente incapazes de falar sobre nossos problemas.

• Começamos a nos culpar. Temos vergonha de nós mesmos. A raiva se acumula e começamos a nos sentir culpados por tudo. Pulamos diretamente para a culpa e a vergonha sempre que um evento negativo acontece em nossas vidas.

• Sempre sentimos que algo está errado em nossa vida, mas não conseguimos identificar o que é.

• Negligenciamos a nós mesmos.

• Sentimo-nos solitários e sozinhos, mesmo quando rodeados por outras pessoas.

• Sentimos que não pertencemos, mesmo quando estamos com amigos e familiares.

• Sentimos que não seremos capazes de alcançar nosso potencial, no trabalho ou na vida pessoal.

• Tememos tornar-nos dependentes dos outros.

• Evitamos conflitos.

Em uma idade menor, não somos maduros o suficiente para entender e não somos treinados para nos expressarmos. Então, inconscientemente e inconscientemente, empurramos nossas emoções para baixo. Crianças que se sentem emocionalmente negligenciadas têm dificuldade em compreender suas próprias emoções quando adultas. Isso deixa um vazio, levando a sentimentos de estar desconectado, insatisfeito ou vazio.

A forma como nos percebemos quando criança determina como nos tratamos como adulto. Se recebermos validação emocional de nossos cuidadores na infância, geralmente somos capazes de fornecê-la aos nossos próprios filhos. Aqueles que não receberam o suficiente, lutam para fornecê-lo como pais.

Como isso aconteceu?

Quando nos sentimos sozinhos e negligenciados, nosso cérebro jovem construiu uma parede para bloquear nossos sentimentos. Dessa forma, poderíamos ignorá-los e suprimi-los. Dessa forma, nossa raiva, mágoa, tristeza ou necessidade não incomodariam nossos pais ou a nós mesmos. Agora, já adultos, estamos convivendo com nossos sentimentos do outro lado desse muro. Eles estão bloqueados, e podemos sentir isso. Em algum lugar no fundo sentimos que algo não está bem. Falta alguma coisa. Isso nos faz sentir vazios, diferentes das outras pessoas e, de alguma forma, profundamente falhos.

Tendo ido aos nossos pais para apoio emocional e validação quando criança, muitas vezes voltamos dolorosamente de mãos vazias e sozinhos. Então, agora é difícil a gente pedir alguma coisa para alguém, e a gente tem medo de esperar apoio e ajuda de quem quer que seja. Como crescemos com pouca consciência das emoções, agora estamos desconfortáveis a qualquer momento; Sentimentos fortes surgem em nós mesmos ou em qualquer outra pessoa. Fazemos o nosso melhor para evitar completamente os sentimentos, talvez até positivos.

Sentindo-nos falhos, vazios, sozinhos e fora de contato com nossos sentimentos, sentimos que não pertencemos a lugar nenhum. É difícil saber o que queremos, sentimos ou precisamos. É difícil acreditar que isso importa. É difícil sentir que *somos* importantes.

A Síndrome do "Sozinho em Casa" – A Criança Invisível

Às vezes, os pais estão tão ocupados em sua teia de lutas que não conseguem perceber o que a criança sente. É quando os pais não atendem às necessidades emocionais da criança. Isso inclui não perceber os sentimentos da criança e validá-los, não demonstrar amor, encorajamento ou apoio. A criança, então, se adapta à situação, escondendo os sentimentos, fracassos e conquistas e tende a se tornar invisível. Trata-se da síndrome do "Sozinho em Casa". Essas crianças geralmente não compartilham nada com seus pais, tanto os bons quanto os ruins, tendem a ser secretas e silenciosas, e geralmente não têm amigos próximos. A criança invisível sente-se solitária, mesmo quando rodeada de pessoas.

São pessoas que muitas vezes descrevem sua infância como "boa" e não são capazes de identificar nenhum déficit grave ou trauma que possa explicar sua tristeza, sua depressão, sua ansiedade ou qualquer outra queixa.

Evitar conflitos torna-se uma ferramenta fácil de permanecer invisível. É uma falta de vontade de discutir e brigar e pode ser prejudicial para um relacionamento a longo prazo. Não só nós e aqueles que nos são próximos somos incapazes de resolver problemas evitando-os; Além disso, a raiva, a frustração e a mágoa de problemas não resolvidos se acumulam e se acumulam, para irromper em grande forma mais tarde. Ficamos tão desconfortáveis com embates ou discussões que varremos os problemas para debaixo do tapete em vez de discuti-los.

"Queremos que os outros ouçam porque queremos ser ouvidos e compreendidos.

Quando os outros não estão ouvindo, sentimos que estamos sozinhos, indignos de atenção, e isso dói.

Pior ainda, estudos mostraram que a dor de se sentir sozinho é pior do que sofrer bullying."

O líder espiritual budista Thich Nhat Hanh disse que "o grito que ouvimos do fundo de nossos corações vem da criança ferida dentro".

Psych-Alone: 'Eu' da Tempestade

"As palavras 'eu sou' são poderosas.
Estamos declarando quem somos para o universo."
"Eu sou o homem mais sábio vivo,
porque uma coisa eu sei, e é que eu não sei nada".

– Sócrates

"Seu tempo é limitado, então não o desperdice vivendo a vida de outra pessoa.
Não fique preso ao dogma – que é conviver com os resultados do pensamento alheio."

– Steve Jobs

"A vida não é sobre se encontrar. A vida é sobre criar a si mesmo."

– George Bernard Shaw

Eu não deveria ter minhas próprias opiniões.

Fui punido quando tentava falar ou agir de forma diferente.

Disseram-me que exibir emoções como irritabilidade, raiva e ansiedade não é bom.

Eu não deveria chorar porque só pessoas fracas choram.

Fui repreendido, punido ou preso por não obedecer. Sou responsável pelos meus pais e pela felicidade deles.

Nunca tive sorte de receber abraços e beijos.

Crescendo... Com uma tempestade

O processo de "crescimento" da criança raramente é da forma que os pais planejaram ou sonharam. Nunca estamos confortáveis com o nosso passado, nunca satisfeitos com a forma como fomos criados. Daí a sensação : *quero crescer mais uma vez!*

Esse processo de crescimento provoca uma tempestade na vida da criança em crescimento, que experimenta e sente além de seu nível de compreensão e que está além de seu controle. Uma educação controladora geralmente envolve punições e recompensas ativas (a abordagem "cenoura e pau"), rejeição, "amor" condicional, infantilização, padrões injustos e muito mais.

Infantilização

Uma pessoa infantilizada é uma pessoa que foi tratada como uma criança, embora sua idade e capacidade mental não sejam as de uma criança. Esse tratamento é chamado de infantilização. *É quando os pais tratam seu filho mais jovem do que sua idade real ou agem com críticas excessivas quando se trata das habilidades de seu filho.* Eles tratam seus filhos como se fossem incapazes de lidar com responsabilidades apropriadas para a idade. A criança em crescimento começa a se sentir menos capaz, competente e autossuficiente do que realmente é. Isso é mais comum do que podemos imaginar. Isso acontece com pais superansiosos e aqueles que não confiam em seus filhos.

Isso faz com que a criança permaneça dependente, passiva e desmotivada, mesmo que os pais o tenham feito com boas intenções. A criança que é "cuidada" na verdade fica abaixo do nível de maturidade.

Faça isso corretamente. Você pode quebrá-lo. Você deve comer isso e fazer aquilo. Você não será capaz de lidar com isso. Sabemos o que é melhor para você.

A criança em crescimento, infelizmente, aprende a confiar excessivamente nos outros. À medida que crescem em relacionamentos adultos, tendem a ser dependentes e propensos a serem manipulados.

Desaprovação

A maneira como um pai olha para uma criança e as perguntas que eles fazem pode transmitir desaprovação. Quando os pais tendem a reprovar qualquer decisão tomada sem sua contribuição ou aprovação, eles estão tentando treinar seus filhos para executar todas as decisões dos pais primeiro. Isso cria e reforça a crença de que a criança não pode tomar suas próprias decisões.

Interferência

Alguns pais acreditam que têm o direito de interferir na vida privada de seus filhos adultos. Essa interferência pode incluir até mesmo sabotar os relacionamentos de seus filhos ou dizer-lhes com quem namorar e quais escolhas de carreira fazer. Para essas crianças, essa interferência cria conflitos em todas as áreas de suas vidas, pois seus pais se intrometem em amizades e relacionamentos amorosos.

Críticas excessivas

Comentários ofensivos são usados para minar a autoconfiança da criança, muitas vezes sob o pretexto de ajudá-la. As escolhas de roupas, o ganho de peso, a escolha da carreira ou do parceiro e outros aspectos da vida tornam-se sujeitos ao olhar crítico dos pais.

Punição

As crianças são rotineiramente punidas por fazerem travessuras, não obedecerem, contarem uma mentira ou até mesmo dizerem a verdade que deixa os pais desconfortáveis. Espancamento, tapa, trancamento, castigo físico não funcionam bem para corrigir o comportamento de uma criança. O mesmo vale para gritar ou envergonhar uma criança. O castigo, por uma questão de correção ou disciplina, é a forma dura de educar a criança. A criança pode fazer algo que os pais não gostam, então a criança é punida por ser "ruim".

A criança, então, não tem outra escolha a não ser ser punida. Aos poucos, a criança começa a acreditar que deve ser ruim, mesmo que não tenha feito nada de errado. Inconsciente e silenciosamente, a criança internaliza e aprende a se culpar, resultando em culpa crônica. Acreditam que são "maus" e merecem sofrer um castigo.

Recompensa

Mesmo que as recompensas sejam consideradas empolgantes, as recompensas podem funcionar como um suborno com repercussões negativas a longo prazo. Os pais podem parecer "motivar" a criança, recompensando-a pelo que querem que a criança faça. Mas não é assim. A criança pode não entender a importância da tarefa, mas ser pressionada a fazê-la em troca de uma recompensa.

Os pais podem "recompensar" a criança com uma barra de chocolate por uma tarefa rotineira feita pela criança. A criança aprende que, na vida, qualquer coisa sem recompensa não vale o esforço. Os pais devem explicar a relevância da tarefa de uma forma que entendam, em vez do suborno de solução rápida para fazer o trabalho.

'Aplicam-se condições'

Isso é punição passiva. A criança é punida por ser ignorada. Quando a criança cumpre, satisfaz e atende às necessidades dos pais, só ela recebe sua cota de amor e atenção. As verdadeiras necessidades, emoções e preferências da criança são invalidadas e a criança aprende a não ser ela mesma.

Expectativas irrealistas e normas injustas

É muito comum que as crianças enfrentem expectativas irreais e muito além de sua capacidade. Às vezes, espera-se que a criança cuide de um membro doente da família ou de um irmão mais novo. Aqui a criança se torna o pai, a criança que nem sequer experimentou as alegrias da infância é levada a sofrer o peso da vida adulta. Isso é inversão de papéis. Essa criança parece mais madura do que outras crianças, autossuficiente, que cresceu muito cedo. Isso faz com que a criança sacrifique os sonhos e as necessidades e comece a se sentir sozinha e excessivamente responsável.

Efeitos da tempestade... Dentro

- Sentir-se sozinho e sem ninguém para cuidar.
- Desenvolver baixa autoestima e estima.
- Sentir-se perdido, confuso, sem rumo, inseguro.
- Sem objetivos, interesses, ambições e impulsos autênticos.
- Sentir-se vazio sem ninguém por perto para validar nossa existência.
- Grave falta de senso de si.
- Autocuidado deficiente, automutilação, autoapagamento, agradar as pessoas, buscar aprovação.
- Nenhuma motivação intrínseca para fazer a maioria das coisas ou qualquer coisa.
- Desmotivação para fazer coisas que no passado levavam a se sentir magoado.
- Passividade e dependência.
- Uma necessidade de motivação.
- Ignorando nossas necessidades emocionais.
- Mentir, ficar calado, sorrir falso, frustração, raiva.
- Vícios e neurose.
- Doenças psicológicas e/ou físicas.

- Dificuldade em manter relacionamentos saudáveis.
- Negligência física, distúrbios alimentares (anorexia, obesidade), manutenção de uma dieta pouco saudável, problemas de sono e pesadelos.

"Estou bem"

"Não posso dizer não"

"Não sou bom o suficiente" "Sou culpado"

"Sou um fracassado" "Sinto muito"

"Sou mentiroso"

O ponto em comum nas afirmações acima é que elas estão todas na primeira pessoa que é o "eu".

Está tudo conectado e relacionado comigo, comigo mesmo.

São *percepções* que formamos de nós mesmos. Tem tudo a ver com o sentimento interior.

É tudo sobre o "eu" da tempestade, uma tempestade que continua girando e girando dentro de nosso próprio eu e nos define, nosso eu central, nossa maneira de ver o mundo e as pessoas e os acontecimentos ao nosso redor e nossas reações em relação ao mesmo.

A maneira como eu me olho é o que eu acredito que os outros pensam sobre mim. Trata-se de percepção que pensamos ser a realidade!!

Surpreendentemente, podemos nem estar cientes da tempestade dentro de nós à medida que crescemos, assim como o olho da tempestade. Muitas vezes somos incapazes de reconhecer nossa educação como problemática, mesmo na idade adulta. *Assim, achamos impossível entender a gênese do "eu" da tempestade!*

Citando um poema de *TCA Venkatesan, Ph.D.*

Ela saiu e olhou, Seu rosto estava calmo,

Sua mente em chamas, furiosa por dentro, uma tempestade.

Seu olho interior no centro, Escondendo de todos a raiva, Seu olho exterior brilhando,

Com a força de um vendaval, pronto para soprar tudo. Ela precisava de uma saída,

Para deixar suas emoções jorrarem, Para deixar suas palavras falarem verdadeiras, Seus pensamentos para fluir. Tentando fazer-se ouvir,

Suas palavras só atrapalharam, como ela deixa o mundo saber, sem desviá-los.

Para fazê-los entender, Que ela só quer dizer bem,

Se suas palavras são outra coisa, não foi isso que ela escolheu contar. Suas palavras não são suas,

Por eventos não controlados,

Eles são moldados por outros, que cobraram seu preço. Apenas seus sentimentos profundos,

Esses pensamentos internos são dela, mas quando eles saem,

Eles se transformam em outra coisa. Ela levou muito,

Mas sacrificou tanto, Quem vê o que levou,

Conseguem ver o que ela devolveu? Quem vai entendê-la,

Quem ficará ao seu lado, Quem enfrentará a tempestade, Quem navegará com ela?

Quem vai entrar dentro, Quem vai ver dentro, Quem vai ver a calma,

Quando a tempestade grassa lá fora. Rosto calmo, mente em chamas,

Ela saiu e olhou, Ela ainda está olhando,

Para ter sua paz compartilhada.

Psych-Alone: Estou bem

"O sorriso mais bonito esconde os segredos mais profundos. Os olhos mais bonitos choraram mais lágrimas. E os corações mais bondosos sentiram mais dor."

"Um sorriso pode significar mil palavras, mas também pode esconder mil lágrimas."

"Você pode fingir um sorriso, mas não pode fingir seus sentimentos."

"Um dia, quero que alguém olhe além do meu sorriso falso, me puxe para perto e diga: Não, você não está bem."

"Estou bem" e um sorriso fornecem a capa perfeita para alguém com Síndrome de Psych-Alone.

Como está?

Certos pensamentos passam pela minha cabeça. A pessoa que me pergunta isso está realmente interessada em saber como estou? Faria alguma diferença para ele saber como eu sou? Então, não adianta mostrar meu estado de espírito e emoções. Então, eu só sorrio. Não quero estragar o humor dele com meus problemas. Então, vou apenas dizer – estou bem. Na verdade, estou sem palavras além dessas três.

Espero que as pessoas entendam o que quero dizer quando digo que estou bem. Estou bem significa que não tenho coragem de dizer como me sinto.

Temo ser julgado. Você pode pensar que eu sou fraco. Não tenho certeza se você realmente se importa.

Sim, você vai tentar me motivar e comentar que todos nós nos sentimos assim.

Mas isso acontece comigo o tempo todo. Você vai ter tempo para me entender... completamente? Estou cheio de pensamentos e emoções negativas. Então, você realmente gostaria de saber – Como estou?

"Estou bem" na verdade significa "Eu realmente não estou bem".

Significa que precisamos de alguém que nos ajude a sair do nosso estado de espírito. Pode significar que precisamos de ajuda. Uma parte de nós diz que estamos bem e uma parte de nós está clamando por ajuda. São sentimentos que não podemos simplesmente colocar em palavras. Somente aqueles que se identificam com esses sentimentos podem realmente entender a dor por trás do "estou bem". Nossos instintos estão nos fazendo nos proteger da rejeição ou estamos apenas com medo.

Um sorriso e um sorriso sorridente escondem nossos sentimentos de todos. Um sorriso não apenas camufla nossos verdadeiros sentimentos dos outros; Ela nos permite esconder nossos sentimentos de nós mesmos.

Do sorriso real ao falso

Os recém-nascidos se expressam e não reprimem seus sentimentos. Eles sorriem e choram, riem e choram para comunicar o que sentem. Se estão felizes, sorriem, riem, exclamam em pura alegria e sentem-se animados, motivados, curiosos e criativos. Se estão magoadas, choram, se desengajam, se irritam, buscam ajuda e proteção e se sentem traídas, tristes, assustadas, solitárias e desamparadas. Eles não se escondem atrás de uma máscara. À medida que envelhecem, começam a se expressar com palavras. As crianças falam sem filtros. O que está dentro, se expressa para fora. Mas, se o que é expresso para fora não é notado, reconhecido e compreendido. Imagine pedir ajuda aos nossos pais, mas, por qualquer motivo, eles não estavam lá.

O que aconteceu com você?

O que aconteceu na escola hoje? O que você quer?

Ao não se deparar com essas questões de cuidado, a criança passa a assumir que sentimentos, desejos e necessidades pessoais não importam. Depois de algum tempo, a criança para de esperar e para de expressar. Ninguém realmente se importa de qualquer maneira! A única expressão que parece resolver tudo é I am Fine, com um sorriso "doce". As crianças, à medida que crescem, entendem por padrão e experimentam que a mentira, a desonestidade, a insinceridade, a inautenticidade são normais.

"Estou bem" é a resposta mais segura que normalmente não suscita mais perguntas ou comentários. A maioria de nós anda por aí dizendo que está "bem" todos os dias.

Estou apenas sendo educado

"Como você está" é a pergunta padrão feita e "Estou bem" é a resposta padrão dada quando duas pessoas se encontram. É uma troca de cortesias. Nenhum dos dois significa o que dizem ou atribuem qualquer peso a isso.

Não sei como realmente me sinto

Muitas vezes, temos dificuldade em compreender e descrever nossos sentimentos. Então, dizemos "tudo bem" para evitar mais perguntas ou fazer com que o asker se sinta desconfortável.

Ninguém entenderia como estou realmente me sentindo

A maioria de nós não deseja projetar nossa mágoa nos outros. A depressão e a dor muitas vezes vêm com vergonha. Falar sobre isso mostraria nossa vulnerabilidade, que pode parecer desconfortável e ameaçadora.

Não quero falar sobre isso

Falar sobre sentimentos pode parecer a abertura de feridas. Compartilhar com alguém que não tem empatia ou compreensão é desanimador e alimenta ainda mais o sentimento de vergonha.

Crescer rápido demais

"Crescer rápido demais" ou "Ser maduro para a sua idade" na verdade não é crescer. E definitivamente não é a maneira certa de crescer.

Quando nos sentimos sozinhos, quando nos sentimos emocionalmente negligenciados, quando nos dizem para crescer e assumir, com pouca ou nenhuma orientação ou apoio, ou quando entramos em inversão de papéis, nos tornamos "pequenos adultos" que, não só podem cuidar de nós mesmos, mas também cuidar de nossos pais, irmãos, amigos ou outros membros da família.

A criança em crescimento sorri. E os pais sentem que seu filho é maduro o suficiente para lidar com as coisas mais difíceis da vida. Atribuem responsabilidade injusta e padrões irrealistas à criança. Espera-se que a criança execute uma tarefa sem que ninguém realmente a ensine como fazê-la ou que se espera que ela seja perfeita, e se, naturalmente, ela é imperfeita, então recebe duras consequências negativas por isso.

Eu tenho que ser forte. Sob o pretexto de ser forte, a verdadeira fraqueza está escondida dentro. Isso nos desconecta do nosso estado imobiliário. Tentamos parecer emocionalmente fortes e alguém em quem se possa "confiar". Não percebemos que precisamos de um ombro para nos apoiarmos.

Eu tenho que fazer tudo sozinho. Assumimos que é nossa responsabilidade cuidar dos outros e que ninguém estará lá para nos ajudar. Não queremos pedir ajuda e tentar fazer coisas muito além da nossa capacidade. Acabamos sendo workaholic e nos sentimos solitários, isolados, desnecessariamente desconfiados e que "estamos sozinhos contra o mundo".

O que escondemos atrás de um sorriso são

- Mau autocuidado ou mesmo automutilação.
- Workaholism.
- Tentando cuidar de todo mundo.
- Agradar as pessoas.
- Problemas de autoestima.
- Constantemente tentando fazer mais do que somos fisicamente capazes.
- Ter padrões altos e irrealistas para nós mesmos.
- Falsa responsabilidade.
- Estresse crônico e ansiedade.
- Falta de proximidade nas relações.

Estou bem

E você me pergunta como eu estou. E você gostaria de ouvir
que está tudo bem. E como eu quiser.
Como eu gostaria de poder dizer que não sou. Mas mantenho o velho ditado.
"Estou bem".
Um amigo me pede para descrever meu humor com a ajuda de uma cor.
Quem me dera que fosse fácil.
Para lhe dizer como as cores tinham desaparecido e
como todos pareciam iguais.
De um preto a jato para um vermelho brilhante,
todos eram iguais.
Eu gostaria de poder falar com você. Por muito tempo.
Mas então, de alguma forma, sinto que não deveria.
Afinal, todos nós temos uma vida para manter nos trilhos.

Ouço músicas para sair. Eu falo. E eu percebo.
Como estou ficando terrível em fingir. Você tenta.
Para me tirar das coisas, me diga para parar de pensar, pensar e tal.
Mas sabe de uma coisa?
Não é fácil colocar em palavras todas as vezes.
Não é fácil construir metáforas a partir de histórias que estão morrendo.
Não é fácil revestir tudo o que essa mente pensa. E, às vezes,
você está ciente disso. Mas você ainda pergunta. "Você está bem"?
E ainda vou dizer "estou bem".

Psych-Alone: Eu não posso dizer não

"As palavras mais antigas e curtas – 'sim' e 'não' – são as que exigem mais reflexão."
"NÃO é uma sentença completa. Não requer uma explicação a seguir.
Você pode realmente responder ao pedido de alguém com um simples não." "Liberdade real é dizer 'não' sem dar uma razão." "O tom é a parte mais difícil de dizer não."
"Metade dos problemas desta vida pode ser atribuída a dizer sim muito rapidamente e não dizer não o suficiente."

"NÃO-O-FOBIA"

Não – Duas letras minúsculas.

Muitas vezes, pensamos "não", mas surpreendentemente deixamos escapar "sim". Quando foi a última vez que dissemos "não" a alguém?

Não me lembro!

Ah, sim, lembro-me de dizer sim – no trabalho, em casa, aos amigos, ao meu vizinho, aos convites sociais!

Para alguns de nós, dizer "sim" é um hábito, uma resposta automática. Para outros, dizer "sim" torna-se uma compulsão.

Por que é tão importante agradar a todos, a ponto de nos odiarmos e nos sentirmos 'covardes'?

Dizer não não significa que você é uma pessoa ruim.

Dizer não não significa que estamos sendo rudes, egoístas ou indelicados.
Não – Uma palavra poderosa.

Não, eu quero esse brinquedo.

Não, eu não quero comer esses vegetais.

Quando criança, é tão fácil dizer NÃO. Então, à medida que crescemos, de alguma forma perdemos o poder de dizer não. Dizemos sim a coisas que não queremos fazer, passamos tempo com pessoas que drenam nossa energia, favores que não queremos fazer, e assim por diante.

Quando crianças, éramos sem filtros. O que estava dentro, foi expresso verbalmente. Mas, à medida que crescemos, fomos levados a aprender que dizer não era indelicado ou inadequado. Se disséssemos não à mãe, ao pai ou à professora, era considerado grosseiro, porque feriria o ego deles.

"Sim" era a coisa educada a dizer.

Como adultos, mantemos nossa educação infantil e continuamos a associar não a sermos desagradáveis, mal-educados ou egoístas. Dizer não vai nos fazer sentir culpados, ou envergonhados, e acabamos nos sentindo rejeitados e sozinhos.

"A opinião deles sobre mim é mais importante do que a minha opinião sobre mim."

Se vivermos nossa vida dependendo da aprovação de outras pessoas, nunca nos sentiremos livres e felizes.

Por que não podemos dizer não

Nosso maior medo é a rejeição. Se disséssemos não, iríamos decepcionar alguém, deixá-lo com raiva, ferir seus sentimentos ou parecer indelicado ou rude. Fazer com que as pessoas pensem negativamente em nós é a rejeição final. Se os outros dizem, o que pensam de nós importa muito para nós. A incapacidade de dizer não está diretamente ligada à necessidade de buscar a aprovação dos outros. E assim, achamos difícil dizer não.

Outra razão importante pela qual não podemos dizer não é que não temos ideia do que queremos da vida. Não temos ideia do que é a nossa coisa. A coisa que realmente nos faz 'felizes'. O que nos dá uma profunda sensação de satisfação. A coisa que alimenta a nossa alma. Então, a gente diz sim para tudo.

- Queremos evitar conflitos.
- Não queremos parecer indelicados.
- Sentimo-nos lisonjeados por receber essa oportunidade especial.
- 'Se eu disser que não, quem vai fazer?'
- "Ninguém pode fazer isso tão perfeitamente quanto eu, então eu deveria fazê-lo."
- Queremos ser valorizados.

Está enraizado na infância, onde não sentíamos que poderíamos obter amor simplesmente por sermos nós mesmos. Tínhamos que conquistá-lo agradando aos outros.

- Parentalidade rigorosa, onde fomos recompensados por atender às expectativas de nossos pais e punidos por recusar.

- Parentalidade ambígua, 'cool' num momento, depois 'rude' no momento seguinte, onde decidimos que era melhor dizer sim.

- Parentalidade perturbada, onde os pais têm um relacionamento difícil ou estão estressados, onde concordar era a melhor maneira de reduzir sua carga.

- A parentalidade insegura é quando o pai usa a criança para elevar sua autoestima, onde a criança é pressionada a fazer com que o pai se sinta bem.

A maioria das crianças busca o amor e a atenção dos pais e recusar o que um dos pais pede não é o caminho para obtê-lo. Não fazer o que um pai pede leva a que sejam retirados privilégios que continuam na adolescência.

Quando chegamos à idade adulta, a maioria de nós sofre de ansiedade apenas com o pensamento de dizer "não". Vamos perder uma promoção no cargo? Estaremos fora do grupo social legal? A resposta é certamente um "não".

Não posso dizer não... A que custo

Nunca dizer não tem um preço muito alto.

- Dizer sim pode ser uma forma de autossacrifício que nos afasta de saber quais são nossos desejos e necessidades.

- Dizer sim sempre pode parecer fortalecer os relacionamentos. Mas, a longo prazo, começaremos a nos sentir manipulados, resultando em perda de respeito e enfraquecimento do vínculo.

- À medida que começamos a dedicar mais tempo e energia aos outros do que a nós mesmos, nos esgotamos mais cedo.

- A frustração ocorre quando nos afastamos de alcançar nossos objetivos e criar a vida com a qual sonhamos.

- Quanto mais tempo gastamos fazendo coisas para os outros, menos tempo temos para nós mesmos e menos tempo para fazer o que queremos. Isso leva a um desequilíbrio na priorização.

- A falta de comunicação assertiva faz com que nos sintamos mal conosco mesmos e leva à baixa autoestima.

- Enfim, é possível eventualmente nem saber o que queremos. Ficamos entorpecidos de fazer o que os outros querem. Até esquecemos o que gostamos e odiamos e esquecemos quem realmente somos.

Ser Assertivo

O que acontece quando somos muito passivos?

- Dizemos "sim" quando não queremos.
- Não cuidamos de nós mesmos, pois estamos ocupados demais cuidando dos outros.
- Ficamos esgotados emocionalmente em dar e não receber.
- Não somos apreciados.
- As pessoas se aproveitam da nossa bondade.
- Pedimos desculpas por coisas que não causamos.
- A gente se sente culpado.
- Passamos tempo com pessoas que não gostamos.
- Evitamos conflitos.
- Comprometemos nossos valores.

Ajudar os outros é uma coisa boa. Mas alguns de nós fazemos isso a ponto de nos prejudicarmos, só porque não somos assertivos. Precisamos de reabastecimento emocional e espiritual. Quando damos ou deixamos que as pessoas nos tirem sem encher o tanque por meio do autocuidado e de relacionamentos satisfatórios, acabaremos exaustos e ressentidos.

O que atrapalha a assertividade?

Que medos estão nos impedindo de sermos mais assertivos? Que resultado desagradável pode acontecer se formos mais assertivos?

Temos medo de ferir os sentimentos das pessoas, temos medo da rejeição ou das pessoas saírem de nossas vidas, temos medo do conflito, temos medo de sermos vistos como difíceis, temos medo de que nossas necessidades não sejam atendidas mesmo que peçamos.

A barreira para a comunicação assertiva é a confusão entre assertividade e agressividade. Assertividade não é gritar ou discutir. A comunicação assertiva tem base na comunicação respeitosa. É comunicar de forma clara, direta e respeitosa nossos pensamentos, sentimentos e necessidades, sem ser grosseiro.

Cometemos o erro de esperar que as pessoas saibam o que queremos e o que não queremos. Não é justo esperar que eles saibam disso. Temos que dizer. Assertividade é uma habilidade. Quanto mais praticamos, mais fácil se torna.

A comunicação assertiva promove o respeito. Respeitam aqueles que se defendem e pedem o que querem ou precisam, ao mesmo tempo que respeitam os outros. A assertividade também aumenta o auto-respeito. Começaremos a valorizar nossos sentimentos e necessidades em vez de ignorá-los. Isso aumenta as chances de ter nossas necessidades atendidas. Melhora o calor na relação.

Como dizer não

Tendemos a nos concentrar em outras pessoas e seus problemas a ponto de obsessão. Em vez de nos concentrarmos em coisas que não podemos controlar, precisamos nos concentrar no que podemos controlar e aprender a aceitar o que não podemos.

Ao nos concentrarmos em coisas sobre as quais podemos fazer algo, podemos ser mais eficazes, fazer mais e nos sentir mais satisfeitos em nosso trabalho e vida pessoal.

- Seja assertivo, direto e inequívoco. Diga – "Não, não posso, não quero".
- Seja educado – "Apreciado, obrigado por perguntar."
- Evite dizer – "Vou pensar nisso" se você não quiser fazê-lo. Isso apenas prolonga a situação, levando a mais estresse.
- A rigor, não minta. A mentira leva à culpa e ao azedar das relações.
- Não peça desculpas e dê desculpas e motivos.
- Pratique dizer não.
- É melhor dizer não agora do que ficar ressentido depois.

Nossa autoestima não depende do quanto fazemos por outras pessoas.

"Você ensina as pessoas a te tratar, decidindo o que você vai ou não aceitar."

"Às vezes, 'não' é a coisa mais honrosa e respeitosa que você pode dizer a alguém."

"Aprendi a dizer NÃO. Agora não me sinto mais preso, ressentido ou culpado. Em vez disso, me sinto empoderada e livre."

"Lembre-se, quando você diz não aos outros e coisas que não quer, você está dizendo sim para algo melhor – você mesmo."

Psych-Alone: Eu não sou bom o suficiente

"Você vem se criticando há anos e não deu certo.
Tente se aprovar e veja o que acontece."

– Louise Hay

"Ninguém pode fazer você se sentir inferior sem o seu consentimento."

– Leonor Roosevelt

"Por que não sou bom o suficiente?", gritamos para nós mesmos após o que chamamos de perda – um coração partido, um teste fracassado, uma rejeição do que queríamos ou merecíamos. Nenhum ser humano é "bom demais" para o outro. Passamos por experiências no dia a dia em que sentimos que demos o nosso melhor à vida, trabalhamos duro, nos esforçamos muito, mas ainda sentimos que não somos bons o suficiente. A gente se bate constantemente achando que ainda precisamos ser mais, fazer mais, ser melhor, fazer melhor. Não pegamos um pensamento negativo, o entendemos de forma realista e o transformamos em um pensamento empoderador. Pegamos o pensamento negativo, ampliamos e olhamos para o pior cenário. Estendemo-la ao ponto de parecer que a vida está a desmoronar-se.

É tão fácil ser arrastado pelos nossos próprios pensamentos. Não é bom o suficiente como uma criança para nossos pais. Não é bom o suficiente como pai para nossos filhos. Não é bom o suficiente nos relacionamentos. Não é bom o suficiente no que fazemos. Não é bom o suficiente para o nosso trabalho. Não é bom o suficiente em nada.

Não precisamos ser a pessoa mais atraente, a mais inteligente, a mais apta ou a mais criativa do mundo para sermos dignos. Não somos os únicos que estão sentindo esses sentimentos. Todos nós duvidamos de nossa própria autoestima repetidas vezes. Tais pensamentos, combinados com as pressões e o estresse do mundo de hoje, podem destruir nossa confiança e autoestima.

Sinto que não sou bom o suficiente... Não estou à altura dos padrões...

Sinto que os outros são muito melhores do que eu...

A Gênese do "Eu não sou bom o suficiente"

Ela está enraizada tão profundamente em nós que simplesmente não podemos abalar o sentimento. Como acontece com outros sistemas de crenças autolimitados, isso também está enraizado em nossos anos de crescimento.

Os bebês são muito impressionáveis e absorvem facilmente o ambiente ao seu redor. A única emoção que é importante é ganhar amor e carinho das pessoas ao seu redor. Qualquer outra emoção ainda lhes é estranha. Eles só querem ser amados, cuidados e acariciados. Eles não têm compreensão, maturidade e consciência cognitiva das discussões que ocorrem entre os pais, do ambiente que cerca a criança. Em famílias disfuncionais, a criança não entende por que os adultos se comportam da maneira que se comportam.

Subconscientemente, a criança em crescimento internaliza os pensamentos – 'Meus pais não me amam, porque eu não sou boa o suficiente. Se eu fosse melhor, isso não estaria acontecendo". "Se minhas notas fossem melhores, meus pais se sentiriam tão orgulhosos e não lutariam." "Se eu obedecesse, eles ficariam menos estressados." "Se eu ajudasse minha mãe, ela ficaria muito feliz."

As crianças, sem saber, racionalizam e centralizam as questões em seu ambiente para si mesmas. "Se eu fosse bom o suficiente, meu mundo seria muito melhor." Eles internalizam que, não importa o que façam, não podem resolver os problemas de seus pais. Eles são crianças, e esse não é o problema deles para consertar, mas eles ainda não sabem disso. Então, eles continuam tentando. *Infelizmente, os pais em famílias disfuncionais culpam seus filhos ou projetam em seus filhos os sentimentos ruins que os pais estão sentindo no momento.* Eles até amaldiçoam a presença de seu filho como a fonte de seu infortúnio. *A criança acaba carregando a bagagem emocional da família.*

Nós, pais de nossos filhos, da mesma forma, fomos pais. O sentimento internalizado de que 'não sou bom o suficiente' se torna mais forte. A criança, que agora cresceu para ser mãe, agora diz: 'Eu não sou um pai bom o suficiente'. As mensagens negativas não podem ser "desfeitas" por simples afirmações ou convencer-nos de que estamos bem. Precisamos descobrir o trauma mais profundo embutido na criança, agora um adulto, e liberá-lo.

Atelofobia

Atelofobia é o medo de não fazer algo certo ou o medo de não ser bom o suficiente.

Em palavras simples, é um medo da imperfeição. A palavra atelofobia é composta por duas palavras gregas: Atelo significa imperfeito e fobia significa medo. Pessoas com atelofobia geralmente desenvolvem depressão ou ansiedade quando as expectativas não correspondem à realidade.

•   Um atelófobo se preocupa que o que quer que esteja fazendo não esteja bem, inaceitável ou completamente errado. Tarefas cotidianas, como seu trabalho rotineiro, seus estudos, fazer uma ligação, escrever um e-mail, falar na frente dos outros podem ser uma provação. Eles temem estar cometendo algum tipo de erro e falhando em sua tarefa. Este é um terreno fértil para a autoconsciência extrema e sentimentos de ser constantemente julgado e avaliado.

•   Atelophobes inconscientemente fazem da perfeição seu objetivo. Este objetivo é, na maioria das vezes, evasivo e raramente é alcançado. Isso deixa a pessoa miserável, inútil e ineficaz na vida. Ele perde progressivamente mais autoconfiança e autoestima, reforçando a crença de que nunca pode fazer nada certo.

•   Pessoas com tais sentimentos podem ser tão inteligentes e talentosas quanto outras, mas seu potencial é mascarado pela sensação de não ser bom o suficiente. Optam por não competir com ninguém, nem aceitam desafios.

•   Os alunos, mesmo tendo concluído os estudos para os exames, continuam a rever e a rever e acabam frustrados. Acreditam que não são "perfeitos" e nunca estão satisfeitos. Esse medo da imperfeição pode inibir as pessoas de fazer qualquer coisa produtiva porque elas temem não fazer certo e decepcionar e decepcionar as pessoas ao seu redor, bem como a si mesmas.

•   Alguns atelophobes temem a imperfeição a um ponto que sentem que devem garantir que cada tarefa que executam seja feita em seu grau percebido de perfeição. Isso se manifesta em perfeccionismo e tendências do TOC. Essas pessoas estão aglomeradas de preocupação, medo e apreensão.

Causas e padrões

Somos irracionais por natureza, e somos o resultado de todas as experiências que nos moldam. É importante considerar as causas profundas desses comportamentos e pensamentos irracionais para poder trabalhar neles.

Experiências da infância

As experiências que temos na infância moldam a maneira como pensamos sobre nós mesmos e sobre o mundo ao nosso redor. Talvez nos tenham dito ou nos tenham feito perceber que não éramos bons o suficiente. O cuidado, o amor e a aprovação que uma criança precisa e espera às vezes faltam. Nem sempre porque os pais não dão, mas principalmente porque têm uma definição diferente do mesmo. Pode ter sido apenas que nossos pais não eram bons em amar devido a suas próprias questões não resolvidas. A presença de um irmão e o amor dividido podem piorar o sentimento. Nos primeiros sete anos de vida, uma criança precisa absolutamente de amor incondicional e de poder confiar no cuidador principal. Se isso não acontecer, acabamos com o "apego ansioso", que envolve nunca confiar em nós mesmos ou nos outros e falta de confiança.

Medo da rejeição

Construímos muros à nossa volta porque temeros ser rejeitados e não apreciados pela forma como somos. Assim, não ser bom o suficiente para alguém se torna uma desculpa. Temos medo de deixar as pessoas entrarem em nossas vidas interiores.

Experiências desagradáveis anteriores

Sentimentos de não ser bom o suficiente podem ser resultado de uma experiência, especialmente em relacionamentos anteriores. Muitas vezes, nosso cuidado, amor e carinho não são correspondidos, provavelmente era uma expectativa unilateral. Isso pode ser devido a uma falta de autoconfiança e confiança, mas também pode ser porque nosso parceiro não éfazendo a parte deles para nos sentirmos seguros. Às vezes, nosso parceiro pode não nos dar o apoio emocional e a segurança necessários em um relacionamento. Em vez de esperar mais deles, concluímos que a causa dos problemas está dentro de nós. Isso é generalizado sobre nossas outras relações no presente e no futuro. Tudo porque – eu não sou bom o suficiente.

Generalização dos nossos sentimentos

A mágoa ou o sentimento de inadequação em uma esfera da nossa vida se estende a outras áreas e relacionamentos. Podemos ter perdas financeiras e começamos a sentir que não somos bons o suficiente para os negócios. Aos poucos, generaliza-se a não sermos bons o suficiente em qualquer empreendimento que assumimos. A depressão nas finanças nos afeta emocionalmente e nossas emoções perturbadoras mexem com nossas relações. Só por causa de uma experiência ruim.

Sistema de crenças centrais

A baixa autoestima está ligada às nossas crenças centrais subconscientes profundas, nossas percepções sobre nosso mundo interno e externo, que confundimos quanto aos fatos. Essas crenças centrais foram formadas quando éramos pequenos e crescemos, com pouca consciência e perspectiva em nossa pequena idade. Surpreendentemente, baseamos nossas decisões de vida em torno deles.

Ambiente negativo

Às vezes, não nos sentirmos bons o suficiente pode ser acionado e amplificado pela empresa que mantemos, que continua nos lembrando e nos empurrando para baixo. Nossas amizades e relações tóxicas reforçam a sensação de não sermos bons o suficiente.

O que pode ser feito
Pare de comparar

Comparamos o que passamos por dentro com o que vemos de fora dos outros. *Nosso mal sempre nos fará não nos sentirmos bons o suficiente em comparação com o bem dos outros.* Então, ignore o que os outros estão fazendo e realizando. Nosso A vida é sobre quebrar nossos próprios limites e viver nossa melhor vida. Seja gentil, sem ser submisso. Não concorde com as coisas apenas para evitar conflitos e ser aceito no relacionamento.

Falhas são necessárias para a vida

O fracasso é uma parte importante da vida. Traz equilíbrio. É através do fracasso que aprendemos as maiores lições que a vida poderia nos ensinar. O fracasso forja a grandeza. Os fracassos que experimentamos nos permitem apreciar nossos sucessos.

Eu e eu

Se sempre nos perguntamos: 'por que não sou bom o suficiente?', lembre-se de que somos nós que decidimos isso. Cabe a nós decidir o quão bons somos, no que somos bons, o quão bons queremos ser. Se alguém não gosta de algo sobre nós que amamos sobre nós mesmos, não precisamos mudar. Não precisamos dar o controle remoto de nossa vida aos outros. Não precisamos de um certificado de quem somos dos outros. Ninguém me entende melhor do que eu. Estou mais perto de mim. Então, por que pesamos nosso valor sobre o que vemos ao nosso redor, em vez de celebrar o que há dentro de nós? Devo aprender a ser feliz e contente comigo. Comece a ouvir mais quem somos e menos o que o mundo diz que devemos ser, querer ou fazer. Eu sou o que sou e sou o centro do meu universo. Não somos amados pelo que fazemos. Somos amados por quem somos. Pare de buscar validação e aprovação dos outros.

Ama-te a ti mesmo

"Se eu lhe pedisse para nomear todas as coisas que você ama, quanto tempo levaria para nomear a si mesmo?"

"Se eu não posso me amar e me apreciar, como espero que os outros me amem e apreciem."

Pare de focar nas deficiências e comece a focar nas positividades. Não há pessoa no planeta hoje que tenha a singularidade que possuímos individualmente. E nunca haverá. Então, devemos nos amar do jeito que somos, e isso começa com o reconhecimento e a aceitação.

"No seu melhor momento, você ainda não será bom o suficiente para a pessoa errada."

"Você não pode odiar sua maneira de amar a si mesmo."

"Dizer a si mesmo que você é inútil e não amável não fará com que você se sinta mais digno ou amável."

Esta é uma vida em que ando sozinho, cheio de esperança despedaçada e quebrada, sempre com raiva sem motivo algum, constantemente querendo acabar com essa briga. Brigar comigo mesmo de novo e de novo, às vezes eu quero que essa vida acabe.

Mamãe está deprimida, mas escolhe se esconder, Tira sua raiva de quem está ao seu lado, Não entende que eu tento ajudar.

Ela me afasta e odeia. A vovó está suportando um destino imparável. A doença a colocou no prato.

É triste ver uma pessoa tão inocente se tornar mais uma vítima de câncer.

Muitos amigos estão magoados também Pensando que sua vida é um inferno.

Muitos amigos querendo parar, Pensar em suicídio é a única opção. Mas dentro de mim é o pior de tudo.

Não sei quanto tempo aguento alto. Lembranças de felicidade são apagadas, mas pensamentos horríveis distorcidos para ficar.

Nada do que eu faço pode deixá-la orgulhosa. Não há nenhum lado bom em suas nuvens.

Eu sou uma tempestade cheia de céus negros escuros E uma chuva assombrosa cheia de mentiras.

Eu só queria poder fazê-la ver que estou me esforçando para poder ser

Alguém em quem ela possa confiar e amar. Em vez disso, ela me diz que eu não sou bom o suficiente. Tudo o que faço é uma decisão errada.

Ela constantemente me diz que eu não estou vivendo o caminho que ela realmente gostaria que eu tomasse, Mas eu sou apenas um grande erro.

Se eu pudesse me apagar daqui, não teria que viver esse medo.

Eu também gostaria de poder ser magra

E sempre alegre, divertido e bonito. Em vez disso, me olho no espelho, decepcionado com o reflexo que aparece.

É difícil viver quando você não ama quem você é, desejando que você possa mudar tudo.

Todos os dias faço uma anotação mental.

Quanto eu perderia se decidisse ir?

E quanta dor me faz inclinar-me para a borda Está lentamente subindo a sebe.

Quanto tempo mais posso durar

Antes que minha vida se torne uma do passado? Fonte: www.familyfriendpoems.com

Psych-Alone: Eu sou culpado

"Eu sou todo erro que já cometi. Eu sou todas as pessoas que já machuquei. Eu sou todas as palavras que já disse. Sou feito de defeitos."

"Encontrar culpa é fácil; fazer melhor pode ser difícil."

"Tem que deixar passar. Você pode segurar o ódio, o amor e até a amargura, mas você tem que sair da culpa. A culpa é do que está te derrubando".

"Assumir a responsabilidade significa não se culpar. Qualquer coisa que tire seu poder ou seu prazer faz de você uma vítima. Não se faça vítima de si mesmo!"

"Você não pode ficar se culpando. Apenas culpe-se uma vez e siga em frente."

Sentir responsabilidade, culpa ou vergonha nos impede de machucar os outros e nos permite aprender com nossos erros. Isso nos ajuda a ser mais empáticos uns com os outros. Isso nos mantém humanos.

Uma das características mais comuns de estar em um estado de mentalidade de vítima é culpar a nós mesmos. Torna-se um problema quando nos culpamos por coisas pelas quais não fizemos ou não devemos nos sentir responsáveis ou envergonhados. Culpar-se torna-se uma defesa contra o desamparo e a impotência que sentimos.

"*Eu sou culpado*" – Vergonha é um sentimento de culpa, arrependimento ou tristeza quando sentimos que fizemos algo errado. É o sentimento de culpa, arrependimento, constrangimento ou desgraça. É a sensação de que somos maus e inúteis. A culpa afunda tão profundamente dentro de nós que determina como pensamos em nós mesmos, e sentimos que somos ruins. É um estado emocional de se sentir mal, sem valor, inferior e fundamentalmente defeituoso.

Ela se desenvolve porque nossos cuidadores rotineiramente nos envergonham, ou nos punem passiva ou ativamente. O trauma é vivenciado em nossa infância eadolescência. Esse trauma foi vivido e repetido várias vezes e nunca foi curado. Fomos condicionados a sentir vergonha quando não havia nada ou muito pouco do que nos envergonhar. Então, internalizamos essas palavras e comportamentos ofensivos e inverídicos, e isso se tornou nossa compreensão de quem somos como pessoa.

A Gênese do 'Eu Sou Culpado'

Em famílias disfuncionais, quando as crianças experimentaram algum tipo de trauma – emocional, negligência, abuso físico ou sexual – seus sentimentos tendem a ser reprimidos. Eles não têm permissão para expressar como se sentem, a mágoa, tristeza, raiva, rejeição e assim por diante. Além disso, essas emoções nunca são compreendidas e resolvidas.

Somos ensinados que mostrar raiva é errado e sentir raiva das pessoas que nos machucam – nossos familiares, é um pecado. *A criança tem que ser dependente das mesmas pessoas que infligiram o trauma.* A criança não sabe por que tudo isso está acontecendo. Para a criança pequena, o mundo é a casa onde ela está crescendo e os únicos humanos que importam são aqueles que estão ao seu redor. Como a psique de uma criança ainda está em desenvolvimento, para ela, ela é o centro de seu mundo. Então, se há algo errado, sua mente delicada tende a pensar que tudo está relacionado a eles, é tudo culpa deles.

Esse sentimento de que 'eu sou culpado' se confirma para a criança, porque eles conseguem ouvir isso dos pais – a criança muitas vezes é culpada. Essas questões reprimidas, não resolvidas e não identificadas são então levadas para a vida adulta.

Autocrítica

Quando somos excessivamente criticados, injustamente culpados e submetidos a padrões irrealistas, internalizamos esses julgamentos e nos culpamos e nos criticamos em um ponto – 'eu sou ruim'. 'Não tenho valor'. "Não sou bom o suficiente." Muitas vezes surgem em várias formas de perfeccionismo, como ter padrões irrealistas e inatingíveis.

Pensamento em preto e branco

O pensamento em preto e branco é quando pensamos em extremos fortes – ou é isso ou aquilo. Não pode haver pensamento lateral. Em relação a si mesmo, uma pessoa cronicamente auto-culpabilizante pode pensar: 'Eu *sempre* falho'. " *Nunca* posso fazer nada certo." "Estou *sempre* incorreto." "Os outros *sabem sempre* melhor." Se algo não é perfeito, *tudo* é percebido como ruim.

Dúvida crônica

"Será que estou fazendo certo? Estou fazendo o suficiente? Serei capaz de fazê-lo? Falhei tantas vezes. Posso realmente ter sucesso?'

Autocuidado deficiente e automutilação

Pessoas que se culpam têm sido vistas cuidando mal de si mesmas, às vezes no grau de automutilação. Essas pessoas nunca foram treinadas para cuidar de si mesmas – faltou cuidado, amor e proteção quando cresceram. Uma vez que tal pessoa tende a se culpar, a automutilação em sua mente inconsciente parece uma punição adequada por "ser ruim", assim como eles foram punidos quando crianças.

Relacionamentos insatisfatórios

A autoculpabilização pode desempenhar um papel importante nos relacionamentos. No trabalho, podemos assumir muitas responsabilidades e ser propensos a ser explorados. Em relacionamentos românticos ou pessoais, podemos aceitar o abuso como comportamento normal, ser incapazes de resolver conflitos construtivamente ou ter uma compreensão irrealista de como os relacionamentos saudáveis se parecem.

Vergonha crônica, culpa e ansiedade

As emoções e estados mentais mais comuns são vergonha, culpa e ansiedade, mas também pode ser solidão, confusão, falta de motivação, falta de rumo, paralisia, sobrecarga ou estado de alerta constante. Esses sentimentos e humores também estão intimamente relacionados a fenômenos como pensar demais ou catastrofizar, onde vivemos em nossa cabeça mais do que estando conscientemente presentes na realidade externa.

Pensamentos não abordados e não resolvidos de auto-culpa continuam em nossa vida posterior e se manifestam em uma ampla gama de problemas emocionais, comportamentais, pessoais e sociais. Estes incluem baixa autoestima, auto-crítica crônica, pensamento irracional, auto-dúvida crônica, falta de auto-amor e auto-cuidado, relacionamentos não saudáveis, e tais sentimentos como vergonha tóxica, culpa e ansiedade.

Quando identificamos corretamente essas questões e suas origens, podemos começar a trabalhar para superá-las, o que traz mais paz interior e satisfação geral com a vida.

Vergonha e culpa

Um sentimento de vergonha é muitas vezes acompanhado por um sentimento de culpa. Não só nos sentimos envergonhados, mas também culpados por coisas pelas quais não somos responsáveis. Nos sentimos envergonhados e culpados quando outras pessoas são infelizes.

Comportamentos defeituosos

Esses sentimentos se transformam em comportamento não saudável, incluindo agir, machucar os outros, sentir-se responsável pelos outros, autossabotar, ter relacionamentos tóxicos, autocuidado deficiente, ser excessivamente sensível às percepções das outras pessoas, ser suscetível à manipulação e exploração, e muitos outros.

- Nós, então, sofremos de baixa autoestima e autoaversão, manifestando-se em autocuidado deficiente, automutilação, falta de empatia, habilidades sociais inadequadas e muito mais.

- Há uma sensação de *vazio crônico e solidão*.

- A autoculpabilização pode tender ao perfeccionismo.

- A autoculpabilização leva a relacionamentos não saudáveis, pois somos incapazes de construir e manter um.

- Podemos ser facilmente aproveitados e propensos a ser manipulados emocionalmente.

O hábito da autoculpabilização e o sentimento de vergonha e culpa é, muitas vezes, uma internalização da experiência infantil. Isso acontece muitas vezes emaquelas famílias, onde a criança é feita o bode expiatório dos problemas da casa. Faz com que os pais acreditem que a família está bem e saudável, a culpa é apenas daquela criança-problema, que atrapalha as coisas e dificulta a vida. Se a criança é repetidamente informada de que tudo é sempre culpa sua, a criança realmente acredita que é verdade em todas as situações. É a internalização de estar sujeito a críticas constantes.

Quando nos autoculpamos, nos desconectamos da realidade e ficamos presos em nossas próprias histórias construídas mentalmente. Começamos a acreditar que algo está errado ou faltando quando as coisas não saem como planejado. Crenças como "não sou inteligente o suficiente, não sou digno e não sou amável" ficam profundamente enraizadas em nossa psique.

Nossa vida é como ela é porque repetidamente dizemos a nós mesmos quem somos. Por que nos apegamos às nossas tempestades interiores e ao nosso senso de culpa? Devemos entender que não podemos nos culpar pela melhora. *A autoculpabilização é uma das formas mais tóxicas de abuso emocional.* Ela amplia e multiplica nossas insuficiências percebidas, e nos incapacita antes mesmo de começarmos a avançar. Ela pode nos impedir de assumir tarefas, nos manter presos no que fazemos rotineiramente e, o mais importante, nos impede de evoluir para seres melhores.

Você, você mesmo, tanto quanto qualquer outra pessoa em todo o universo, merece seu amor e carinho.

—Buda

Sei que tenho culpa

Sei que exagerei

Foi um erro meu não confiar em você, então sinto muito por tudo o que fiz

Lamento é tudo o que posso lhe dizer

Eu gostaria que você olhasse para mim e visse, eu gostaria que você entendesse.

Sinto que a culpa foi TODA minha...

Eu gostaria que você fosse o único a segurar minha mão... Há momentos em que me sinto tão perdida e envergonhada

Esses sentimentos são culpa minha, só tenho culpa. Estou tão presa dentro da minha emoção.

Meu coração parou de bater, minha vida não tem movimento. Eu não como mais; Não consigo dormir à noite.

Minha mente está tão vazia, apenas meus defeitos estão à vista. Quem neste mundo me queria?

Não sou bom o suficiente e tão burro quanto pode ser. Tudo o que posso fazer é chorar para dormir.

Estou tão quebrado, minhas emoções estão fracas.

Eu me trato como um fantasma, como um reflexo morto, choro porque não tenho nenhuma proteção.

Tenho medo de voltar – de volta aos meus velhos tempos, sou culpado por todos os meus caminhos estranhos.

Psych-Alone: Eu Sou um Fracasso

"O sucesso não é definitivo; O fracasso não é fatal. É a coragem de continuar que conta."

– Winston Churchill

Os sentimentos de fracasso dependem mais do que está acontecendo dentro de nós do que do que realmente está acontecendo conosco.

Alguns de nós se sentem um fracasso de vez em quando. Outros se sentem fracassados todos os dias de suas vidas.

Sou um fracasso total.

Não posso fazer nada direito.

Sem amigos. Sem emprego. Sem habilidades. Eu sou um fracasso na vida. Ninguém me ama. Eu sou um fracassado.

O sentimento de fracasso nem sempre pode ser desencadeado por um evento significativo da vida. Às vezes, um gatilho pode ser tão simples quanto ser repreendido por um problema mesquinho ou esquecer de pagar uma conta em dia, ou se atrasar para um compromisso. Mas, a quantidade de mágoa que nos deixamos experimentar devido ao fracasso é muito mais do que o evento fracassado em si. Sentimo-nos um fracasso, mesmo que os outros vejam potencial em nós.

Todos falham em algum momento da vida – nos relacionamentos, nas carreiras, na vida pessoal, na corresponder às expectativas. Em determinado momento, torna-se uma sensação crônica de fracasso. Esse sentimento se torna tão grande que ficamos cegos de qualquer coisa positiva. O fracasso torna-se sinónimo da nossa identidade. Sentir-se um fracasso ontem e hoje leva a prever o fracasso no futuro.

Qual é o ponto? Eu sempre atrapalho as coisas.

Por que se candidatar à vaga? Definitivamente, não serei selecionado.

Não vou pedir a menina que eu gosto em casamento. Serei rejeitado.

Sou um fracassado e sempre serei. Por que se preocupar em tentar ter sucesso em qualquer coisa?

Ser v/s Fazer

O peso que vem com o sentimento de fracasso não é causado pela realidade do fracasso em si, mas pela percepção pessoal desse fracasso, e o que isso significa para nós.

Há uma diferença entre sentir-se um fracasso e realmente falhar em algo.

Vamos entender isso -

Me sinto um fracasso por não ter concluído meu trabalho. Não consegui concluir meu trabalho.

Sentir-se um fracasso vem da nossa interpretação de quem somos. Na verdade, falhar é apenas falhar. A verdade é que não completei o meu trabalho – nenhum outro significado atribuído. Não concluir meu trabalho não tem nenhuma conexão com minha personalidade ou identidade. Sentir-se um fracasso tem a ver com percepção. Trata-se de 'ser versus fazer'.

No dia a dia – não conseguimos cumprir horários e prazos, não lembramos onde guardamos nosso celular, estragamos um prato, etc. É inevitável e absolutamente bom. Mas no momento, a gente generaliza e começa a se sentir um fracasso, é quando a gente realmente falha. É quando começamos a pensar negativamente sobre nós mesmos. Gradualmente, o sentimento de fracasso torna-se incorporado em nossa mente subconsciente e torna-se parte de nosso sistema de crenças. A sensação de fracasso leva à frustração que eventualmente leva a mais sentimentos de fracasso. Isso gera sentimentos de desesperança, inutilidade e inutilidade. A gente se sente envergonhado e mal. Começamos a questionar nosso propósito de existência.

A Gênese do Sentimento de Fracasso

Tente, tente, tente até ter sucesso.

Todos nós crescemos com esse adágio. Por um lado, motiva-nos a não desistir. Mas, por outro lado, faz-nos acreditar que o sucesso tem de ser alcançado. Por isso, ter sucesso está enraizado desde a infância. Mas há alguma comprovação científica de que o fracasso sucessivo é positivo e impulsiona a inovação?

Raízes da infância

Sentir-se um fracasso está enraizado em nossa infância. Somos ensinados que devemos alcançar certas alturas para sermos vistos, dignos e amados. Mesmo que os pais amem seus filhos incondicionalmente, praticamente não é o caso. Muitos pais retiram atenção e carinho quando seus filhos cometem erros, o fracasso é recebido com bronca e raiva, mesmo que esses erros percebidos sejam pequenos.

Desde os primórdios de nossa infância, certas coisas têm sido sistematicamente, e muitas vezes, alimentadas inconscientemente por nossos pais e pela sociedade em geral – Sucesso e Fracasso. *O mundo lá fora está tão cheio de competição feroz que você precisa ter sucesso.* Na verdade, não ter sucesso não é necessariamente falhar. Mas fomos educados com essa filosofia de vida ilógica – se você tiver sucesso, você sobreviverá; se não, você é um fracasso. Tais crenças autolimitadas são a principal causa de se sentir cronicamente como um fracasso.

Também carregamos sentimentos de fracasso desde a infância se nossos professores ou colegas nos trataram de uma forma que sugerisse que éramos um fracasso. Professores que são punitivos com crianças em dificuldades podem ter um efeito poderoso, doloroso e traumático na formação do cérebro e do estado emocional de uma criança, assim como o julgamento e o bullying de colegas. Se, quando criança, fomos ridicularizados, maltratados, comparados a outros alunos ou humilhados no meio da classe, levamos o sentimento de fracasso para a vida adulta. Se éramos ridicularizados pela forma como aparecíamos, ou pelo senso de moda que tínhamos, ou pelas opiniões que tínhamos, comparávamos e amaldiçoávamos por nossas notas, zombávamos da maneira como falávamos, hesitamos ou gaguejamos, tais experiências são internalizadas. As descrições negativas de nós mesmos e de nossa situação, são amplificadas à medida que entramos na vida adulta.

As crianças devem ser autorizadas a cometer erros. A "sobreparentalidade" tem seus efeitos nocivos. "Excesso de parentalidade" é a tentativa equivocada de um pai para melhorar o sucesso pessoal e acadêmico atual e futuro de seu filho. Pode arruinar a confiança de uma criança. Os alunos precisam sofrer contratempos, aprender habilidades importantes para a vida, como responsabilidade, organização, maneiras, contenção e previsão. Deixar as crianças lutarem é um presente difícil de dar – mas é vital.

"É nosso trabalho preparar nossos filhos para a estrada, não preparar a estrada para nossos filhos."

Autopercepção

Nossas conversas com nosso próprio eu podem nos fazer sentir um fracasso. A maneira como falamos conosco mesmos e a maneira como enquadramos nossa vida são extremamente importantes para determinar como lidamos com os contratempos, como lidamos com a frustração e a dor e quão bem-sucedidos seremos em seguir em frente e fazer melhores escolhas. A maneira como falamos com nós mesmos é como criamos nossa identidade. Assim, sentimos um fracasso , *porque pensamos em nós mesmos como um fracasso.*

Comparação e Concorrência

Se você sempre se comparar com outras pessoas, você sofrerá ou de ciúmes ou ego.

Quando olhamos ao redor e vemos uma estrela de cinema ou estrela do esporte de sucesso, que tem pilhas de dinheiro, montes de aclamação e inúmeros fãs, ou quando olhamos para as pessoas ao nosso redor ou nas redes sociais – nos sentimos um tanto inadequados, indignos, com uma sensação de fracasso. Vemos como as pessoas ao nosso redor são bem-sucedidas em relacionamentos, casando, tendo filhos, tendo uma família feliz, enquanto temos problemas em nossos relacionamentos. Sempre nos sentiremos um fracasso se concentrarmos nossa atenção no que nos falta. Os relacionamentos não são fáceis de manter e as brigas acontecem em todas as famílias. A comparação nunca é uma forma eficaz de medir a autoestima. Cada ser humano que está vivendo e que viveu é único. Sentimos sempre que *a relva está sempre mais verde do outro lado.*

Sucessos virtuais

Todos nós queremos algo para nós mesmos. Alguns de nós podem querer começar uma família ou nosso próprio negócio; Outros podem querer seguir o ensino superior ou perder peso. Nossos sonhos e metas exigem persistência diária e o desejo interno de lutar por eles. Toda vez que realizamos o que desejávamos, nosso cérebro libera dopamina. É por isso que é tão bom fazer alguma coisa. Enganamos nossos cérebros para liberar o hormônio dopamina *do bem-estar* com "sucessos virtuais" – vitórias em jogos móveis, curtidas em mídias sociais, etc. Enganamos nossos cérebros para que acreditem que estamos vivendo uma vida gratificante, sem realmente vivê-la. Mas algo nos diz – não era isso que eu desejava lá dentro, esse não era o sucesso que eu sonhava.

O que o fracasso faz...

- O fracasso faz com que o mesmo objetivo pareça menos alcançável. Isso distorce a percepção de nossos objetivos. Na realidade, nossos objetivos são tão atingíveis quanto eram antes de pensarmos que falhamos; são apenas as nossas percepções que mudam.

- O fracasso distorce nossas percepções de nossas habilidades. Isso faz com que nos sintamos menos à altura da tarefa. Uma vez que nos sentimos fracassados, avaliamos incorretamente nossas habilidades, inteligência e capacidades e as vemos como significativamente mais fracas do que realmente são.

- O fracasso nos faz sentir desamparados. Causa uma ferida emocional. Desistimos porque não queremos ser feridos novamente. A melhor maneira de desistir é se sentir desamparado. Sentimos que não há nada que possa ser feito para ter sucesso, por isso não tentamos. Desta forma, poderemos evitar futuros fracassos, mas também seremos roubados de sucessos.

- Uma única experiência de fracasso pode criar um "medo do fracasso" subconsciente. Não abordamos como aumentar nossa probabilidade de sucesso; estamos apenas tentando evitar nos sentirmos mal se falharmos.

- O medo do fracasso leva à autossabotagem inconsciente. Para evitar o fracasso e nos proteger da dor do fracasso futuro, nós nos "prejudicamos". Criamos desculpas, razões e situações que justificam por que falhamos. Tais comportamentos muitas vezes se transformamem profecias autorrealizáveis porque sabotam nossos esforços e aumentam nossa probabilidade de fracasso.

- O medo do fracasso pode ser transmitido de pais para filhos. Os pais que têm medo do fracasso involuntariamente transmitem-no aos seus filhos, reagindo duramente ou retraindo-se emocionalmente quando os seus filhos falham. Isso torna as crianças mais propensas a desenvolver um medo do fracasso próprio.

- A pressão para ter sucesso aumenta a ansiedade de desempenho. A ansiedade, por sua vez, amortece nosso esforço, o que novamente leva à sensação de fracasso.

- O fracasso nos faz sentir baixos em tudo o que fazemos. Acreditamos que simplesmente não somos bons o suficiente e desenvolvemos um senso de complexo de inferioridade. A vida é tomada de forma tão crítica que, em vez de pensarmos em como superar um fracasso, continuamos nos debruçando sobre circunstâncias que nos separam.

Certos fatores nos predispõem à sensação de fracasso

- Padrões da infância.

- Procrastinação.
- Baixa autoestima ou autoconfiança.
- Comparação.
- Perfeccionismo.
- Indisciplina.
- Auto-culpa.
- Preocupar-se demais com o que os outros pensam.

Tentamos nos concentrar nas circunstâncias ideais para alcançar nossas expectativas, mas esquecemos de nos preparar para os inevitáveis fracassos que nos dificultam aceitar os fracassos. É verdade que nesta única vida queremos o melhor para nós mesmos, mas devemos ver os dois lados da moeda.

Eventualmente, nos tornamos vulneráveis a disfunções psicossociais como problemas de relacionamento, problemas de ansiedade, fobias, baixo nível de tolerância, culpa, vergonha, obsessões e compulsões, levando ao sentimento de incompetência. Críticas e desaprovação constantes podem até trazer tendências suicidas.

O Que Fazer

Nenhum mantra ou guru, sermão ou livro de autoajuda pode nos fazer parar de nos sentir um fracasso – a menos que identifiquemos e entendamos nossas percepções e padrões.

Trabalhar em nosso eu interior leva à transformação. Começa com o aumento da autoconsciência – reconhecendo nossas crenças limitantes como separadas de nossa identidade. O processo não pode continuar com sucesso até que aceitemos as crenças limitantes como nossas no agora, mesmo quando estamos dominados pela negatividade do passado. Mentalidades limitantes foram entregues quando não éramos capazes de rejeitá-las, mas agora, podemos optar por rejeitá-las. Embora o fracasso possa parecer um buraco do qual é impossível sair, podemos melhorar a maneira como vemos e sentimos sobre nós mesmos e trabalhar para aliviar esses sentimentos de fracasso.

Inverter a frase

Da próxima vez que sentirmos, pensarmos ou dizermos: "Eu sou um fracassado", ... parar... substitua a frase por "Errei" ou "Falhei nisso, desta vez". Isso nos dá espaço para nos sentirmos tristes ou frustrados com um erro sem internalizá-lo e torná-lo parte de nossa personalidade.

Então-

- Seja honesto com seus sentimentos.

- Veja o que causou o deslize e busque maneiras de se melhorar.

- Aceite a realidade de que haverá estações na vida em que nos sentiremos decepcionados, que isso faz parte da vida, faz parte do ser humano.

- Olhe para a situação de um ponto de vista "de fora". Aprenda a praticar a aceitação.

- A vida é uma obra em progresso – Seja perdoador e gracioso.

- Seja flexível.

- Estabeleça pequenas metas e comemore alcançá-las.

- Tome o tempo necessário para se recuperar e começar de novo. Não é o fim do mundo; No máximo, é um pequeno retrocesso que vamos superar.

Tente determinar o que causou a falha – foi pessoal? Situacional? Foi relacionado à habilidade? Relacionado ao tempo? Ao fazer isso, fazemos com que o fracasso pareça menos pessoal e o transformamos em uma oportunidade de resolução de problemas. Mesmo que não possamos fazer nada para desfazer a situação, temos a experiência disso. Da próxima vez que experimentarmos o fracasso, nos sentiremos mais no controle porque sabemos lidar com ele lógica e mentalmente.

Lembre-se da antiga citação de Lao Tzu: "Observe seus pensamentos, eles se tornam suas palavras; observai vossas palavras, elas se tornam vossas ações; observe suas ações, elas se tornam seus hábitos; observe seus hábitos, eles se tornam seu caráter; Observe seu personagem, ele se torna seu destino."

Cuide dos pensamentos que pensamos e das palavras que dizemos. Uma vez que nos ensinamos a começar a proteger o que sai de nossa boca, veremos que nossas ações, hábitos e todo o caráter mudam lentamente para melhor. Uma vez que dominamos a arte de cair sem ficar para baixo, caindo com salto para trás, não vamos temer ou evitar ou nos culpar por cair.

Precisamos focar em valorizar quem somos, não o que fazemos. Quando olhamos para nossas realizações para validar que elas são dignas, nossa sensação de nos sentirmos bem conosco mesmos cavalga sobre essas realizações. Então, se tivermos um bom desempenho, nos sentiremos bem conosco. Se tivermos um desempenho ruim, nos sentimos menos dignos.

O fracasso deve ser visto como um obstáculo e não como um obstáculo. O fracasso é um desafio a ser superado, um teste para desafiar nossa vontade e uma oportunidade de aprendizado. Para outros, o fracasso é visto negativamente como uma oportunidade de sentir pena e reclamar, um motivo para se menosprezar e uma desculpa para desistir rápido demais. A verdade é que a diferença entre um trampolim e Um obstáculo é a forma como o abordamos. Falhar pode ser uma bênção ou uma maldição. Pode ser um grande mestre, nos tornar mais fortes e nos manter firmes, ou pode ser a causa de nossa morte. É uma escolha nossa. Nossa visão do fracasso determina nossa realidade.

"A idade enruga o corpo. Parar de enrugar a alma." "Lembre-se de que o fracasso é um evento, não uma pessoa." "O fracasso só se torna permanente se nunca mais tentarmos." "Não sou um fracassado, só preciso de tempo."

Inútil é o que me tornei, apenas partículas flutuando no ar. Eu me preparei para o sucesso... mas nunca... nunca um fracasso.

Ninguém me disse a sensação de fracasso;

Acho que você tem que aprender isso por conta própria.

Não sei se sou assim, o que sei é que estou sozinho.

Se você quer ser bem-sucedido, há uma chance de encontrar o fracasso. Eu era um Fracassado e agora sou meu próprio motivador!

Psych-Alone: Sinto muito

Sinto muito por não ser perfeito
E por não conseguir quebrar seus medos.
Sinto muito por ter atrapalhado E causado todas as suas lágrimas.
Lamento não poder consertá-lo e fazer você querer ficar.
Lamento não ter sido bom o suficiente E agora tenho que pagar.

Desde pequenos, somos ensinados que, quando erramos, devemos pedir desculpas.

Pedir desculpas genuinamente quando cometemos um erro é bom.

Mas as desculpas nem sempre podem ser úteis e, às vezes, podem ser excessivas.

Pedir desculpas em excesso é dizer 'sinto muito' quando não precisamos. É quando não fizemos nada de errado ou quando assumimos a responsabilidade pelo erro de outra pessoa ou por um problema que não causamos ou não conseguimos controlar. É um padrão de hábito interpessoal com raízes no baixo auto-respeito, perfeccionismo e medo da desconexão.

Somos entregues com o item errado e dizemos: "Sinto muito, mas não foi isso que pedi".

Em uma reunião, dizemos: "Lamento incomodá-lo. Tenho uma dúvida."

Em uma conversa, dizemos: "Sinto muito. Eu não te ouvi. Você poderia repetir o que acabou de dizer?"

Nessas situações, não fizemos nada de errado e, portanto, não há necessidade de pedir desculpas. Mas, muitos de nós temos esse hábito de pedir desculpas. Porquê?

Autoestima

Muitos de nós pensamos que não somos dignos ou bons o suficiente. Pensamos mal de nós mesmos. Na verdade, acreditamos que fizemos algo errado, ou estamos causando um problema, sendo irracionais, pedindo demais e, portanto, sentimos a necessidade de pedir desculpas.

A rigidez de altos padrões

Alguns de nós somos exigentes e estabelecemos altos objetivos, valores e padrões para nós mesmos. Na maioria das vezes, somos incapazes de viver de acordo com nossos próprios padrões. Sentimos que há uma falha dentro de nós mesmos, nos sentimos inadequados e, portanto, a necessidade de pedir desculpas por tudo ser feito de forma imperfeita.

Por educação

Alguns de nós querem se projetar como simpáticos e educados. Tendemos a agradar a todos ao nosso redor. Estamos incomodados com o que as pessoas pensam sobre nós. Pedimos desculpas porque não queremos chatear ou decepcionar os outros.

Insegurança

Às vezes, pedimos desculpas porque nos sentimos desconfortáveis ou inseguros e sem palavras sobre o que fazer ou dizer. Então, pedimos desculpas para tentar fazer com que nós mesmos ou os outros nos sintamos melhor.

Auto-culpa

Muitos de nós nos sentimos responsáveis pelos erros ou comportamentos de outras pessoas. Sentimos que somos responsáveis pela explosão de emoções dos outros e sentimos pena disso. Uma mãe pode repreender seu filho e a criança pode começar a chorar. A mãe se culpa por isso e pede desculpas. Um pai pode assumir a culpa e pedir desculpas aos vizinhos pelo mal feito pela criança. Assumir a culpa e a propriedade e pedir desculpas pelos outros, na verdade, não corrige o problema.

Pedimos desculpas pelas ações de outra pessoa

Isso acontece quando projetamos as responsabilidades de outra pessoa em nós mesmos, como se sentíssemos a necessidade de pedir desculpas, ela deveria estar se fazendo. Aprendemos hábitos de pedir desculpas na infância. As mulheres em muitas comunidades são criadas para serem responsáveis e atenciosas com os outros e, às vezes, excessivamente responsáveis com o pedido de desculpas. Isso leva algumas pessoas a tenderem a pedir desculpas pelas ações de outros.

Pedimos desculpas por situações cotidianas

Algumas partes da vida são coisas normais, normais, que passamos todos os dias. Não precisamos pedir desculpas por espirrar em grupo, mas ainda assim muitas pessoas fazem isso.

Pedimos desculpas aos objetos inanimados

Alguns de nós têm o hábito de dizer "sinto muito" depois de acidentalmente esbarrar em uma cadeira ou pisar em um livro. Esse hábito de ação reflexa também está enraizado em nós desde a infância.

Ficamos nervosos quando estamos pedindo desculpas

Se a ansiedade é sentida ao pedir desculpas, desenvolvemos o hábito de pedir desculpas em excesso como forma de lidar. Pedir desculpas demais pode ser um sinal de ansiedade. Torna-se a forma como gerimos o medo, o nervosismo e a preocupação. Tendemos a conter essas emoções pedindo desculpas.

Pedimos desculpas quando estamos tentando ser assertivos

Alguns de nós temos medo de ser percebidos como agressivos ao ser assertivos – então recorremos apenas a pedir desculpas. Quando pedimos desculpas repetidamente, parece que estamos mentindo repetidamente e a outra pessoa para de acreditar no que dizemos. Desculpas injustificadas prejudicam a clareza da mensagem.

Aos poucos, isso se torna um hábito e é feito de forma inconsciente. Não pensamos ou analisamos nosso padrão comportamental e ele se torna uma resposta automática.

Cometemos um erro. A gente percebe isso. Nós entendemos e reconhecemos isso. Reunimos coragem e humildade e pedimos desculpas por isso. Pedir perdão genuíno é uma força.

Quando pedimos desculpas em excesso, perde-se a seriedade do ato. O ato apologético não é sentido pela outra pessoa. Perde-se o propósito. É um sinal de fraqueza. *Quando pedimos desculpas repetidamente por algo que não é culpa nossa, dá a impressão de que estamos realmente errados.*

Desculpa... Volta e Meia – reflete baixa autoestima e medo de confrontos, conflitos e discussões. Assumimos a responsabilidade de tentar consertar ou resolver os problemas de outras pessoas. Desculpamos o comportamento deles como se fosse nosso. Sentimos que tudo é culpa nossa – uma crença que começou na infância – quando nos disseram repetidamente que éramos um fardo ou um problema. Temos medo da rejeição e das críticas, e por isso pedimos desculpas.

Pedir desculpas em excesso pode ter repercussões negativas

- As pessoas perdem o respeito por nós. Na verdade, estamos a enviar a mensagem de que não temos confiança e somos ineficazes. Pode até permitir que outros nos tratem mal.

•   Diminui o impacto de futuras desculpas. Se dissermos "sinto muito" por cada coisinha agora, nossas desculpas terão menos peso mais tarde, quando houver situações que realmente justifiquem um pedido sincero de desculpas.

•   Pode tornar-se irritante depois de algum tempo. Às vezes, pedir desculpas ao cancelar planos, terminar com alguém pode fazer com que a outra pessoa se sinta pior.

•   Pode baixar nossa autoestima.

Pedir desculpas por motivos válidos – ferir sentimentos, fazer algo errado, usar linguagem inadequada, ser desrespeitoso ou violar limites é apreciado e saudável e mantém nossa dignidade e respeito e mantém o vínculo com os outros. Mas definitivamente não precisamos sentir pena de -

- Nossos sentimentos.
- Nossa aparência.
- O que não fizemos.
- O que não podemos controlar.
- Coisas que os outros fazem.
- Fazer uma pergunta ou precisar de algo.
- Não ter todas as respostas.

Autorreflexão

Consciência – Precisamos refletir sobre nossos pensamentos, emoções e fala. Observe conscientemente o que fazemos subconscientemente. Observe quando, por que e com quem estamos pedindo desculpas em excesso. Também pode ajudar a manter uma contagem de quantas vezes pedimos desculpas em um dia e por quais motivos.

Perguntando-nos – O pedido de desculpas é realmente necessário? Fizemos algo errado? Estamos assumindo a responsabilidade pelo erro de outra pessoa? Estamos nos sentindo mal ou envergonhados quando não fizemos nada de errado? Saber pelo que devemos e não devemos pedir desculpas é o próximo passo importante.

Inverter a frase – A solução está em como nos expressamos na mesma comunicação. Mudar a escolha das palavras pode mudar toda a percepção de nós mesmos e do que os outros sentem sobre nós. Se um amigo corrigir nosso erro, agradeça em vez de pedir desculpas **". Sinto muito' pode tornar-se -**

Obrigado por sua paciência. Infelizmente, não foi isso que eu quis dizer. Desculpe-me, eu tenho uma pergunta.

"As únicas ações corretas são aquelas que não exigem nenhuma explicação e nenhum pedido de desculpas."

"Se um pedido de desculpas é seguido por uma desculpa ou um motivo, significa que eles vão cometer o mesmo erro pelo qual acabaram de se desculpar."

Psych-Alone: Eu sou um mentiroso

"Se você diz a verdade, não precisa se lembrar de nada." Mark Twain *"Quando a verdade é substituída pelo silêncio, o silêncio é uma mentira."*

"O homem não é o que pensa ser, é o que esconde." "Quando um homem é penalizado pela honestidade, ele aprende a mentir."

"Acima de tudo, não minta para si mesmo. O homem que mente para si mesmo e ouve sua própria mentira chega a um ponto em que não consegue distinguir a verdade dentro dele, ou ao seu redor, e assim perde todo o respeito por si mesmo e pelos outros. E não tendo respeito, deixa de amar".

Eu minto.

Sei que minto.

Muitas vezes, minto para mim mesmo.

Mas não deixo que os outros saibam que menti.

Virou rotina para mim recorrer a uma mentira. No fundo, não quero mentir. Não gosto de mentir. Recorrendo a uma mentira, criei uma fachada.

Agora parece que levo uma vida dupla.

Uma vida de quem eu sou. Uma vida do que eu quero que os outros me vejam.

Tendemos a sentir uma tensão desconfortável entre quem acreditamos ser e como estamos nos comportando.

Por que mentimos?

Para evitar a dor? Buscar prazer?

Para encobrir irregularidades? Para evitar a vergonha? Para obter vantagem pessoal? Para ganhar popularidade e ganhar ascensão social? Manter relacionamentos e promover harmonia?

Todos nós temos lembranças de infância quando fomos pegos mentindo e da onda de vergonha que experimentamos em resposta à provocação – 'Mentiroso!' Isso foi obviamente seguido por uma reação de vergonha ou raiva ou culpa ou justificativa e, mais importante, alienação de nosso próprio eu e de nossos próximos. Um sentimento de solidão. Um sentimento de Psych-Alone.

À medida que crescemos, ficou cravado em nossa consciência que mentir é pecado. Acreditávamos que é vergonhoso e covarde quando mentimos. Mentiro, para a maioria de nós, incutiu sentimentos de culpa interior dentro de nós.

A verdade é que mentimos para nós mesmos a maior parte do tempo!

Curiosamente, inicialmente, não nos damos conta, pois na maioria das vezes mal percebemos! É tão fácil detectar se alguém está mentindo para nós do que detectar se estamos mentindo para nós mesmos. Porquê?

Perceber quantas vezes mentimos para nós mesmos carrega o potencial de destruir nossa percepção de si mesmo. É tão difícil e doloroso fazer a nossa revisão de identidade. Mentir para nós mesmos pode ser uma estratégia perfeitamente compreensível para lidar com a vida e não devemos nos considerar irremediavelmente imorais.

Mentimos para nós mesmos quando não somos honestos sobre nossos motivos.

Dizemos a nós mesmos que estamos fazendo algo por razões altruístas quando são razões egoístas na realidade.

Mentimos para nós mesmos quando não somos honestos sobre nossos desejos autênticos.

Continuamos na nossa zona de conforto, mas não é isso que queremos.

Mentimos para nós mesmos quando justificamos falsamente nosso comportamento.

Mentimos quando dizemos a nós mesmos – Tudo bem, não estou triste. De qualquer forma, não importa. Não estou atrás de nome, fama ou sucesso.

Mentimos quando nos recusamos a ver além de nosso idealismo ou quando nos recusamos a ouvir o que outra pessoa está dizendo e, em vez disso, ficamos teimosamente colados às nossas percepções fixas.

A principal razão pela qual mentimos para nós mesmos é a autoproteção.

Queremos evitar nossa dolorosa realidade em favor da manutenção de um falso equilíbrio.

Habituámo-nos a dizer a nós próprios as "inverdades" porque é mais fácil.

O que acontece quando mentimos... para nós mesmos?

Nos sentimos desconectados, irritados e não conseguimos entender o porquê. O que dizemos a nós mesmos contradiz a realidade interior que não podemos abalar.

Súbitas explosões de emoções brotam de nosso eu irracional, apontando para um cabo de guerra interior entre a verdade e a mentira.

Ou podemos sofrer de fadiga e insônia.

Quando mentimos para nós mesmos rotineiramente, nos sentimos inautênticos. Temos dificuldade em distinguir o que realmente queremos do que não queremos.

Mentir para nós mesmos sabota fundamentalmente o auto-respeito.

Ser pego em uma mentira muitas vezes destrói relacionamentos. Mentir tem consequências. Quando alguém descobre que mentimos, isso afeta a forma como essa pessoa lida conosco para sempre.

Começamos a nos odiar. Sofremos.

Muitos de nós construímos uma complexa teia de mentiras, devemos fazer grandes esforços para desembaraçar, para desmontar tudo isso. Temos que alterar nossas narrativas internas, questionar nossas racionalizações instintivas e nos sujeitar ao escrutínio. É uma tarefa hercúlea.

A negação é uma defesa psicológica que usamos contra realidades externas para criar uma falsa sensação de segurança. O negacionismo pode ser uma defesa protetora diante de notícias insuportáveis. Em negação, as pessoas dizem a si mesmas: "Isso não éacontecendo". Tendemos a abraçar informações que apoiam nossas crenças e rejeitamos informações que as contradizem. Tendemos a atribuir nosso sucesso a nossos traços de caráter e nossos fracassos a circunstâncias infelizes.

Quando escolhemos o caminho da verdade, experimentamos um senso de auto-respeito e paz em nossa autenticidade. *A mentira é algo que devemos criar ativamente. A verdade já existe.*

Quando começamos a mentir?

Não nascemos mentirosos. Nossas configurações padrão eram pureza e honestidade. Estávamos rodeados dos nossos pais, que eram as únicas pessoas que conhecíamos. Como principais modelos em nossas vidas, os pais desempenharam um papel vital em mostrar honestidade. Eles também tiveram mais influência quando se tratava de incutir um compromisso profundamente enraizado de dizer a verdade. Então, como começamos a mentir, à medida que começamos a crescer? Vamos entender a gênese da mentira em nossos primeiros anos.

Crianças e pré-escolares

Como estão apenas aprendendo a falar e se comunicar, as crianças não têm uma ideia clara de onde a verdade começa e termina. Eles não conseguem diferenciar entre realidade, devaneio, desejos, fantasias e medos. E eles são jovens demais para serem punidos por mentir.

À medida que se tornam mais verbais, eles começam a contar mentiras óbvias e respondem "Sim" ou "Não" quando fazem perguntas simples como: "Você comeu o chocolate?" Eles podem ficar melhores em contar mentiras combinando suas expressões faciais e o tom de suas vozes com o que estão dizendo.

Escolarização de Crianças

As crianças começam a falar mais mentiras para ver o que podem se safar, especialmente mentiras relacionadas à escola – aulas, lição de casa, professores e amigos. Eles não são maduros o suficiente e manter as mentiras ainda pode ser difícil, mesmo que eles estejam se tornando melhores em escondê-las. Os regulamentos e responsabilidades desta idade são muitas vezes demais para eles. A maioria das mentiras é relativamente fácil de detectar. Até por volta dos sete ou oito anos, as crianças costumam ver uma linha tênue entre realidade e fantasia e pensar que o wishful thinking realmente funciona. Eles acreditam em super-heróis e suas habilidades.

Interpolações

A maioria dos "adultos" nessa idade está no caminho certo para estabelecer uma identidade trabalhadora, confiável e consciente. Mas eles também se tornam mais inteligentes em manter mentiras e mais sensíveis às repercussões de suas ações, e podem ter fortes sentimentos de culpa depois de mentir. À medida que envelhecem, podem mentir com mais sucesso sem serem pegos. As mentiras também ficam mais complicadas, porque as crianças têm mais palavras e entendem melhor como as outras pessoas pensam. Na adolescência, eles mentem regularmente.

Por que mentimos?

Quando temos um relacionamento saudável com as pessoas próximas, quando nos sentimos à vontade para falar e divulgar informações, estamos mais propensos a falar a verdade. Ainda assim, como crianças ou adultos, todos nós contamos mentiras por muitas razões.

• Contamos uma mentira para encobrir um erro e evitar problemas.

• Às vezes mentimos quando algo ruim ou constrangedor acontece e queremos mantê-lo escondido ou criar uma história para nós mesmos que nos faça sentir melhor.

• Podemos mentir quando estressados, quando tentamos evitar conflitos ou quando queremos atenção.

• Podemos contar mentiras para proteger nossa privacidade.

• Muitas vezes consideramos que mentir é um ato de desafio. Não necessariamente. Pode ser impulsivo. Podemos nem perceber. Isso acontece quando temos problemas com o autocontrole, organizando nossos pensamentos ou pensando em consequências.

• Alguns de nós mentem para evitar ferir os sentimentos de alguém – isso é muitas vezes chamado de "mentira branca".

• Podemos mentir sobre nós mesmos para os outros para tirar os holofotes de nós. "Não queremos ser vistos com problema." Ou podemos apenas querer minimizar nossos problemas.

Mentira na infância

• As crianças usam a imaginação para contar "histórias". As crianças têm imaginações maravilhosas e, às vezes, apresentam suas fantasias como verdades. Quando eles narram uma fantasia, perguntem: 'Isso é algo que realmente aconteceu, ou é algo que você gostaria que tivesse acontecido?' Isso os ajuda a aprender a distinção entre uma história real e uma história de desejos. Nunca desencoraje a imaginação de uma criança. Ajude-os a entender que ainda podem contar histórias maravilhosas.

• As crianças querem evitar consequências negativas. Eles temem ser repreendidos. As crianças automaticamente adotam uma mentira quando têm medo de que vão ter problemas. Eles precisam ter algum tempo e oportunidade, para serem honestos, para confessar a verdade, sem serem repreendidos.

• A mentira é recorrida, por crianças, que têm uma educação superdisciplinada. A disciplina severa na verdade transforma as crianças em boas mentirosos. Se eles têm medo de nossas reações, eles serão mais propensos a contar mentiras.

• Quando eles "querem ficar bem na frente dos outros", pode ser um sinal de baixa autoestima. Crianças que não têm confiança podem contar mentiras grandiosas para parecerem mais impressionantes, especiais ou talentosas para inflar sua autoestima e se fazer parecer bem aos olhos dos outros. As crianças, como os adultos, sentem a necessidade de impressionar os outros. Exagerar a verdade é muitas vezes usado para mascarar inseguranças. Na tentativa de se encaixar com os colegas, eles tentam impressionar com suas histórias. Eles precisam ser tratados com delicadeza em como devem se conectar com os outros sem mentir sobre si mesmos.

• As crianças recebem mensagens confusas. Quando os pais mentem por sua conveniência, mas repreendem a criança por mentiras, isso prepara o terreno para a criança seguir em suas botas.

Lidando com a mentira infantil

"Um ponto no tempo salva nove."

A mentira inocente na infância acaba se transformando em mentiras autoenganosas e uma fachada à medida que crescemos. Tudo o que é feito repetidamente torna-se um padrão habitual. Portanto, devemos entender esses padrões mais cedo e manuseá-los nas crianças da maneira correta.

• Elogie os esforços, não o resultado. Desta forma, inconscientemente, incutimos o valor do trabalho árduo, em vez da realização.

• As crianças se espelham em nós. Temos de ser bons modelos. Se mentirmos, eles também mentirão. Se trapacearmos, eles também o farão. Se dissermos a verdade, mesmo quando é difícil, eles também o farão.

• Como nós e o mundo respondemos às mentiras é como as crianças aprenderão sobre honestidade. Gaste tempo falando sobre honestidade e o que isso significa.

• Diferenciar fantasia de realidade. Isso não significa minimizar a fantasia. Ajude as crianças a começar a distinguir entre fantasia e realidade. Fale sobre o que é real, o que não é real e como dizer a diferença.

• Elogie a criança por assumir que está fazendo algo errado. Use uma piada para incentivar a criança a assumir uma mentira sem conflitos.

• Evite confrontar a criança ou buscar a verdade, a menos que a situação seja grave e exija mais atenção. Saiba porquê. Punir uma criança por mentir sem entender por que a criança fez isso é errado.

• Explique mentiras. Fale sobre os momentos em que pode ser bom mentir. Se nos deitarmos diante deles, aborde a mentira e explique o raciocínio. Converse sobre mentir e dizer a verdade com as crianças. Eles absorvem bem essas conversas.

• Ajude a criança a evitar situações em que ela sinta a necessidade de mentir.

• Sobre assuntos sérios, tranquilize-os de que estarão seguros se disserem a verdade. Deixe-os saber que tudo será feito para tornar as coisas melhores. Quando a criança conta uma mentira deliberada, o primeiro passo é deixá-la saber que mentir não é OK. A criança também precisa saber o porquê.

• Não os chame de "mentirosos". Isso pode levar a uma mentira ainda mais "desafiadora".

• Facilite para que eles não mintam. Se a criança está mentindo para chamar atenção, adote formas mais positivas de dar atenção e aumentar a autoestima.

• Crianças e adolescentes não devem pensar que as consequências são negociáveis.

• Quando conversamos, nunca discuta sobre a mentira. Basta dizer o que vimos e o que é óbvio. Podemos não saber o motivo da mentira, mas, eventualmente, a criança pode nos preencher com ela. Basta declarar os comportamentos que foram vistos. Deixe a porta aberta para que eles contem o que aconteceu.

• Mantenha a simplicidade e ouça o que seu filho tem a dizer, mas seja firme. Mantenha-o muito focado e simples para a criança. Concentre-se no comportamento. E então diga a ele que você quer ouvir o que estava acontecendo que o fez sentir que precisava mentir. Seja direto e específico. Não ensine a criança por muito tempo. Eles simplesmente se afastam. Já ouviram isso muitas vezes. Eles param de ouvir e nada muda.

• Entenda que não estamos procurando uma desculpa para a

mentira, mas sim para identificar o problema que a criança estava tendo e que ela usou a mentira para resolver.

• Eles podem não estar prontos para conversar conosco sobre isso inicialmente. Esteja aberto a ouvir qual é o problema da criança. Crie um ambiente seguro para que eles se abram. Se a criança não estiver pronta, não empurre. Basta reiterar que estamos dispostos a ouvir. Tenha paciência.

Não encurrale a criança. Colocá-los no lugar vai fazê-los mentir.

Não rotule a criança de mentirosa. A ferida que cria é maior do que lidar com a mentira.

Linguagem corporal, quando mentimos

1. Mudar a posição da cabeça rapidamente
2. Alterações nos padrões respiratórios
3. Ficar muito parado ou ficar muito agitado
4. Embaralhamento dos pés
5. Toque ou cubra a boca
6. Repetição de palavras ou frases
7. Fornecer demasiada informação
8. Tornando-se difícil de falar
9. Olhar sem piscar muito
10. Evitar o olhar direto

Mentiras brancas

Uma "mentira branca" é uma mentira inofensiva contada com boa intenção – geralmente para proteger os sentimentos de outra pessoa. Embora sejam inofensivas, as mentiras brancas não devem ser usadas com muita frequência. Em algum momento, a maioria das pessoas aprende a dobrar a verdade para não ferir os sentimentos de outras pessoas. Nós "gostamos" de postagens de mídia social de outras pessoas, independentemente de gostarmos ou não e em vez de sermos completamente honestos. Mentir pode parecer ter uma razão justificável. Não queremos ferir os sentimentos de alguém que fez de tudo por nós. No entanto, ainda estamos dobrando a verdade. Sempre que mentimos, nossa intenção nunca foi machucar nossos pais. Mentimos porque algo mais estava acontecendo lá dentro.

Mentir é a maneira imatura e ineficaz que escolhemos para resolver um problema. Em vez de corrigir um problema subjacente, mentimos sobre ele. A mentira é usada para evitar consequências em vez de enfrentá-las. A mentira é usada como uma habilidade de resolução de problemas defeituosa. Precisamos estar conscientes, praticar a aceitação e agir sobre nossos problemas de maneiras mais construtivas. Às vezes, isso significa abordar a mentira diretamente, mas outras vezes significa abordar o comportamento subjacente que fez a mentira parecer necessária.

Mentimos porque sentimos que não temos outra forma de lidar com nossos problemas ou conflitos. Às vezes, é a única maneira de resolver um problema. Mentir para nós mesmos. Ou para outros. É uma estratégia de sobrevivência falha.

Quando mentimos e fomos repreendidos, sobre sermos imorais, traídos ou desrespeitados, nos fechamos. E então tivemos que lidar não apenas com o fardo da mentira, mas também com as emoções associadas de raiva, frustração ou culpa e também com os comportamentos que enfrentamos dos outros. Nossa raiva, frustração e culpa pela mentira não nos ajudarão a mudar nossos hábitos e comportamento.

Mentir não é estritamente uma questão moral; é uma questão de resolução de problemas. Mentir é uma questão de falta de habilidades e uma questão de evitar consequências. Não mentimos porque somos imorais; Mentimos porque não conseguimos descobrir como lidar com nós mesmos.

"*O autoengano pode ser como uma droga, nos anestesiando da dura realidade.*" "*A verdade pode doer por um tempo, mas uma mentira dói para sempre.*"

"*A verdade nua e crua é sempre melhor do que a mentira mais bem vestida.*" "*Eu posso lidar com a verdade. São as mentiras que me matam.*"

"*Como é desesperadamente difícil, ser honesto consigo mesmo. É muito mais fácil, para ser honesto com outras pessoas.*"

"*De todas as formas de engano, o autoengano é o mais mortal, e de todas as pessoas enganadas as autoenganadas são as menos propensas a descobrir a fraude.*"

Minha mente é como uma casa de mentira que tento nunca ir lá sozinha. Pensei que com o passar dos anos eu tinha finalmente crescido.

Sussurros de 'verdade' invadiram minha percepção Acabou que foi autoengano.

Ansiava por continuar nessa ilusão

Mas, no final, foi poluição espiritual. Como consertar o que fiz?

Minha solidão começou,

Enfrentar a tempestade lá fora e isso dentro eu nunca quis causar dor nenhuma.

Se eu pudesse rebobinar e começar de novo levaria uma vida sem fingir. Levando uma vida de honestidade e verdade quero crescer mais uma vez!

Seção 2: Padrões

Padrões

"Existem apenas padrões, padrões em cima de padrões, padrões que afetam outros padrões. Os padrões são escondidos por padrões. Padrões dentro de padrões."

"A mente humana é uma máquina incrível de fazer padrões. O cérebro humano é uma máquina incrível de correspondência de padrões."

"O que chamamos de caos são apenas padrões que não reconhecemos. O que chamamos de aleatórios são apenas padrões que não conseguimos decifrar."

"Os padrões que percebemos são determinados pelas histórias que queremos acreditar. Pensamentos errados moldam nossa vida em direção a isso, pois vivemos nossos pensamentos."

Todos nós fomos influenciados pelo nosso ambiente desde o tempo em que estávamos no ventre de nossa mãe – a alimentação, as experiências, os estresses, as complicações. Tudo desempenha um papel em como nos sentimos antes mesmo de nascermos. Então, a experiência real do nascimento, nosso cuidado precoce com o bebê e a "disponibilidade emocional" de nossa mãe teriam reforçado ou aliviado o impacto dessas primeiras influências. À medida que começamos a crescer, começamos a absorver de nossos cuidadores, nossas famílias estendidas, amigos, pré-escola e primeiros anos escolares, e a sociedade em geral.

Podemos não entender, racionalizar, expressar, lembrar ou resolver essas experiências, mas todas elas foram armazenadas, congeladas e registradas em nossas mentes e corpos subconscientes.

As experiências são armazenadas. As experiências se repetem. As experiências podem ser variadas ou semelhantes. As experiências podem ser multiplicadas ou podem desaparecer. E à medida que crescemos, simplesmente não conseguimos fazer nenhum sentido com isso. Mas, a gente experimenta, a gente se sente bem ou a gente se sente mal. Nesse caos de experiências, há *padrões*.

Estudo de caso

Vejamos o mesmo caso discutido na seção anterior.

Rahul tinha 5 anos. Um dia, seu pai o repreendeu na frente de alguns convidados em casa por ser muito tímido e incapaz de recitar um poema que ele conhecia. Trancou-se no quarto, não comeu comida e chorou. No devido tempo, ele estava de volta à sua vida normal e talvez até tenha esquecido disso.

Ele começou a crescer para ser um aluno inteligente e se tornou o animal de estimação de seu professor. Mas, um dia, ele ficou com a língua amarrada quando lhe pediram para explicar algo na aula. Sentiu-se constrangido, voltou para casa, trancou-se e chorou. Já adulto, passou a evitar reuniões sociais e festas. Ele simplesmente não gostava e nem sabia o porquê. Ele ficaria quieto e diria a si mesmo – eu não sou bom o suficiente. Eu sou um fracassado. Não posso simplesmente me expressar na frente dos outros.

O que vemos aqui é uma forma habitual de operação ou comportamento. Vemos que há padrões que surgem, se repetem e retornam e se ampliam a cada novo evento.

Evento → Percepção do evento Reação ao evento Evento → semelhante Percepção do evento Reação ao evento → →

Outro evento → semelhante **Previsibilidade** da percepção → **Automática**

reação

Identificação do **Gatilho** → Entendendo a **Tendência** do indivíduo

Criação de Experiência **Repetição** de **Experiência** → **Desenvolvimento de Vias Neurais Desenvolvimento** → de **Aderência**
É isso que define nossos padrões.

P	Previsibilidade	o fato de sempre se comportar ou ocorrer na caminho esperado
Um	Automático	feito espontaneamente ou inconscientemente
T	Acionado	ocorrendo em resposta a um estímulo percebido como negativo
T	Tendência	propensão a um determinado tipo de pensamento ou ação

E	Experiência	algo pessoalmente Encontrado passou ou viveu
R	Repetição	renovado ou recorrente uma e outra vez
N	Via Neural	conexões neuronais criadas no cérebro com base em nossos hábitos
S	Viscosidade	anexar por ou como se fazendo aderir a

Entendendo padrões

Nossas células cerebrais se comunicam entre si por meio de um processo chamado disparo neuronal. Quando as células cerebrais se comunicam com frequência, a conexão entre elas se fortalece e "mensagens que percorrem o mesmo *caminho neural* no cérebro repetidamente começam a transmitir cada vez mais rápido". Com bastante *repetição*, esses comportamentos se tornam *automáticos*. Ler, dirigir e andar de bicicleta são exemplos de comportamentos que fazemos automaticamente porque as vias neurais se formaram. Os caminhos ficam mais fortes com a repetição até que o novo comportamento seja o novo normal.

À medida que participamos de novas atividades, estamos treinando nossos cérebros para criar novas vias neurais. Conectar um novo comportamento ao maior número possível de áreas do cérebro ajuda a desenvolver novas vias neurais. Ao explorar todos os cinco sentidos, podemos criar *aderência* que ajuda a formar vias neurais. É a aderência que atrai e retém novas *experiências*. Só precisamos de um *gatilho* para começar a nos comportar de uma determinada maneira. Essas experiências moldam nossas tendências – a *tendência* de perceber-reagir de uma maneira particular. Entender essas tendências nos ajuda a *prever* os comportamentos.

Todas as nossas lembranças de acontecimentos, palavras, imagens, emoções, etc. correspondem à atividade particular de certas redes de neurônios em nosso cérebro que fortaleceram conexões entre si. Nossos cérebros estão de alguma forma ligados ao negativo. Por exemplo, se tivermos dez experiências durante o dia, cinco experiências cotidianas neutras, quatro experiências positivas e uma experiência negativa, provavelmente vamos pensar sobre essa experiência negativa antes de ir para a cama naquela noite.

Imagine por um momento como seria a vida com uma memória perfeita. Se pudéssemos nos lembrar de cada detalhe de tudo o que nossos cinco sentidos captavam, a primeira hora do dia estaria mentalmente sobrecarregada de muita informação. Assim, o cérebro classifica todos esses dados em memória de curto prazo ou memória de longo prazo ou os descarta.

- A memória de curto prazo nos permite reter as informações de que precisamos no momento e, em seguida, nos livrar delas. Nós o usamos para armazenar temporariamente pequenos pedaços de informação e liberá-los mais tarde.

- A memória de longo prazo é como o nosso congelador interno. Ele pode reter informações por anos, ou até mesmo por toda a vida.

Os padrões conectam memórias de curto prazo com memórias de longo prazo. A recuperação da memória de longo prazo requer revisitar as vias nervosas que o cérebro formou. A recuperação é acelerada por gatilhos. Reconhecer padrões nos permite prever e esperar o que está por vir.

Você sabia?

- Um estudo mostrou que, em média, leva mais de dois meses até que um novo comportamento se torne automático – 66 dias para ser exato. Mas varia de acordo com o comportamento, a pessoa e as circunstâncias.

- Estima-se que são necessárias 10000 repetições para dominar uma habilidade e desenvolver a via neural associada.

- Em uma pesquisa, levou de 18 dias a 254 dias para que as pessoas formassem um novo hábito.

"Nunca se deve confundir padrão com significado." "Pessoas bem-sucedidas seguem padrões de sucesso." "Quando os padrões são quebrados, novos mundos surgem."

Padrões internos da criança

"Você sabia que uma criança interna vive dentro de tudo?

E que o adulto Me escute o seu chamado.

Quando as pessoas não me entendem Porque eu sou diferente

E criança se sente perdida enquanto eu choro.

Eu o percebo às vezes, quando o drama da vida se instala, e eu choro.

Eu o detecto às vezes quando meus próprios autojulgamentos

Corre solto, e eu choro.

Sinto a presença dele, quando as coisas são assustadoras, E o medo se instala, enquanto eu choro."

O que é uma "criança interior"?

De acordo com o Cambridge Dictionary, *Sua criança interior é aquela parte de sua personalidade que ainda reage e se sente como uma criança.*

Então, o que é essa criança interior?

Como você pode ter uma criança dentro de você quando você é um adulto crescido? Isso significa que você não cresceu?

A criança interior é real ou apenas um conceito ou teoria psicológica?

O conceito ... A Filosofia

Ocorrência de um evento no espaço de vida de uma criança – por exemplo, Rejeição; Insulto; Abuso; Negligência, etc.

→ Percepção de um evento com base na natureza e sensibilidade do núcleo inato da criança

→ A criança é incapaz de lidar com o estado ou responder adequadamente

→ Criança emocionalmente afetada e ferida

→ Estado emocional da criança – congelado no tempo dentro – 'Interior- Criança'

→ O adulto no tempo presente enfrenta um conjunto semelhante de eventos – Rejeição; Insulto; Abuso; Negligenciar

→ Gatilho do estado de memória "criança interna congelada"

→ O adulto reage automaticamente, de modo que a vida não é vivida como é no momento presente, mas sim como era no passado

→ Assim, o adulto perceberia e reagiria da mesma forma que a criança interna congelada teria feito no passado

Estratégia de sobrevivência para uma criança → emocionalmente afetada Tenta lidar com o caos → Núcleo da estrutura de sintomas para o adulto de enfrentamento. *Esta é uma criança interior ferida presa em um determinado ponto no tempo.*

Estamos sempre no meio e parte de situações e expostos a inúmeros estímulos. Com base em nossa natureza inata central, atendemos seletivamente a estímulos específicos, combinamo-los em um padrão e conceituamos a situação. Pessoas diferentes podem conceituar a mesma situação de maneiras diferentes. Normalmente, uma determinada pessoa tende a ser consistente em sua resposta a tipos semelhantes de eventos. Padrões cognitivos relativamente estáveis formam a base para a regularidade das interpretações de um conjunto particular de situações. Percebemos uma situação ou evento e o moldamos em cognições, com conteúdo verbal ou pictórico.

A razão pela qual ficamos congelados no passado é que continuamos recriando os "estados de animação suspensos" ou transes, como chamado por Stephen Wolinsky. Esses estados suspensos parecem nos defender da mágoa e da dor de nossas experiências infantis.

Essas experiências infantis que nos congelam, também limitam nossa capacidade de responder razoavelmente a elas, mesmo em fases adultas posteriores. O adulto, ao passar por uma experiência semelhante, ainda reagiria da mesma forma que sua criança interior congelada. O objetivo é viver o momento presente, mudando conscientemente as formas como temos rejeitado nossos próprios sentimentos, necessidades e desejos de infância.

O estado adulto atual é o que criou os estados congelados em primeiro lugar na infância. Precisamos entender que somos a verdadeira fonte de nossa própria vida congelada.

A criança interior é uma posição congelada no tempo que age como uma maneira pela qual a criança dentro de si vê experiências e interpreta o mundo exterior. Na realidade, podemos ter, dentro de nós, várias crianças interiores congeladas, cada uma com uma percepção diferente, uma consciência diferente, uma visão de mundo diferente, etc.

O conceito de criança interior não é novo.

1. Psicossíntese de Roberto Assagioli – ele falou de subpersonalidades.

2. Gestalt-Terapia de Fritz Perls – a experiência de ter diferentes partes dialogando entre si.

3. Eric Berne – Análise Transacional – a criança interior, o adulto interior e o pai interior.

4. Terapia cognitiva do Dr. Albert Ellis – Esquemas. O que é a realidade?

Ponto a ser lembrado – minha realidade é minha perspectiva. Essa realidade interna é criada pelo observador.

Quem é esse observador – Nós.

Vivenciamos o evento/trauma – assim, nos tornamos o observador do trauma.

Em seguida, tiramos uma foto dele, o seguramos, nos fundimos com ele, vamos dormir, e então ele faz um loop e loops novamente.

Nós, o observador, *não criamos o evento externo.*

Nós, o observador, *criamos a resposta ao evento externo.* Nós, o observador, *fundimos isso em nossa memória.*

Por isso, devemos ser despertados para que a memória possa ser 'solta'.

Repetimos o loop repetidas vezes, fazendo com que os velhos sentimentos e experiências sejam sentidos e experimentados repetidamente. Precisamos primeiro identificar o que a criança interior está fazendo para que – *o nós, o observador,* possamos despertar e parar de se identificar com esses velhos *padrões.*

A cada trauma percebido, nós, o observador, criamos um padrão e uma identidade para administrar o caos *percebido*. Digo percebida, porque o outro indivíduo pode não me machucar de fato. Mas posso perceber mágoa, raiva ou qualquer outra emoção. Isso é trauma percebido.

Assim, dentro do "nós" adulto, pode haver inúmeras crianças interiores – cada uma com um *padrão*, uma *memória e uma reação*. Temos tantas discussões internas que ocorrem dentro do 'nós' adulto. São as crianças interiores feridas, cada uma com uma identidade, cada uma com trauma e memória, cada uma com um padrão. Assim, em qualquer cura, a resolução total dos problemas não ocorre uma vez que a criança interior é localizada e "marcada". Outra criança interior congelada pré-existente torna-se dominante, influenciando o adulto para outro estado problemático.

Despertar o observador/criador da criança interior é acabar com os padrões da criança interior. Em outras palavras, despertar o *observador* quebra o padrão.

Mais cedo na vida... em algum momento do tempo

1. Uma criança é um *sujeito*; pais, professores, o mundo exterior – *influenciadores*.

2. Os influenciadores fazem sugestões como "Você não vai conseguir", "Por favor, e eu vou te agradar" ou "Faça o que eu digo e eu lhe darei amor e aprovação; não faço e eu não vou".

3. A criança (sujeito) acredita nas sugestões que os influenciadores fazem.

4. A criança então internaliza essas sugestões e continua a sugeri-las como um adulto adulto.

5. A criança interior do passado influencia o adulto do tempo presente em estados problemáticos.

6. Com o passar dos anos, um professor ou outra figura de autoridade apenas menciona uma sugestão semelhante, e o sujeito é acionado no mesmo padrão de "medo" e reação que aconteceu quando criança. O tempo passa. A criança amadurece, entra em relacionamentos e se casa. Então o cônjuge pode se tornar o influenciador, colocando o filho interior do cônjuge em um padrão de raiva ou medo de rejeição.

O objetivo é despertar o *você* por trás do padrão.

1. Um filho de um pai arrogante se desconectará da situação para evitar a dor emocional. Se esse padrão funcionar, a criança colocará esse padrão no "modo padrão". Ele se vê desconectado e sonhando acordado através da escola, do trabalho e, eventualmente, nos relacionamentos.

2. Uma criança que tem uma história de alcoolismo na família pode apresentar amnésia, esquecer o passado para evitar a dor. Mais tarde na

vida, amnésia ou esquecimento podem se tornar um problema no trabalho, na escola ou nos relacionamentos.

3. Um sobrevivente de abuso infantil que ficou entorpecido para sobreviver ao trauma doloroso pode sentir dificuldade em sentir sensações durante as experiências sexuais na vida adulta. As mulheres podem ter uma incapacidade de ter um orgasmo. Os homens podem sofrer de ejaculação precoce ou impotência.

Esses padrões de reação que a criança cria são, na verdade, um mecanismo compensatório para lidar com situações dolorosas. O problema ocorre quando esses padrões saem do controle, e o indivíduo se vê reagindo "*por padrão*". Assim, o nós adulto, por padrão, criaria o mesmo estado de desconexão ou amnésia, ou dormência, mesmo que o nós adulto não quisesse sê-lo na situação atual.

Assim, nossa própria criança interior agora começa a influenciar o adulto – em comportamentos e experiências indesejadas.

O objetivo é nos libertar de mecanismos de sobrevivência infantil que não cabem mais nas relações do tempo presente. Este tem cinco partes -

1. Consciência dos padrões.
2. Reconheça os padrões.
3. Desconecte-se dos padrões.
4. Desperte o adulto de nós.
5. Crie um padrão padrão mais capacitador.

Isso nos permite sair de nosso passado congelado no tempo para estar presente no tempo presente.

De onde veio a criança interior?

Uma criança é repreendida pelos pais ou pelo professor por determinado comportamento.

A situação aqui é de *bronca*. A bronca não está no controle da criança. Mas a criança experimenta '*ser repreendida*'. A criança é o destinatário. A criança observa e interpreta como: *Eu não sou bom o suficiente*. E ao interpretá-lo dessa forma, a criança realmente faz parte e participa da bronca. Isso fica gravado na memória da criança.

De acordo com o "Princípio da *Incerteza*" de Heisenberg – o *observador* da situação e a situação não estão separados. O *observador*, ao observar e interpretar, participou e influenciou o desfecho da situação.

Observamos a vida, participamos de como construímos, interpretamos e vivenciamos nosso mundo subjetivo interno. Nós, o *observador*, participamos da criação de resultados através do ato de observação.

O observador existia *antes* de um trauma, o mesmo *observador* estava lá *durante* o trauma, e o mesmo *observador* está lá *após* o término do trauma.

Criamos nossa experiência subjetiva interna. Criamos uma resposta ao ambiente, ou seja, pais, professores, cônjuges, etc., e somos responsáveis por nossas experiências internas, subjetivas.

Estudo de caso

João, ainda jovem, observou e percebeu que a única maneira de ser amado pela mãe e pelo pai era obedecê-los, agradá-los e abrir mão de suas próprias necessidades.

Isso cria uma identidade de uma "criança agradável" que abre mão de suas próprias necessidades para ganhar amor e aprovação. Se o observador dentro de João vê que isso funciona, esse observador continua a criá-lo e repeti-lo repetidamente e repetidamente. Isso cria um padrão e identidade e coloca essa identidade de uma criança ferida no modo padrão. Ao longo de um período de tempo, essa identidade, esse comportamento padrão, esse padrão se funde com a personalidade. Mais tarde, na vida adulta, John se torna o Humano Agradável, que se esqueceu de expressar suas próprias necessidades em um relacionamento ou situação. O John adulto agora está sendo influenciado pela agradável identidade interior-infantil.

Para que João adulto seja curado, João deve primeiro estar ciente da *fonte* de sua agradável identidade infantil interior. Uma vez que John não está em negação e aceita a existência desse padrão, ele pode assumir a responsabilidade de criá-lo *e parar de criá-lo*.

Para abrir mão de algo, é preciso primeiro saber o que é que estamos segurando.

Estudo de caso

A criança Jane sempre sentia raiva do pai por "não entendê-la". A adulta Jane, agora casada, faz birra com o marido porque ele não a entende. Embora Jane ame seu marido, ela não entende por que não consegue controlar sua raiva. O interior raivoso Jane faz com que ela se comporte como se estivesse no passado com o pai. A criança interior irritada toma o assento do motorista.

A criança percebe a família e o mundo exterior de uma maneira particular. A criança é então habituada a repetir esse padrão repetidamente e regularmente dentro da configuração familiar. À medida que a criança cresce, esse padrão

1.   Generaliza para todas as pessoas em situações semelhantes.

2.   Como funcionou para a criança, anos mais tarde, a identidade infantil interior replica o padrão, de modo que, agora, torna-se o modo padrão de percepção-reação. O adulto não pensa mais em como reagir. Simplesmente acontece, sem que entendamos o porquê.

Simplificando, uma situação não é vivida como é. Ao contrário, o adulto, influenciado por sua própria identidade infantil interior, agindo como uma criança, leva a família consigo, para dentro, no tempo presente, projetando-a para fora nos outros.

Uma vez que a criança interior é congelada, ela tende a diminuir o foco de atenção do adulto para produzir sentimentos, pensamentos, emoções e, na maioria das vezes, desconfortos inevitáveis.

A criança interior opera por padrão com o adulto vivenciando situações passadas como situações presentes.

"Cuidar de sua criança interior tem um resultado poderoso e surpreendentemente rápido: faça isso e a criança se cura."

"Se ao crescer você quer dizer permitir que o adulto dentro de mim abandone a criança dentro de mim, eu não tenho interesse em uma proposta tão horrível. Se, em vez disso, você quiser deixar que um melhore o outro com a exclusão de nenhum dos dois, eu tenho todo o interesse."

"Acredito que essa criança negligenciada, ferida e interior do passado é a principal fonte de miséria humana."

Padrões de Padrões Internos da Criança
Meu filho dentro

– Kathleen Algoe

Encontrei meu filho dentro de hoje, por muitos anos tão trancado,

Amar, abraçar, precisar tanto, se eu pudesse chegar e tocar.

Eu não conhecia esse meu filho,

Nunca nos conhecemos às três ou nove,

Mas hoje eu senti o choro lá dentro, estou aqui eu gritei, vem morar.

Nos abraçamos sempre tão apertados, enquanto surgiam sentimentos de mágoa e susto.

Tudo bem, eu chorei, eu te amo muito!

Você é precioso para mim, quero que você saiba.

Meu filho, meu filho, você está seguro hoje, você não será abandonado, eu vim para ficar.

Rimos, choramos, foi uma descoberta, essa criança calorosa e amorosa é a minha recuperação.

"Pensamento" é o processo de usar nossa mente para considerar algo. Também pode ser o produto desse processo. Tudo começa sempre com um pensamento. A forma como pensamos e como interpretamos o mundo à nossa volta influencia a forma como nos sentimos. E como nos sentimos mexe com nossas emoções. Nós então

Use essas emoções como um filtro que nos ajuda a interpretar nossas experiências de vida. Estas interpretações são, naturalmente, variadas e muitas vezes pouco precisas.

Na verdade, eles podem nos impedir de ver o mundo "como ele é" e, em vez disso, nos forçar a perceber o mundo com base em "como somos". E, claro, como somos, depende inteiramente de como processamos o mundo, que naturalmente começa com os pensamentos sobre os quais nos permitimos habitar.

Aaron Temkin Beck, psiquiatra americano, é considerado o pai da terapia cognitiva e da terapia cognitivo-comportamental. Beck acreditava que quando alguém estava permitindo que seus pensamentos fossem negativos, isso levava à depressão. Ele acreditava que pensamentos, sentimentos e comportamento estavam todos ligados. Quando alguém pensa negativamente, então se sente mal, o que faz com que se comporte mal. Depois, torna-se um ciclo. Distorções cognitivas são pensamentos que fazem com que os indivíduos percebam a realidade de forma imprecisa. De acordo com o modelo cognitivo de Beck, uma visão negativa da realidade, às vezes chamada de esquemas negativos (ou esquemas), é um fator nos sintomas de disfunção emocional e pior bem-estar subjetivo.

Um bom sinal para observar se a criança interna está em um estado de influenciar o adulto atual – é o congelamento. Às vezes, esse aperto, rigidez ou congelamento é experimentado em diferentes partes do corpo – mandíbula, peito, estômago e pelve e, em casos extremos, uma sensação de paralisia. Os primeiros sinais físicos de congelamento são um aperto dos músculos e uma retenção da respiração.

Entender a criança interior e entender o adulto como está no agora. É a auto-observação do funcionamento da criança interior que acrescenta *consciência*. Para desistir de algo, você deve primeiro saber o que é.

Já pensamos em nossos pensamentos? Quero dizer, nós realmente já prestamos atenção aos pensamentos dentro de nossas cabeças? Se temos, então já questionamos como estamos pensando sobre as coisas, e se esses pensamentos estão realmente nos ajudando ou atrapalhando? Possivelmente a forma como estamos vendo e interpretando nosso mundo não é muito precisa.

Talvez nossa perspectiva do mundo seja um pouco falha e isso esteja nos impedindo de avançar da melhor forma.

O primeiro passo para a resolução é a conscientização e o conhecimento desses padrões de estados suspensos congelados. Precisamos escolher *conscientemente reformar* nossos estados internos congelados da criança. Precisamos ter acesso às emoções e padrões que compõem nossos "estados atuais" e experimentá-los plenamente. É importante estar ciente dessa memória interna congelada que continua criando problemas filtrando a realidade por meio de lentes ultrapassadas, limitadas e distorcidas.

Consciência é o estado de estar consciente de algo. Mais especificamente, é a capacidade de conhecer e perceber diretamente, de sentir ou de estar ciente dos acontecimentos. O conceito é muitas vezes sinônimo de consciência e também é entendido como sendo a própria consciência. A consciência de nossos padrões internos de percepção e reação é o primeiro passo consciente para a transformação, evolução e Moksha.

Esta seção entra no mundo dos padrões de "padrões internos da criança".

- Diálogo Interior – Deve e Deve.
- Regressão Etária.
- Futurização – **Planejamento excessivo** – **Procrastinar** – Fantasiar – Catastrofização.
- Confusão – Indecisão – Generalização excessiva – Fachada – Conclusões precipitadas – Pensamento em preto e branco – **Ampliação e minimização** – Rotulação – Raciocínio emocional.
- Falácia da Equidade – Culpabilização – Personalização.
- **Desconexão** – Sem emoção – Fuga – Desapegado – Fusão de identidade.
- Distorções – Ilusão – **Maravilhoso ou Terrível** – Distorções sensoriais – Amnésia.

Especialidade – Pensamento mágico – Idealizar – Superidealizar

Diálogo Interior e Salto no Tempo

'Diálogo interior – Vozes na nossa cabeça' "Olá! Estou falando comigo mesmo?'

'Devo e devo'

"Há uma voz dentro de nós que sussurra o dia todo: 'Eu sinto que isso é certo para mim, Eu sei que isso está errado".

Nenhum professor, pregador, pai, amigo ou homem sábio pode decidir

O que é certo para nós – basta ouvir a voz que fala lá dentro."

O nosso "diálogo interno" é simplesmente o nosso pensamento. É a vozinha em nossa cabeça que comenta sobre nossa vida – o que está acontecendo ao nosso redor, ou o que estamos pensando consciente ou inconscientemente. Todos nós temos um diálogo interno, e ele funciona o tempo todo. Geralmente está ligado ao senso de si mesmo de uma pessoa.

É como um comentarista, observando e criticando nossas ações – muita "conversa fiada" dentro da nossa cabeça. Essa "conversa de pensamento" é como um fluxo de associações mentais que fluem através de nossas mentes. O pensamento sugere algo ativo, sobre o qual temos controle consciente, mas quase todo o nosso pensamento não é assim. É quase sempre aleatório e involuntário. Passa pela nossa cabeça, gostemos ou não.

O pensamento real é quando usamos conscientemente os poderes da razão e da lógica para avaliar diferentes opções, deliberar sobre problemas, decisões e planos, e assim por diante. Muitas vezes gostamos de pensar em nós mesmos como criaturas racionais, superior aos animais porque podemos raciocinar, mas esse tipo de pensamento racional é realmente bastante raro. E, de fato, a conversa de pensamento torna mais difícil usar nossos poderes racionais, porque quando temos questões para deliberar, isso flui através de nossas mentes e desvia nossa atenção. Ele constantemente relembra nossas experiências, reproduzindo pedaços de informações que absorvemos e imaginando cenários antes que eles tenham ocorrido.

A autofala pode nem sempre ser verbal; Pode ser não verbal ou mesmo silenciosa. Além disso, pode ser direto ou inferencial. Um pai pode ficar em silêncio, nunca pergunte a esse filho – como você está, como foi seu dia na escola, como está sua saúde agora. Mas o diálogo interior é: "*Ninguém está interessado em mim*".

Os padrões internos da criança dentro dos EUA adultos nos limitam pelo diálogo contínuo entre os EUA adultos e a criança interior dentro de nós.

Criança interior dentro de nós – Diálogo interior – EUA adultos no estado atual

Assim, nossa criança interior começa a nos influenciar, lembrando o adulto – *eu não sou bom o suficiente*; *Nunca sou apreciado*; *Nunca vai funcionar* e nos sugerir o que deveria ou não ter sido feito.

"Deveres e Deveres"

- "Deveria" significa – obrigação, dever ou correção, normalmente ao criticar ações. "Deveria" é usado para denotar recomendações, conselhos ou para falar sobre o que geralmente é certo ou errado.

- "Must" é usado para expressar obrigação, dar ordens e dar conselhos enfaticamente. Ele só pode ser usado para referência presente e futura. Quando o passado está envolvido, usa-se o "tem que". Deve indicar que é muito importante ou necessário para que algo aconteça.

Tanto "deve" quanto "deve" são semelhantes em significado, exceto que "deve" é uma palavra muito mais forte em comparação com "deveria".

"Dever" é o diálogo interno mais frequente que temos com nós mesmos.

Não deviam ter feito isso.

Não devo reagir desta forma da próxima vez.

Eu deveria ter sido recompensado, merecia mais.

No contexto dos padrões internos da criança, quando dizemos a nós mesmos – "eu devo/devo" – torna-se um conjunto de *regras inflexíveis* de como nós e como os outros *devem* agir. As regras são certas, fixas, rígidas e indiscutíveis. Qualquer desvio desses valores é *ruim/errado*. Como resultado, muitas vezes estamos em uma posição de julgar e encontrar falhas. Declarações de "deveria" são maneiras autodestrutivas de falar com nós mesmos que enfatizam padrões inatingíveis. Então, quando ficamos aquém de nossas ideias, falhamos aos nossos próprios olhos.

Tentamos nos motivar dizendo coisas como "devo fazer isso" ou "devo fazer aquilo"... Mas tais declarações podem nos fazer sentir pressionados e ressentidos. Paradoxalmente, acabamos nos sentindo apáticos e desmotivados. Albert Ellis chamou-lhe "musturbação"

Quando direcionamos declarações de "deveria" para os outros, acabamos frustrados. Declarações de "deveria" geram muita turbulência desnecessária no dia a dia.

Evolução deste estado

1. Uma criança recém-nascida é como um quadro branco. Não tem passado, não tem lembranças boas ou ruins, não tem julgamento sobre a vida.

2. Os pais começam a encher o quadro branco com muitos "deveres", provavelmente com boas intenções.

3. Direta ou indiretamente, os pais começam a recompensar e punir, dando à criança seus julgamentos, avaliações e significados sobre o que a vida é, deve ser, pode ser ou o que as coisas significam.

4. A criança passa a ser a leitura no quadro branco. Assim, o observador [a criança], torna-se o produtor dos padrões de sua vida.

5. Esses padrões se repetem repetidas vezes, a ponto de a criança se tornar esses padrões.

'Regressão de idade' 'Era uma vez!' 'Passado imperfeito'

"A vida só pode ser entendida para trás, mas deve ser vivida para frente."

"Quem controla o passado controla o futuro. Quem controla o presente controla o passado."

A regressão da idade ocorre quando recuamos mentalmente para uma idade mais precoce. Parece que estamos de volta em um determinado momento de nossas vidas e podemos exibir comportamentos infantis também. Pode ser um mecanismo de enfrentamento para alguns para ajudá-los a relaxar e eliminar o estresse. A regressão pode ser causada por estresse, frustração ou um evento traumático. A regressão em adultos pode surgir em qualquer idade; implica recuar para um estágio de desenvolvimento mais precoce emocional, social ou comportamental. A insegurança, o medo e a raiva podem fazer com que o adulto regrida.

A regressão da idade é o padrão mais experimentado. Está relacionada a uma experiência congelada no tempo, com a qual a criança se sentia desconfortável e não sabia como lidar com ela. Assim, a criança resistiu à experiência lembrada da experiência integrou a experiência → → , criando assim um padrão de criança interior regredida para a idade.

Essa experiência de estar "preso" em um ponto passado da história pessoal é a presunção da criança interior, não o adulto do tempo presente. Como adulto, sentimos, falamos ou reagimos no mesmo padrão que aquela criança interior presa à idade sentiria, falaria ou reagiria. E o "adulto nós" nem vai entender. Ver nossa relação no tempo presente através das lentes da criança interior limita nossa visão, emoções e nossas decisões.

A criança interior armazena a memória do incidente, da experiência ruim, do trauma. Essa memória também armazena a dor, os sentimentos. Sempre que algo se assemelha a esse padrão, o padrão de regressão etária toma conta, a criança interior assume e reproduz memórias e sentimentos que pouco têm a ver com a realidade atual.

Simplificando, a regressão é um padrão quando o adulto reverte mentalmente ou retrocede para uma idade mais jovem do que sua idade biológica atual. Ela na maioria das vezes é usado involuntariamente como um mecanismo de enfrentamento para aqueles que enfrentaram traumas, podendo ou não ser desencadeado intencionalmente. No estado presente, eles estão sempre "presos ao passado".

Muitos de nós nos referimos ao nosso eu infantil regredido como "pequeno eu", e nosso eu normal como "eu grande". Não há nenhum agir ou fingir envolvido durante a regressão. Todos regridem. Só depende da intensidade da regressão. Nossa criança interior busca espaços seguros para se sentir segura e feliz. Os "pequenos espaços" são espaços seguros para regressores de idade e geralmente são o local para onde seus pequenos eus devem ir quando precisam se sentir protegidos enquanto regrem. Pequenos espaços variam para os indivíduos. Muitos são carinhosamente decorados com brinquedos de bebê, um berço, luzes noturnas e cobertores macios para o máximo conforto.

Uma forma de regressão pode ser vista em um professor estressado que se volta para sugar e mastigar sua caneta (comportamento infantil) para lidar com o estresse, ou um adolescente universitário que se volta para um urso fofinho quando chateado.

A regressão da idade descreve o processo pelo qual um adulto passa ao se tornar a criança interior. Um relacionamento não pode funcionar se o adulto não estiver no tempo presente. O comportamento aparece como se fosse agora, enquanto, na verdade, a pessoa está agindo como se fosse uma criança ou adolescente de sua família.

A regressão etária é um padrão no qual o adulto se move do tempo presente para a criança interior congelada interagindo com um adulto no tempo passado.

Estudo de caso

Nita era uma menina muito jovem. Ela é abusada sexualmente por seu professor de ensino. Esse evento aconteceu na década de 1990. Isso foi traumático demais para Nita. Ela não conseguia entender o que estava acontecendo com ela. No momento do trauma emocional, Nita congelou. A memória dolorosa ficou embutida. Uma parte de Nita inconscientemente decidiu: "Os homens nunca podem ser confiáveis, ou isso acontecerá novamente".

Nita já cresceu. Ela está na casa dos quarenta anos.

Nita tem uma criança interior profundamente ferida que não confia nos homens. Quando ela encontra homens em posição, e que também são conhecidos como homens de autoridade, sua criança interior vem à tona.

Nita agora transferiu sua experiência passada para o novo relacionamento com seu chefe masculino. Nita é inteligente, orientada para o trabalho e trabalhadora. Mas seu padrão infantil interior dificulta a adaptação ao trabalho.

Entramos em tais padrões de percepção-comportamento, sem saber o porquê. *Este é o padrão de regressão da idade.*

Estudo de caso

Alisha adoraria sentar no colo do papai, "ser fofa" com o papai para que o papa ganhasse sua boneca favorita. Alisha, agora uma jovem adulta, se comporta da mesma forma com seu namorado para obter favores semelhantes. Este é o mesmo padrão de criança interna que transforma uma Alisha madura em uma Alisha mais jovem para que ela possa realizar seus desejos.

"Ser fofa", virou um padrão para Alisha. Funcionou para ela. Então, passou a fazer parte dela. Funcionava como um mecanismo de sobrevivência. Para sobreviver ao ambiente infantil, ela desenvolveu uma experiência, chamada "ser fofa". Funcionou naquela situação, e certos episódios em seu ambiente adulto presente acionaram a criança dentro para hipnotizar os adultos no tempo presente.

De acordo com Sigmund Freud, a regressão é um mecanismo de defesa inconsciente, que causa a reversão temporária ou de longo prazo do ego para um estágio anterior de desenvolvimento (em vez de lidar com impulsos inaceitáveis de uma maneira mais adulta). A regressão é típica em uma infância normal e pode ser causada por estresse, frustração ou um evento traumático. A regressão em adultos pode surgir em qualquer idade; implica recuar para um estágio de desenvolvimento anterior (emocional, social ou comportamental). Em essência, os indivíduos retornam a um ponto em seu desenvolvimento em que se sentiam mais seguros e quando o estresse era inexistente, ou quando um pai todo-poderoso ou outro adulto os teria resgatado.

Comportamentos regressivos comuns

Chorar/Choramingar Ser mudo

Engajando-se em conversas silenciosas sobre bebês

Jogando burro

Chupar objetos ou partes do corpo

Precisando de um objeto de conforto como um bichinho de pelúcia

Ser fisicamente agressivo (por exemplo, bater, arranhar, morder, chutar)

Ter birras

'Futurizante'

'De volta para o futuro!'

'Planejamento excessivo – Procrastinar – Fantasiar – Catastrofizar' *"A vida é o que acontece conosco, enquanto estamos ocupados fazendo outros planos." "O segredo da saúde para a mente e para o corpo é não chorar pelo passado, nem se preocupar com o futuro, mas viver o momento presente com sabedoria e seriedade".*

"Às vezes, sinto o passado e o futuro pressionando tanto de ambos os lados que não há espaço para o presente."

Futurizar é ter uma visão irrealista, principalmente negativa, do que o futuro reserva. É uma tendência esperar um resultado exagerado. Em outras palavras, nosso pensamento defeituoso faz com que as coisas sejam piores do que realmente são.

Futurizar pode ser simplesmente planejar, imaginar uma catástrofe no futuro ou até mesmo imaginar um resultado agradável no futuro.

É um erro de pensamento, e é muito comum. É um padrão defeituoso de pensamento onde o que pensamos não corresponde à realidade. Nossos pensamentos estão distorcidos. E com erros de pensamento, a distorção é quase sempre negativa. Em outras palavras, nosso pensamento defeituoso faz com que as coisas sejam piores do que realmente são.

Todos nós fazemos isso. Nós generalizamos demais e vemos um único evento negativo como um padrão interminável de derrota. Ou ampliamos a importância de um determinado evento e pensamos, incorretamente, que estamos condenados para sempre se não der certo.

Wilson e Barber listaram inúmeras características em seu estudo:

- ter amigos imaginários na infância.
- fantasiando muitas vezes quando criança.
- ter uma identidade de fantasia real.
- experimentando sensações imaginadas como reais.
- ter percepções sensoriais vívidas.

Em cada padrão de futurizing, o adulto se desloca de uma realidade do tempo presente, para a criança interior que transfere o passado para o futuro.

Uma criança em uma situação estressante muitas vezes se sente confusa, sobrecarregada ou caótica. Nesse caos, a criança cria uma fantasia que ajuda a dissolver a sensação de caos. A criança interior dentro do adulto assume a fantasia como realidade. Mas o que funcionou aos seis anos, pode não funcionar aos 36.

"Quem espera que a torta caia do céu nunca subirá muito alto." Fantasiar, se não for seguido de esforços para alcançar o mesmo, geralmente falha. Isso acontece porque a criança interior apenas fantasiava, mas nunca aprendeu a trabalhar duro para convertê-la à realidade.

Estudo de caso

Jackie sempre teve a questão de – "Eu mereço muito mais. Mas nunca consigo o que quero." Jackie sempre fantasiava ser o melhor da classe. Mais tarde, ele se imaginaria o melhor no trabalho e seria devidamente recompensado pelo mesmo. Mas ele passava mais tempo fantasiando, em vez de valorizar seu trabalho. Então, Jackie que inicialmente estava no padrão de fantasiar agora tem outro padrão de catastrofização – eu nunca vou conseguir o que quero, então por que fazê-lo.

Não só *o agora* é catastrófico, mas o futuro também é imaginado como catastrófico.

Atualmente, o adulto tem muitos recursos disponíveis. É a criança interior, que não percebe a importância dos recursos. A dor do passado permanece viva como uma experiência no presente e como um futuro projetado e imaginado.

Catastrofização

Catastrofizar é perceber uma situação atual como consideravelmente pior do que realmente é.

Catastrofizar é um pensamento irracional que muitos de nós temos, em acreditar nisso. Geralmente pode assumir duas formas diferentes: fazer uma catástrofe a partir de uma situação atual e imaginar fazer uma catástrofe a partir de uma situação futura.

Tais pensamentos geralmente começam com as palavras *e se*. *E se eu for reprovado no exame?*

E se eu esquecer tudo?

E se meu pai não estiver feliz com meu desempenho? E se minha namorada me rejeitar se eu a pedir em casamento?

E se eu perder o emprego?

- Alguém pode se preocupar com a reprovação em um exame. A partir daí, eles podem assumir que reprovar em um exame significa que eles são um mau aluno e nunca podem passar, obter um diploma ou encontrar um emprego. Eles podem concluir que isso significa que nunca serão financeiramente estáveis.

- Se alguém propenso a catastrofizar cometer um erro no trabalho, pode acreditar que será demitido. E que, se forem demitidos, perderão a casa. E se perderem a casa, o que acontecerá com os filhos – e assim por diante.

- "Se eu não me recuperar rapidamente desse procedimento, nunca vou melhorar e vou ficar incapacitado a vida inteira."

- "Se meu parceiro me deixar, nunca mais encontrarei ninguém e nunca mais serei feliz."

O problema que enfrentamos pode, de fato, ser um pequeno percalço insignificante. No entanto, como nos entregamos ao hábito de catastrofizar, sempre tornamos os problemas maiores do que a vida, o que, claro, os torna incrivelmente difíceis de superar.

A catastrofização tem duas partes:

- Prevendo um resultado negativo.
- Chegando à conclusão de que, se o resultado negativo

acontecesse, seria uma catástrofe.

Embora existam várias causas potenciais e contribuintes para a catastrofização, a maioria se enquadra em uma das três categorias.

1. **Ambiguidade** – ser vago pode abrir uma pessoa para um pensamento catastrófico.

Um exemplo seria receber uma mensagem de texto de um amigo que diz: "*Precisamos conversar*". Essa mensagem vaga pode ser algo positivo ou negativo, mas não podemos saber qual delas é apenas com as informações que temos. Então, começamos a imaginar o pior.

2. **Valor** – Relacionamentos e situações que temos em alto valor podem resultar em uma tendência à catastrofização. Quando algo é particularmente significativo, o conceito de perda ou dificuldade pode ser mais difícil de lidar.

Um exemplo seria candidatar-se a uma vaga. Podemos começar a imaginar a grande decepção, ansiedade e depressão que experimentaremos se não conseguirmos o emprego.

3. **O** medo – especialmente o medo irracional, desempenha um papel importante na catastrofização. Se tivermos medo de ir ao médico, começaremos a pensar em todas as coisas ruins que o médico poderia nos dizer, mesmo que estejamos apenas indo para um check-up.

A catastrofização acontece quando nos projetamos no futuro e imaginamos o pior resultado. *Ansiedade é imaginar um resultado catastrófico e experimentar angústia agora.*

Esse padrão de percepção-comportamento é formado à medida que a criança vivencia o trauma. A criança começa a acreditar que essa é a dura realidade da vida e sempre será assim.

No adulto, a criança interior ansiosa continua surfando, catastrofiza o resultado e acredita fortemente que ele é real. O resultado é dor e angústia no tempo presente. Aqui, catástrofes passadas são projetadas para o futuro. Esse padrão de pensamento pode ser destrutivo porque a preocupação desnecessária e persistente pode levar ao aumento da ansiedade e da depressão.

Pensar Aberrações

'Confusão' 'Eu faço ou não faço?'
'Indecisão'

"Confusão é uma palavra que inventamos para uma ordem que ainda não é compreendida."

"A vida é como uma questão de múltipla escolha, às vezes as escolhas confundem, não a pergunta."

A confusão é a incapacidade de pensar ou raciocinar de maneira focada e clara. É o estado de estar desnorteado ou sem clareza na mente sobre algo. É a perda de **orientação**, ou a capacidade de se colocar corretamente no mundo pelo tempo, local e identidade pessoal.

É derivado da palavra latina '*confusio* ' do verbo '*confundere*', que significa 'misturar-se'.

Estudo de caso

Maria era uma menina simples. Como todas as outras crianças simples, ela não entendia o que era certo ou errado, bom ou ruim, positivo ou negativo. Seus pais eram o mundo para ela. Por um lado, seus pais pregavam que é errado mentir e que se deve sempre seguir o caminho da verdade. Mas então, ela observou que, muitas vezes, eles recorriam à falsidade, seja para evitar algo ou como seus pais racionalizavam – era necessário.

Estudo de caso

Mohan foi criado em um ambiente onde seu pai sempre alegava que o governo é corrupto e testemunhava longas conversas de seu pai com seus amigos. Mas, na hora de subornar o policial de trânsito, o pai não pensava duas vezes.

A maioria de nós, à medida que crescemos, foi testemunha da dualidade dos pais na fala e na ação, eles diziam algo e faziam algo. Quando confrontado prontamente seria a resposta – Você é muito jovem para entender isso. Mas quando se tratava de um assunto diferente, seríamos repreendidos – Você é grande agora, isso não era esperado de você. Então, nós éramos jovens e velhos por conveniência de nossos pais.

A criança interior desenvolve o padrão de confusão quando há palavras e ações conflitantes, algo que a criança tem dificuldade em entender e integrar em seu eu consciente. Também acontece quando nos deparamos com um evento, situação ou emoção que não pode ser totalmente vivenciada. A criança simplesmente não sabe como reagir à situação ou à emoção. A situação não faz sentido para a criança e um "padrão interno de criança confuso" se desenvolve. Na vida adulta, o adulto automaticamente aparece perpetuamente confuso. O adulto tem dificuldade de decidir no trabalho, em casa, nos relacionamentos.

É o processo de encaixe, de acordo com as regras dos pais ou as normas da sociedade confusa. É como abandonar quem realmente somos para nos tornarmos o que não somos. Daí a afirmação – Uma parte de mim *deveria fazer isso, mas uma parte de mim não quer fazê-lo*. Esta é a principal razão por trás de muitas "dores de cabeça divididas" ou enxaquecas.

Indecisão

"O risco de uma decisão errada é preferível ao terror da indecisão."

Indecisão é o estado de ser incapaz de fazer uma escolha, oscilando entre dois ou mais cursos de ação possíveis.

Estudo de caso

Albert estava sempre sob imensa pressão de seus pais para se destacar em suas notas. Eles sabiam que ele adorava brincar com brinquedos mecanizados. Então, eles vislumbraram um futuro na robótica. Sem saber, transmitiram e transferiram essa 'pressão' para Alberto, que queria ser músico. Isso colocou Albert em um estado de criança interior confuso, onde ele nunca poderia decidir entre o que ele gostava de fazer e o que ele era bom em fazer e o que seu

Pais justos acharam que era melhor para ele fazer. Acabou escolhendo a carreira errada e a vida deprimida.

As expectativas dos pais podem ser percebidas como difíceis, impossíveis, erradas, avassaladoras e não em sincronia com o que a criança deseja. Tais expectativas parentais, que a criança é incapaz de cumprir, criam sentimentos de confusão. O confuso padrão interno da criança é ativado e generalizado em todas as esferas de suas vidas. Eles são incapazes de decidir por si mesmos. Isso cria um sentimento – eu sou um fracasso. Nunca consegui corresponder às expectativas de ninguém. Apesar de habilidosos e com muito potencial, eles se destacam e têm desempenho abaixo do esperado. Resultam sentimentos de ser julgado ou de incompetência ou inadequação.

'Generalizar demais' 'Nunca sempre'

"Verdade para uma parte pode não ser verdade para o todo!"

"Sempre e nunca são duas palavras
você deve sempre se lembrar de nunca usar."

A generalização excessiva é um padrão de aberração de pensamento onde tendemos a fazer generalizações amplas que são baseadas em um único evento e evidências mínimas. Mais especificamente, é a tendência de usar nossas experiências passadas como ponto de referência para fazer suposições sobre as circunstâncias presentes ou futuras. Em outras palavras, estamos essencialmente usando um evento passado para prever o futuro.

É o ato de tirar conclusões demasiado amplas porque excedem o que poderia ser logicamente concluído a partir da informação disponível. A generalização excessiva frequentemente afeta pessoas com depressão ou transtornos de ansiedade. É uma forma de pensar onde aplicamos uma experiência a todas as experiências, incluindo as futuras.

Nesse padrão de generalização excessiva, vemos qualquer experiência negativa que aconteça como parte de um padrão inevitável de erros. Com a ansiedade social, pode impactar muito a vida e inibir nossa rotina diária. A generalização excessiva pode piorar nossos pensamentos, fazendo-nos sentir que todos não gostam de nós e que não podemos fazer nada certo.

Uma generalização excessiva autolimitada é quando nos impedimos de atingir nosso potencial. São pensamentos comuns como "não sou bom o suficiente" ou "nunca poderia fazer isso". Isso nos impede de dar o próximo passo, prejudicando nossa carreira e vida social. As generalizações excessivas podem ser um sintoma debilitante da ansiedade social. Eles limitam a forma como interagimos com os outros e podem nos impedir de alcançar o que queremos fazer em nossa vida.

Pessoas que generalizam demais, usam palavras como "sempre" e "todos" ao avaliar eventos, mesmo que essas palavras provavelmente não sejam totalmente precisas. O excesso de generalizações pode ser entendido na linguagem que usamos quando falamos de provocações. Usamos palavras como "sempre", "nunca", "todos" e "ninguém". Esse tipo de pensamento e linguagem é importante porque, uma vez que dizemos que algo sempre acontece conosco, começamos a responder ao padrão dos eventos em vez de apenas um evento que acabou de acontecer.

Pessoas que generalizam demais tendem a ficar mais irritadas do que outras, expressam essa raiva de maneiras menos saudáveis e sofrem maiores consequências como resultado de sua raiva.

Por exemplo, se uma vez eu fiz um discurso ruim, eu vou começar a dizer para mim mesmo, eu sempre atrapalho os discursos. Um esforço fracassado no início é exagerado – eu nunca serei capaz de fazê-lo.

"O que é verdade para uma parte, é verdade para o todo" nem sempre é verdade. Fazemos uma conclusão ampla e generalizada com base em um único incidente. Uma rejeição de um membro do sexo oposto é generalizada em – eu não sou bom o suficiente ou não sou amável. A linguagem da expressão muda de vez em quando para sempre ou nunca; alguns se tornam tudo ou nada e alguém se torna todo mundo ou ninguém.

'Fachada' 'Confusão enganosa'

'Tudo o que reluz não é ouro!'

Fachada é uma aparência exterior enganosa. Uma fachada é uma espécie de fachada que as pessoas colocam emocionalmente. Se estamos loucos, mas agindo felizes, estamos colocando uma fachada. Uma pessoa colocando uma fachada é definitivamente colocando Uma frente: o rosto que eles estão mostrando para o mundo não condiz com o que eles estão sentindo.

A confusão às vezes pode ser uma fachada criada pela criança interior no ambiente. Trata-se de um padrão protetor e defensivo que garante a sobrevivência em uma situação hostil. A criança interior aprende a driblar o ambiente, criando confusão. A criança aprende que, ao usar certas palavras ou ser de uma determinada maneira, os adultos permanecem desnorteados. *Isso ajuda a criança a se sentir poderosa quando se sente impotente.* A criança realmente se sente impotente, sobrecarregada e confusa e, nessa confusão, a criança decide confundir os outros para se sentir poderosa.

Quando a criação de confusão, para lidar com a impotência é colocada no automático, o indivíduo começa a experimentar sentimentos de isolamento, alienação, ser incompreendido e solidão, porque para manter o sentimento de poder e controle, uma pessoa deve continuar a criar confusão nos outros e em seu mundo. Muitas vezes, a pessoa excessivamente intelectual usará a estratégia acima.

'Conclusões precipitadas' 'Pensamento assuntivo'

'Leitura da mente – adivinhação'

Quando tiramos conclusões precipitadas, estamos, na verdade, tirando conclusões negativas com pouca ou nenhuma evidência, fazendo suposições irracionais sobre pessoas e circunstâncias. Isso ocorre quando pensamos que sabemos o que os outros estão pensando e sentindo, ou por que eles se comportam de certas maneiras, mesmo quando não há evidências para apoiar nossas crenças. Não surpreendentemente, isso pode levar a todos os tipos de problemas.

Assumimos que algo acontecerá no futuro (pensamento preditivo), ou assumimos que sabemos o que outra pessoa está pensando (leitura da mente). O problema é que essas conclusões raramente são baseadas em fatos ou evidências concretas, mas sim baseadas em sentimentos e opiniões pessoais.

Pode ocorrer de duas maneiras – leitura da mente e adivinhação. Quando estamos "lendo a mente" estamos assumindo que os outros são negativos avaliar-nos ou ter más intenções para nós. Quando estamos "adivinhando", estamos prevendo um resultado futuro negativo ou decidindo que as situações vão piorar antes mesmo que a situação tenha ocorrido.

Estudo de caso

Patrícia tinha bom relacionamento com os colegas de trabalho. Mas ela acreditava que eles não a viam como sendo tão inteligente ou capaz quanto o resto do escritório. Patrícia recebeu um projeto importante que aguardava ansiosamente e estava animada para trabalhar. No entanto, ela continuou dizendo a si mesma: "Todos eles já acham que eu sou. Sei que vou errar e estragar todo esse projeto".

Os pensamentos de Patrícia não se baseiam em nada factual. Ela não tem nenhuma evidência de que eles a menosprezam ou que o projeto fracassaria. Ela está tirando conclusões precipitadas sobre o que os outros pensam e o resultado de eventos futuros. Ela está "lendo a mente" de seus colegas e "adivinhando" o resultado do projeto. Ela pode escolher dizer a si mesma que fará o seu melhor neste projeto e, se um erro for cometido, ela aprenderá com ele.

Uma das maiores aberrações de pensamento dos humanos é que somos criaturas "racionais". Por um lado, pensamos logicamente às vezes, mas não há dúvida de que grande parte do nosso pensamento, na maior parte do tempo, não é nem de longe tão racional ou tão preciso quanto supomos que seja.

A maneira como interpretamos as situações é enviesada por nossa educação, incluindo origens culturais e religiosas, por nossos humores internos e sentimentos sobre o que está acontecendo no momento.

Muitas vezes erramos nossos palpites, o que pode incomodar e insultar ou ofender a outra pessoa. Isso pode ser desastroso para os relacionamentos – íntimos e pessoais, bem como para os profissionais e de trabalho.

'Pensamento preto e branco' 'Sou bom ou ruim'
'Tudo ou nenhum pensamento – Ampliação e minimização'

"A vida não é preto no branco, mas também não dá para chamar de colorida. Na verdade, é o que você faz dele, então como você olha para ele importa muito."

O pensamento em preto e branco ou pensamento de tudo ou nada é o fracasso no pensamento de uma pessoa em reunir a dicotomia de qualidades positivas e negativas do eu e dos outros em um todo coeso e realista. É pensar em extremos – ações e motivações são todas boas ou todas ruins, sem meio termo. Nunca vemos verdadeiramente as circunstâncias de forma imparcial e neutra.

Eu sou um sucesso brilhante, ou eu sou um fracasso total. Meu namorado é um anjo, ou ele é o diabo encarnado.

Esse padrão de pensamento polarizado nos impede de ver o mundo como ele muitas vezes é – complexo e cheio de todos os tons no meio. Uma mentalidade de tudo ou nada não nos permite encontrar o meio termo. A maioria de nós se envolve nessa aberração de pensamento de tempos em tempos. Na verdade, acredita-se que esse padrão pode ter suas origens na sobrevivência humana – nossa resposta de luta ou fuga.

Esse padrão pode prejudicar nossa saúde física e mental, sabotar nossas carreiras e causar interrupções em nossos relacionamentos.

Exemplos podem incluir:

- De repente, movendo as pessoas da categoria "pessoa boa" para a categoria "pessoa ruim".
- Pedir demissão de um emprego ou demitir pessoas.
- rompendo um relacionamento.
- evitar a resolução genuína dos problemas

Esse tipo de padrão infantil interior de aberração de pensamento muitas vezes se desloca entre idealizar e desvalorizar os outros. Estar em um relacionamento com alguém que pensa em extremos pode ser realmente difícil por causa dos ciclos repetidos de agitação emocional.

O pensamento em preto e branco pode nos fazer criar regras rígidas para nós mesmos. Quando pensamos em preto e branco, internalizamoscada fracasso e ter uma expectativa irrealista de cada sucesso. Todos nós nos perguntamos se somos "pessoas más" ou "pessoas boas". Na realidade, a maioria de nós está em algum lugar no meio, com qualidades ruins e boas. Quando pensamos em preto e branco, corremos o risco de ser excessivamente autocríticos ou nos recusarmos a ver nossos defeitos. Pode nos tornar hipersensíveis às opiniões alheias e dificultar a aceitação de críticas. Isso nos impede de crescimento genuíno e autocompaixão.

Isso cria instabilidade nos relacionamentos porque uma pessoa pode ser vista como virtude personificada ou vício personificado em diferentes momentos, dependendo se eles satisfazem nossas necessidades ou nos frustram. Isso leva a padrões de relacionamento caóticos e instáveis, experiências emocionais intensas, difusão de identidade e mudanças de humor.

As relações acontecem entre indivíduos, quer eles se vejam como família, amigos, vizinhos, colegas de trabalho ou qualquer outra coisa inteiramente. As pessoas têm altos e baixos e inevitavelmente surgem conflitos. Se abordarmos os conflitos normais com padrões de pensamento em preto e branco, tiraremos conclusões erradas sobre outras pessoas e perderemos oportunidades de negociar e se comprometer. Pior ainda, o pensamento em preto e branco pode fazer com que uma pessoa tome decisões sem pensar no impacto dessa decisão em si mesma e nos outros envolvidos.

Esse tipo de pensamento nos faz nos ater a categorias rigidamente definidas – Meu trabalho. O trabalho deles. Meu papel. O papel deles.

Todos nós pensamos no mundo em termos de preto e branco às vezes. Desde se recusar a ver as falhas em nossos entes queridos, até ser excessivamente duro com nós mesmos, a tendência do cérebro humano de entender o mundo em qualquer um dos termos tem um efeito profundo em nossos relacionamentos.

O mundo não é um lugar qualquer: nossas vidas estão cheias de tons de cinza. Ao ver o mundo em preto e branco – podemos inicialmente tornar mais fácil para nós mesmos separar o bem do ruim, o certo do errado e o belo do feio. Mas esse tipo de pensamento pode ser exaustivo, nos enviando através de constantes altos e baixos. E em um nível profundo, simplificar as coisas em termos binários fáceis nos rouba grande parte da complexidade que torna a vida e os relacionamentos tão ricos.

Ampliação e minimização

Ampliação e Minimização é um padrão de aberração de pensamento em preto e branco onde tendemos a ampliar os atributos positivos de outra pessoa, minimizando nossos atributos positivos. Em outras palavras, estamos efetivamente desvalorizando a nós mesmos, ao mesmo tempo em que colocamos o outro em um pedestal. Ter humildade é uma coisa maravilhosa, mas não em detrimento da nossa autoestima.

'Rotulagem'

'Eu sou assim só' 'Marcação'

Rotular é descrever alguém ou algo em uma palavra ou frase curta, atribuir a uma categoria, especialmente de forma imprecisa ou restritiva. Ao longo de nossas vidas, as pessoas nos atribuem rótulos e vice-versa. Esses rótulos afetam como os outros pensam sobre nossas identidades, bem como como pensamos sobre nós mesmos e os outros.

Na maioria das vezes, os rótulos que usamos para descrever uns aos outros são o resultado de suposições e estereótipos infundados. Aplicamos regularmente rótulos a pessoas que mal conhecemos ou que nem sequer conhecemos, e o mesmo é feito connosco. Assim, para o bem ou para o mal, os rótulos representam uma influência em nossa identidade que muitas vezes está além do nosso controle.

Ser rotulado como "diferente" pode levar ao bullying e à marginalização nas escolas. As crianças mudam e se desenvolvem, mas os rótulos, infelizmente, tendem a permanecer. Isso pode tornar difícil para as crianças deixarem para trás reputações negativas e começarem de novo. O uso de rótulos pode ser prejudicial às crianças. A relação entre rotulação e estigmatização é complexa, mas bem estabelecida.

Rótulos que se concentram nas dificuldades que uma criança está tendo o fazem às custas de reconhecer suas capacidades e pontos fortes em outras áreas. Tais rótulos podem ser muito difíceis de ver no passado, mesmo que sejam apenas uma parte da identidade de uma criança. Isso pode resultar em diminuir as expectativas dos adultos em relação às crianças e influenciar indevidamente sua interpretação das ações de uma criança.

A forma como rotulamos as coisas muitas vezes reflete nossos sistemas internos de crenças. Quanto mais tendemos a rotular algo, mais fortes são os sistemas de crenças em jogo. Nossos rótulos são muitas vezes baseados em experiências passadas e opiniões pessoais, em vez de em fatos concretos e evidências.

'Raciocínio emocional' 'Verdade emocional e realidade' 'Emoções – Pensamentos – Ações'

Quando acontece algo que nos deixa chateados, como lidamos com isso – somos capazes de separar nossas emoções da realidade da situação ou acabamos confundindo-as?

Uma situação evoca uma resposta emocional de nós, o que nos leva a pensar tanto sobre ela que a realidade que criamos em nossas mentes é separada da realidade real. O estresse é criado sobre coisas que não são problemas reais simplesmente por causa de como nos sentimos e pensamos sobre elas – deixamos que nossos sentimentos guiem como interpretamos a realidade.

Trata-se do raciocínio emocional, onde concluímos que nossa reação emocional prova que algo é verdadeiro, independentemente de evidências provando o contrário. Nossas emoções turvam nossos pensamentos, o que, por sua vez, turva nossa realidade.

Os sinais de raciocínio emocional incluem pensamentos como "Eu me sinto culpado, então devo ter feito algo ruim", "Estou me sentindo inadequado, então devo ser inútil" ou "Sinto medo, então devo estar em uma situação perigosa".

O raciocínio emocional pode levar a nos sentirmos um fracasso antes mesmo de começarmos a trabalhar em direção a algo. Nossa mente deixar nossas emoções tomarem conta é exaustivo e pode nos levar a pensar que falhamos antes mesmo de começarmos. Isso pode levar à procrastinação e, às vezes, não fazer a tarefa. As emoções tomando conta também diminuem o desejo de mudar, porque sentimos que a mudança não é possível mesmo se tentássemos.

Se nossas emoções ditam nossos pensamentos e, por sua vez, nossas ações, podemos ter raciocínio emocional. Tendemos a interpretar nossa experiência derealidade baseada em como estamos nos sentindo no momento. Portanto, a forma como nos sentimos em relação a algo efetivamente molda como percebemos e interpretamos a situação em que nos encontramos. Isso significa que nosso humor sempre influencia como experimentamos o mundo ao nosso redor. Nossas emoções, portanto, tornam-se efetivamente um termômetro de como vemos nossa vida e circunstâncias.

Falácia da Equidade

'Falácia da justiça'

"Não é justo! Não me culpe!" 'Culpabilização – Personalização'

"Esperar que o mundo te trate de forma justa porque você é uma boa pessoa é um pouco como esperar que o touro não te ataque porque você é vegetariano."

"Não tente fazer da vida um problema de matemática com você mesmo no centro e tudo saindo igual. Quando você é bom, coisas ruins ainda podem acontecer. E se você é ruim, ainda pode ter sorte."

Falácia da justiça

É a crença de que a vida deve ser justa.

Quando a vida é percebida como injusta, um estado emocional raivoso é produzido que pode levar a tentativas de corrigir a situação. Sentimo-nos ressentidos porque acreditamos fortemente no que é justo, mas as outras pessoas não concordam connosco. Como a vida não é justa, as coisas nem sempre vão dar certo a nosso favor, mesmo quando deveriam.

Aqueles com esse tipo de padrão de percepção-reação costumam dizer – "A vida é injusta" se as coisas não seguirem seu caminho. Muitas vezes avaliam as situações com base na sua "justiça"; Por isso, muitas vezes sentem-se frustrados porque, na realidade, a vida nem sempre é justa.

A forma como olhamos para o mundo é o resultado das crenças que temos. Então, toda experiência que a gente tiver vai ser interpretada dentro desse quadro. Por exemplo, se acreditarmos na sorte, como uma crença central – então as pessoas serão rotuladas como sortudas ou azaradas e alguém com uma grande casa grande e bonita e um carro novo tem sorte e alguém que não tem essas coisas é azarado. É um modo de pensar, um padrão de percepção.

reação. Então, se algo ruim acontece conosco, então interpretamos que somos azarados. E que a vida é injusta.

Uma vez que decidimos – "Eu sou azarado; A vida não é justa' – estamos agora em modo vítima.

A falácia da equidade é frequentemente expressa em suposições condicionais:

- Se ele me amasse, me daria um anel de diamante.
- Se valorizassem o meu trabalho, deveriam me recompensar.

É tentador fazer suposições sobre como as coisas mudariam se as pessoas fossem *justas* ou valorizassem você. Mas não é isso que os outros pensam ou percebem. Então, a gente chega com dor.

Quando crianças, nos espelhamos em nossos pais. Eles são o mundo para nós. Se mamãe fez alguma coisa, então eu deveria fazer como ela. Então eu teria razão, seria amada, seria como ela. Então, o comportamento da mãe vira modelo. Isso cria um padrão filho interno espelhado.

A criança eventualmente anda assim, fala como, age como, soa como e até sente o mesmo que os pais sentem em relação à vida. À medida que nos tornamos adultos e pais, agimos e conversamos com nossos filhos, assim como nossos pais falaram conosco. Na falácia da justiça, um certo sistema de valores é absorvido pela criança da mãe, do pai ou de ambos, o que ensina à criança o que é justo.

Palavras, comportamentos, falta de ações e olhares de apoio não são regidos pela lei em preto e branco e, no entanto, esperamos algum nível de cortesia daqueles que escolhemos ter em nossas vidas. Além da cortesia comum, todos nós temos nossas ideias de como gostamos de ser tratados e nos sentimos profundamente magoados quando somos maltratados. Os seres humanos constroem como veem a realidade com base em suas experiências anteriores.

Em situações cotidianas, a forma como respondemos é baseada em nossos sistemas de crenças e, naturalmente, como reagimos nas situações parece bastante automática, pois assumimos que nossa resposta é a certa para a situação.

No entanto, se aderirmos muito firmemente às nossas definições do que é justiça, corremos o risco de rigidez, ansiedade e raiva quando confrontados com os comportamentos de outros que não se encaixam em nossas categorias. Claro que todos nós podemos ter um ligeiro discordância com os outros sobre o que seu comportamento demonstra, mas ocasionalmente, se nos tornamos obcecados por justiça, corremos o risco de ansiedade e chateação.

O problema é que duas pessoas raramente concordam sobre o que é justiça, e não há tribunal para ajudá-las. Equidade é uma avaliação subjetiva de quanto do que uma esperava, precisava ou esperava foi fornecida pela outra pessoa.

Estudo de caso

Sheena espera flores ou presentes todos os fins de semana de Tim porque viu sua melhor amiga recebê-las de seu namorado. Quando não os recebe, sente-se ansiosa, magoada, rejeitada e zangada. Tom não faz ideia e caminha continuamente todos os sábados à noite em acusações de ser indiferente e sem amor. Isso o confunde e machuca, pois Sheena está aplicando sua própria experiência de vida e expectativas pessoais como regra.

A equidade é tão convenientemente definida, tão tentadoramente interesseira, que cada pessoa fica presa ao seu ponto de vista.

Muitos de nós hoje crescemos ouvindo que poderíamos ser o que quiséssemos ser. Agora, quando não recebemos elogios no trabalho ou mesmo se somos repreendidos, isso pode ir contra o que consideraríamos "justo". Não é justo que sejamos criticados. Era para sermos o sucesso.

A palavra feira é um bom disfarce para preferências e desejos pessoais.

O que queremos é justo, o que o outro quer é falso.

A falácia da justiça é um dos tipos mais comuns de distorções cognitivas baseadas na teoria cognitiva de Aaron Beck. A teoria afirma que quando em qualquer interação abordamos no modo criança: choramingar, fazer birra, ser irracional, etc. (como podemos fazer se nossas "regras" forem quebradas). Então a outra pessoa vai nos responder como um pai: falando para baixo, usando a autoridade, tentando nos convencer de que somos irracionais, dizendo que não precisa desse estresse, etc.

A teoria também afirma que se nos aproximarmos de alguém no modo pai: rigoroso, estabelecendo a lei, cumprindo ordens, severo e autoritário, usando ameaças ou gritando (como podemos fazer se nossas "regras" forem quebradas)... então a outra pessoa responderá como uma criança e talvez entre em um bufão, desligue, surte, fique bravo, vá embora ou vá completamente adolescente e rebelde ("você não pode me dizer o que fazer").

Ao longo de nossas vidas, podemos oscilar entre esses dois estados começando em uma das posições ou sendo acionados na resposta oposta por outra pessoa. Isso acontece seja o outro um parceiro, um irmão, um colega ou chefe, um amigo, ou mesmo um pai ou um filho. Isso invariavelmente nos leva a lugar nenhum.

Culpando

"Quando você culpa os outros, você abre mão do seu poder de mudar." "Quando as pessoas são coxas, elas adoram culpar."

Culpa é o ato de responsabilizar, fazer afirmações negativas sobre um indivíduo ou grupo de que sua ação ou ações são social ou moralmente irresponsáveis, o oposto de elogio. Quando alguém é moralmente responsável por fazer algo errado, sua ação é culpável.

A culpa é responsável por algo que deu errado ou é o ato de atribuir essa responsabilidade a alguém. Culpar é apontar o dedo para outra pessoa e declará-la responsável por uma falha ou erro. Se estou sofrendo, alguém deve ser responsável.

Culpar envolve tornar alguém responsável por escolhas e decisões que são realmente de nossa responsabilidade. "Não sou responsável. Não tenho culpa." É como se alguém estivesse sempre fazendo isso conosco, e nós não temos responsabilidade.

Culpar é o padrão em que responsabilizamos os outros por todas as coisas difíceis que nos acontecem. Muitos de nós tomaremos o crédito por nós mesmos se as coisas correrem bem na vida, mas colocaremos a culpa nas circunstâncias ou nos outros quando as coisas correrem mal.

Por exemplo, imagine um aluno fazendo uma prova. Se ele passar, o crédito vai para o seu trabalho duro. Mas se ele falhar no teste, de repente há um

Motivo – as questões estavam fora do conteúdo programático, a checagem não foi feita corretamente, o examinador estava de mau humor.

Culpar as pessoas, especialmente as próximas, quando as coisas não vão bem pode ter um efeito gravemente prejudicial em nossos relacionamentos, famílias e carreira.

Culpar os outros é fácil. Culpa significa menos trabalho, pois quando culpamos, não precisamos ser responsabilizados. Culpa significa que não precisamos ser vulneráveis. Culpar os outros alimenta nossa necessidade de controle. A culpa descarrega sentimentos respaldados. A culpa protege o nosso ego.

Algumas pessoas usam a culpa para se fazer de vítima. Este é um movimento do ego, pois quando estamos no modo "pobre eu" significa que chamamos a atenção de todos os outros, e ainda somos a pessoa "boa".

Se usamos a culpa para ser superior ou vítima, ambos vêm da falta de autoestima. A pergunta a ser feita pode até não ser tanto "por que estou culpando", mas "por que me sinto tão mal comigo mesma que tenho que culpar os outros para me sentir melhor?".

Estudo de caso

Sarah tem dificuldade de pedir diretamente, de exigir o que quer. Ela espera que consiga, sem pedir. Perguntar ou apresentar seus desejos nunca foi incentivado. Não era permitido na família. E ela era uma menina, como ela pode perguntar!

Dizer o que você quer ou mesmo querer pode ser a fonte de todos os problemas. Em muitas situações, a criança aprende a conseguir o que se quer não perguntando diretamente, mas agindo indiretamente.

Sarah agora acha difícil pedir diretamente o que ela quer de seu parceiro, porque a criança interior quer ficar sem pedir.

Sarah agora tem uma queixa em seu relacionamento porque ela não 'pergunta' ao marido, e o marido não sabe o que quer, já que não foi pedido. Sarah espera ser compreendida. A culpa é do marido por não entender seus desejos!

A criança suprime seus desejos ou vontades e os considera sem importância. Depois, nem sabe o que quer.

Personalização

A personalização é um padrão em que assumimos consistentemente a culpa por absolutamente tudo o que dá errado em nossa vida. É a tendência de relacionar tudo ao nosso redor com nós mesmos. Sempre que algo não sai como esperado, imediatamente assumimos a culpa por esse infortúnio

– Irrelevante se somos ou não responsáveis pelo resultado.

Um homem recém-casado acha que toda vez que sua esposa fala sobre cansaço, ela quer dizer que está cansada dele.

Um homem cuja esposa reclama do aumento dos preços ouve as queixas como ataques à sua capacidade de arrimo de família.

Assumir a responsabilidade pela nossa vida e circunstâncias é admirável, mas ao mesmo tempo completamente inútil se acabarmos por nos sentir vítimas das circunstâncias.

Um aspecto importante da personalização é o hábito de nos compararmos com os outros. Ele é inteligente, eu não sou. O pressuposto subjacente é que o nosso valor é questionável. O erro básico na personalização é que interpretamos cada experiência, cada conversa, cada olhar como uma pista do nosso valor e nos culpamos.

Podemos estar nos envolvendo em personalização quando nos culpamos por circunstâncias que não são nossa culpa ou estão além de nosso controle. Outro exemplo é quando assumimos incorretamente que fomos intencionalmente excluídos ou visados.

A maioria de nós faz isso ocasionalmente, de vez em quando. Mas se descobrirmos que temos o hábito de levar as coisas para o lado pessoal quando realmente não precisamos, isso leva à auto-culpa. Acreditando que somos responsáveis por coisas que estão realmente fora de nosso controle, podemos sentir um sentimento de culpa ou vergonha por coisas que não são nossa culpa ou que não poderíamos ter controlado.

Estudo de caso

O companheiro de Stephanie lutava contra um problema de saúde. Mas ele não estava seguindo as recomendações do tratamento. Stephanie se sentiu responsável por não fazer o suficiente para ajudar quando sua saúde declinou.

Apoiar seu parceiro não significa que ela teve que assumir a responsabilidade por coisas que estavam fora de seu controle. É importante entender sobre o que temos controle, porque todos nós precisamos ser capazes de assumir a responsabilidade por nossas ações e escolhas quando pudermos. No entanto, também precisamos entender quando algo está fora de nosso controle e reconhecer nossas limitações.

Outro aspecto da personalização é quando viramos as coisas para refletir sobre nós mesmos quando um evento ou situação pode não ser sobre nós. Às vezes, isso vem de uma sensação de insegurança ou ansiedade.

Por exemplo, se entramos em uma sala e todos param de falar, começamos a acreditar erroneamente que todos devem estar falando de nós pelas costas. Na realidade, poderia ser qualquer outra coisa. Talvez eles estivessem discutindo algo privado, ou talvez tenha sido apenas um daqueles momentos em que a sala fica quieta.

Pensamos que as situações são sobre nós quando realmente não são. Uma coisa a considerar é que, na maioria das vezes, as outras pessoas estão preocupadas consigo mesmas e pensando em si mesmas. Isso significa apenas que, na maioria das vezes, eles não estão pensando ou se preocupando conosco.

Pode haver algumas pessoas que gastam seu tempo focadas em outras pessoas. É perda de tempo se preocupar com pessoas que fofocam. Mesmo quando alguém nos trata mal, seu comportamento é sobre eles, não sobre nós. Na maioria das vezes, não seremos capazes de fazer nada para mudar esse tipo de pessoa, então só precisamos nos concentrar em ser o tipo de pessoa que queremos ser.

Desligamento

'Desconexão'

'Eu não sou eu, não sou aqui, lá fora' 'Sem emoção – Fuga – Desapego – Fusão de identidade'

"Para encontrar a paz, às vezes você tem que estar disposto a perder sua conexão com as pessoas, lugares e coisas que criam todo o barulho em sua vida."

"Às vezes, você precisa de tempo sozinho para se desconectar e se reconectar novamente."

Desconexão é o estado de estar isolado ou desprendido, para separar (algo) de outra coisa: quebrar uma conexão entre duas ou mais coisas.

A dissociação é um processo mental de desconexão de pensamentos, sentimentos, memórias ou senso de identidade. O desapego emocional é uma incapacidade ou falta de vontade de se conectar com outras pessoas em um nível emocional. Para algumas pessoas, estar emocionalmente desapegada ajuda a protegê-las de dramas indesejados, ansiedade ou estresse. Para outros, o desapego nem sempre é voluntário.

Crianças que experimentam um evento traumático geralmente têm algum grau de padrão de desconexão durante o evento em si ou nas horas, dias ou semanas seguintes. Por exemplo, o evento parece "irreal" ou a pessoa se sente desapegada do que está acontecendo ao seu redor como se estivesse assistindo aos eventos pela televisão. Na maioria dos casos, a dissociação se resolve sem a necessidade de tratamento.

Quando a criança está desconfortável em uma situação, ela se desconecta. Esse padrão, criado inconscientemente, isola a criança naquela situação desconfortável. Isso acontece quando a criança não consegue lidar ou lidar com a "situação de pressão" em casa ou na escola. A desconexão pode ser experimentada como uma sensação de que você não está lá.

Emoção

Em muitas casas e famílias, uma criança não pode demonstrar afeto ou emoção. Demonstrar uma forte emoção é considerado uma fraqueza. A criança, então, se desconecta dessa emoção.

Sonia era uma jovem de família conservadora e rígida. Ela sempre deveria fazer as coisas, como dito, de uma maneira particular. Se ela fizesse isso, não haveria punição. Nunca 'recebeu carinho' dos pais. Provavelmente, eles também foram criados em uma sociedade conservadora. Como Sônia nunca tinha recebido carinho, ela se desligou do 'afeto'. Isso criou o padrão de uma criança interior congelada e sem emoção. Anos depois, Sônia encontrou dificuldades para se tornar íntima em seu relacionamento conjugal.

Cada um de nós, à medida que crescemos, teve certas emoções que não conseguimos lidar, porque não podíamos lidar com elas quando éramos pequenos.

Se uma criança não pode ficar com raiva, ela fica desconectada desse sentimento. Isso leva a uma supressão do estado de raiva e a uma negação do Estado. Essa "raiva ausente" é canalizada internamente e se expressa de outras formas. Quando perguntado: "Você está com raiva", o adulto responde: "Quem sou eu, com raiva? Claro que não. Eu nunca fico com raiva."

Escapismo

Em famílias tóxicas, abusivas, disfuncionais, com tendência a discussões, brigas e violência, a criança não apenas fica sem emoção, mas cria um estado desconectado de não estar ali naquela situação. Dessa forma, a criança 'escapa' da situação traumática.

Neha tinha um pai alcoólatra, que brigava com a mãe. Inicialmente, ela costumava se esconder em seu cobertor, apavorada com a cena na casa. Aos poucos, ela encontrou consolo ao se desconectar da situação, fechar os olhos e se imaginar em outro lugar, fazendo algo grandioso – escapar da toxicidade familiar.

Esse padrão de "escapar da criança interior" cria mais problemas na vida adulta em lidar com situações estressantes, questões problemáticas, no trabalho, nos relacionamentos. Eles simplesmente não estão lá.

Funcionam como se tudo estivesse bem, parecem falar normalmente, mas vê-se nos olhos que estão desconectados. Eles têm pouco tempo de atenção e perderiam o fio da conversa e não se lembrariam do que lhes foi dito.

Destacamento

Em termos simples, o desapego é uma forma de desconexão que significa separação ou dissociação.

Patrick era uma criança normal, mas levava tempo para terminar sua comida ou completar sua lição de casa. Seus pais sempre comentavam: 'Você não pode mover suas mãos mais rapidamente?'. Ele era punido na escola com um sorriso triste na palma da mão. Aos poucos, começou a desenvolver tremores de ansiedade nos dedos. Internamente, ele começou a odiar suas mãos e desejou que elas não fizessem parte de seu corpo. No caso de Patrick, uma determinada parte do corpo, devido a sugestões de pais ou professores, foi experimentada como "não minha".

Esse padrão de dissociação da criança interior desprendido pode ficar avançado, anormal e patológico. Isso pode levar a manifestações psicossomáticas. Aqui, a desconexão leva a um padrão de dissociação. O adulto começa a 'desistir', se entregar e, eventualmente, se desprender da realidade.

CRISE DE IDENTIDADE

Identidade é quem somos, a maneira como pensamos sobre nós mesmos, a maneira como somos vistos pelo mundo e as características que nos definem.

Fusão de identidade – Quando duas coisas se fundem, a identidade da fonte é diferente da identidade do resultante. A identidade da nova entidade é desconectada da identidade da entidade original.

Afreen era a mais velha de quatro filhos em uma família onde o pai era inválido e sua mãe trabalhava dia e noite para sobreviver. Ela não só tinha se virado, cozinhado comida, mas tinha que assumir o papel de cuidadora. Identidade da criança interior fundida com a identidade da mãe. Ela começou a se sentir alienada de si mesma. Mais tarde, o adulto Afreen sempre reclamava – "Eu cuido de todos da minha família – meus velhos pais, meu marido e meus filhos. Mas ninguém se incomoda comigo'. A criança interior de Afreen havia se desconectado de si mesma porque ela se alinhava com a identidade de uma cuidadora.

A Fusão de Identidade é um padrão infantil interno em que a personalidade da criança é perdida pela superidentificação, mistura e fusão com um membro da família.

Em muitos casos, a identidade da criança se funde com o pai, ao qual a criança está mais ligada. Assim, a criança interior se fundiria com a identidade da mãe que está com raiva do pai. A criança, então, começa a se comportar e se tornar a voz da mãe. Este é um padrão de criança interior fundido. Esse padrão de assumir a identidade do outro para sobreviver é visto nos relacionamentos. Muitas vezes, outros observam que o adolescente e o jovem adulto em crescimento são muito parecidos com a mãe ou o pai em maneirismos ou maneira de lidar com situações ou estilo de trabalho. Isso às vezes pode ser problemático. Nós, como adultos adultos, gostaríamos de nos comportar de uma certa maneira. Mas, por padrão, acabamos nos comportando como nossa mãe ou nosso pai. Isso pode criar um conflito interno. Quando adultos, somos atraídos por certas pessoas. Essa atração avassaladora e compulsiva é a atração da criança interior pela criança interior do outro.

Muitas vezes, as conexões entre o interior da criança e o interior da criança são tão fortes que a criança dentro do adulto adapta uma filosofia espiritual como: "Isso foi feito para ser" ou "Somos almas gêmeas".

Distorções

'Ilusão'

'Ver, ouvir e sentir o que não está lá' 'É maravilhoso, é horrível'

"O maior obstáculo à descoberta não é a ignorância – é a ilusão do conhecimento."
"A realidade é apenas uma ilusão, embora muito persistente..."

— Albert Einstein

Ilusão é uma falsa ideia, crença ou impressão. É um exemplo de uma percepção errada ou mal interpretada de uma experiência sensorial. É uma distorção dos sentidos, que pode revelar como o cérebro humano normalmente organiza e interpreta a estimulação sensorial. As ilusões são uma percepção distorcida da realidade.

Estudo de caso

Vejamos o caso de Rahul como discutido anteriormente.

Rahul já foi repreendido por seu pai quando era criança porque não podia recitar um poema na frente dos convidados em casa, um poema que ele conhecia muito bem. Ele estava apenas com a língua amarrada e ficou ali imóvel como uma estátua. Mais tarde, na escola, ele estava sendo repreendido novamente na frente de toda a turma, porque não conseguia responder uma resposta simples. Essas experiências de indignação o afetaram profundamente. Mesmo adulto, quando se depara com situações semelhantes no local de trabalho ou em festas, sua mente se lembra de toda a cena de seu pai ou professor repreendendo e ele simplesmente ficava com a língua amarrada. Como resultado, ele começou a evitar reuniões sociais e perdeu promoções, porque simplesmente não conseguia projetar suas ideias.

Na ilusão, a criança interna seleciona o que ocorreu no passado e o sobrepõe ao presente ou ao futuro. A realidade atual não é vista como é, é a ilusão do passado, sobreposta ao presente. O que se vê não está lá, o que está lá é ampliado como se fosse o quadro todo. No estudo de caso acima, a ilusão de Rahul do evento traumático passado obscurece sua visão do presente, de modo que ele reage à criança interior iludida em vez de enfrentar a situação atual em questão, imparcialmente.

Exagero – Maravilhoso ou Terrível

Awfulizing é usado para enfatizar a extensão de algo, especialmente algo desagradável ou negativo.

Maravilhar é inspirar prazer, prazer ou admiração; extremamente bom; maravilhoso.

Na ilusão, inconscientemente escolhemos um elemento, tiramo-lo do contexto do todo e, quando olhamos para esse elemento, ele parece ser ampliado. Dessa forma, maravilhamos ou horrorizamos – exageramos nossos pensamentos.

Diferentes padrões podem trabalhar juntos para criar uma ilusão. Essa capacidade de criar ilusões é como as crianças se afastam e dispersam a realidade das experiências familiares. No desenvolvimento das ilusões, quanto maior o estresse na vida, mais fortes são as ilusões. As ilusões podem ser sensoriais, auditivas ou visuais: ver algo que não é dito, ou ouvir algo que não está lá, ou sentir algo que não está lá.

Estudo de caso

Shanaya, uma jovem que foi repetidamente espancada em sua infância por sua mãe com um cinto, começou a sonhar e também a iludir cobras. Ela sentia que estava sempre cercada por cobras que a envolviam e a estrangulavam. Na adolescência, começou a usar roupas largas, por medo do estrangulamento. Um padrão de comportamento peculiar que ela desenvolveu, mais tarde, foi que ela continuava e abraçava a outra pessoa antes que a outra pessoa a abraçasse.

A ilusão é um padrão adotado como defesa interior da criança. A ilusão é uma "zona de conforto" para a criança interior. O adulto no estado atual adotou esse estado distorcido, como forma de superar a turbulência interior. Assim, acordar desse estado ilusório torna-se um processo doloroso. Muitas crianças têm ilusões sobre ser uma estrela de cinema ou uma estrela de esporte de sucesso. Essa é uma forma de a criança resistir a experiências na família que são muito dolorosas no momento. Os problemas surgem quando as ilusões se tornam sólidas, regulares e permanentes.

'Distorção sensorial'

"Não consigo sentir; Eu sou sensível; Dói' 'Distorção emocional – Hipersensibilidade – Dor'

A distorção sensorial envolve a alteração da experiência física subjetiva por meio do aumento, entorpecimento ou mudança das sensações corporais de alguma forma. É um estado experimentado como dormência, dor, embotamento, ou às vezes o oposto – hipersensibilidade.

Distorção sensorial talvez –

A distorção sensorial emocional é uma defesa que cria dormência dentro da criança. Por exemplo, a criança desenvolve dormência durante um incidente de abuso infantil. Anos mais tarde, a criança dentro do adulto desenvolve uma dormência ou falta de sensações sexuais. É um "sentimento de benemérito".

A hipersensibilidade ocorre quando alguém é excessivamente sensível ao mundo. O indivíduo torna-se "sensível demais". O adulto com o padrão infantil interior hipersensível torna-se supersensível ao tato, ao olfato, ao som, ao paladar e até mesmo às emoções mais triviais.

Distorção sensorial física e dor são padrões que diminuem o foco de atenção apenas para a área dolorosa. Por exemplo, se uma pessoa tem dor de cabeça, a atenção do indivíduo está focada na cabeça. Parece ser uma doença unilateral com foco de dor ou problema restrito a uma parte do corpo. Assim, quando um adulto está sobrecarregado de responsabilidades, desenvolve desconforto nos ombros, pois encontra dificuldade em "assumir responsabilidades". O termo dor é derivado da palavra 'peine' ou 'poena', que significa pena ou castigo.

'Amnésia' 'Só esquece!'

'Esquecimento – Lembrar'

Amnésia refere-se à perda de memórias, como fatos, informações e experiências.

Amnésia é uma forma de perda de memória. Algumas pessoas com amnésia têm dificuldade em formar novas memórias. Outros não conseguem se lembrar de fatos ou experiências passadas.

A criança interior vivencia isso como uma forma de proteção contra situações desconfortáveis.

- **A amnésia autoenganosa** se manifesta quando a criança dentro do adulto se esquece de se lembrar de uma situação. Um exemplo disso pode ser um filho adulto de um alcoólatra que esquece a bebida de seus pais.

- **Excluir** ou deixar de fora informações apropriadas durante as interações comunicativas permite uma declaração sem compromisso que pode ser interpretada de várias maneiras. Frases simples como: "Você sabe como se sente quando as coisas acontecem". O que sente, quem sente, o que acontece?

- **Esquecendo-se,** a Amnésia ocorre quando o indivíduo esquece o que disse como tentativa de controlar uma situação que percebe como incontrolável. Esse padrão de negação ocorre quando a pessoa concorda com algo para reduzir a tensão e depois esquece que concordou com isso.

Esses estados amnésicos são exibidos pelo esquecimento de informações ou eventos para controlar situações incontroláveis, geralmente relacionadas a experiências anteriores como caos, vazio ou sensação de descontrole ou sobrecarga.

Amnésia é esquecimento, e é uma defesa. A amnésia se desenvolveu porque o evento traumático não deveria ser lembrado. Sintomas como parar de respirar e segurar os músculos são exibidos, para manter o esquecimento.

Quando alguém diz – "Tenho a pior memória do mundo e gostaria de trabalhar nisso" ou "Não me lembro do que aconteceu, mas sinto que fui abusada", esse é o padrão de criança interior propenso à amnésia.

Hipermnésia é lembrar de tudo. Isso também é uma defesa.

"Ouvi cada palavra que eles proferiram e lembrei do que disseram. Então, meses depois, eles diziam – eu disse para você fazer isso – e eu os corrigia. Eles diziam: Deus, eu não consigo acreditar na memória que você tem. Dá para lembrar de tudo".

Este é o diálogo clássico de um padrão infantil interior de hipermnésia.

O lado negativo da hipermnésia é uma atitude vigilante e desconfiada, como a hipervigilância.

Tanto a amnésia quanto a hipermnésia são reações a situações ambientais e indesejadas.

Especialidade

'Especialidade'

'Eles são como Deus, estão sempre certos' 'Pensamento mágico – Idealizar – Superidealizar' *"Há muito estresse por aí, e para lidar com isso,*

Você só precisa acreditar em si mesmo, sempre voltar para a pessoa que você sabe que é, e não deixar ninguém te dizer diferente, porque todos são especiais e todos são incríveis."

"Somos todos diferentes. É isso que nos torna especiais. Temos que nos amar e nos dar bem. Não cabe a mim julgar ninguém."

"Acredito na individualidade, que todos são especiais, e cabe a eles encontrar essa qualidade e deixá-la viver."

Vamos nos enrolar para uma criança e tentar olhar ao redor da perspectiva dessa criança.

No ventre da mãe, o feto ou a criança dentro está intimamente ligada à mãe. A mãe é a única realidade para a criança.

Após o nascimento, a criança chora para ser consolada pela mãe. Sempre que a criança chora, a mãe a alimenta, a acaricia e cuida dela. Assim, o estado de pensamento ou estado de necessidade da criança cria a reação dos pais. Isso pode ser vagamente chamado de "pensamento mágico".

As compreensões que a criança desenvolve nos primeiros anos estão profundamente inseridas no estado subconsciente, que depois é generalizado para o mundo. Este é o início do desenvolvimento da identidade da criança interior. Essa compreensão se transfere para como a criança vê a si mesma, seus pais, Deus e o funcionamento do universo.

A estrutura mental básica do bebê é reforçada pelo mundo, de modo que o bebê em desenvolvimento acredita que sua visão de mundo original está correta.

"Eu crio como os outros se sentem sobre mim" ou *"Eu sou responsável pelo que os outros pensam ou sentem sobre mim"*. Isso começa cedo e o pensamento mágico é reforçado por declarações dos pais como: *"Você nos faz sorrir"*. A criança acredita no feedback comportamental e verbal e continua com o padrão de pensamento interno da criança –

"Sou responsável pela experiência dos outros."

"Sou responsável pelo que as pessoas pensam ou sentem sobre mim."

"Deve ter sido algo que eu fiz que fez com que eles não gostassem de mim." "Se eu controlar meus pensamentos, sentimentos ou ações, posso controlar seus pensamentos.

reações, pensamentos ou sentimentos a meu respeito".

No próximo nível, a criança em desenvolvimento, na maioria das situações, cria seus pais como ideais e perfeitos, porque os pais são o mundo inteiro para a criança. O comportamento dos pais torna-se o normal padrão para eles. Anos mais tarde, nos relacionamentos, a criança interior dentro do adulto idealiza o cônjuge. Isso impede que o adulto atual veja o cônjuge no tempo presente. Às vezes, a criança interior idealizará a ponto de apenas ver, ou se apaixonar, pelo potencial ou ideal imaginado do cônjuge. O problema surge quando as decepções vêm do cônjuge não corresponder à idealização. A frustração aumenta, pois ninguém pode igualar o ideal interno de outra pessoa. Esse padrão de idealização interna da criança impede que o homem lide com sua realidade e relacionamento no atual agora.

A maioria das crianças idealiza seus pais. Eventualmente, percebemos que nossos pais são apenas seres humanos, assim como os outros. Isso acaba com seu padrão idealizador. Mas, às vezes, a criança interior continua idealizando os outros em um padrão de espiritualização ou superidealização.

A superidealização é um padrão em que a criança interior imagina os pais como Deus – que os pais são todos bons, todo-poderosos, todo-amorosos e oniscientes. Este estado pode ser sobre pais ou mentores ou gurus ou professores que têm as respostas, semelhante aos pais. Muitos de nós buscamos nosso propósito ou o sentido da vida, buscando professor após professor para isso"propósito maior". O problema é que a criança interior dentro está comandando o show.

"Eles são Deus. Se eu fizer o que dizem, não serei punido e alcançarei o nirvana, céu."

Superidealizar é a transferência de qualidades semelhantes a Deus para as pessoas, transformando-as em gurus e pedindo-lhes ajuda como se tivessem o poder de conceder nossos desejos ou realizar nossos sonhos. O *pensamento mágico* do desenvolvimento de primeiro nível é transferido para uma pessoa, "como se ' seus pensamentos tivessem o poder de nos despertar. A criança transfere sua grandiosidade para uma pessoa, transformando-a, como fez com seus pais, em santo, guru, etc.

"Se eu precisar, meus pais/Deus vai me dar. Se eu não precisar, não vou conseguir". "Acho que Deus não queria que eu tivesse; Acho que não precisava disso."

É a criança interior dentro do adulto que espiritualiza que Deus decidiu que eu não precisava dela.

- Quando não conseguimos o que queremos, "Deus/pais têm outras coisas em mente para mim – propósitos mais elevados".

- Quando as coisas parecem caóticas, "Deus trabalha de maneiras misteriosas".

- Quando somos bons e não somos recompensados, "receberei minha recompensa por sermos bons em outra vida" ou "eles receberão seu castigo em outra vida, por serem maus agora".

Na terapia cognitiva, essa distorção do pensamento é chamada de Falácia da Recompensa do Céu.

A especialidade é um estado interno de padrão infantil no qual eles se veem como especiais. Anos depois, a criança dentro do adulto espera ser cuidada por ser boa, ou apenas especial. A criança não pode processar o caos da negligência ou abuso e, portanto, decide que deve haver um propósito, e como reação cria especialidade. A especialidade é um processo no qual a criança cria um sentimento de ser especial ou diferente dos outros. Isso é frequentemente reforçado por afirmações como: "*Você é especial*".

Quando crianças, todos nós recebemos razões pelas quais as coisas ocorrem. Os pais dão um motivo para recompensas ou punições. Por exemplo, uma criança que O que é sugerido pelos pais é recompensado, agora ou no futuro. As crianças que não fazem o que os pais lhes dizem são punidas agora ou no futuro. Transformamos nossos pais em deuses que estão tentando nos ensinar lições. Uma criança é recompensada por aprender a lição de limpar seu quarto. Outra criança é punida pelos pais por não aprender a lição. Quando a criança é perguntada: "Por que estou sendo punida?", os pais dizem, porque você precisa aprender lições. Anos mais tarde, na escola, um modelo semelhante de recompensas e punições é fundido com o conceito de lições. Por exemplo, se eu aprender minha lição de aritmética, sou recompensado. Se eu não fizer isso, sou punido (tenho que fazer o dever de casa extra).

"Se eu sou bom, Deus me dá mais coisas – dinheiro, bom relacionamento, felicidade, etc. porque aprendi a lição. Se algo ruim acontecer, devo ter uma lição a aprender.

Assim, Bom comportamento = Bons resultados, Mau comportamento = maus resultados.

Se eu for bom eu vou conseguir; se eu for ruim eu não vou conseguir. Gente boa fica boa, gente ruim fica ruim".

A experiência incongruente provoca o caos, que é racionalizado pela criança em seu interior. "Acho que a pessoa tinha carma de outra vida. É por isso que o bem não aconteceu com uma boa pessoa." Ou: "Eu me pergunto que lições eles precisam aprender?" "Eu me pergunto por que eles criaram acontecimentos ruins para si mesmos."

- O mal acontece com o bem: "Acho que há uma lição que eles precisavam aprender".

- O mal acontece com o bem: "Deve haver um propósito maior ou um plano maior".

- Deus me dá o que eu preciso: "Quando você não consegue o que precisa, você não deve ter realmente precisado".

Para aqueles que são incapazes de idealizar os pais ou transformá-los em deuses, há um padrão de idealização internalizada. Criamos um mundo interior. Pais idealizados tornam-se "deuses interiores". A maioria dos sistemas religiosos nos pede para encontrar o Deus interior. Esta é uma maneira brilhante de lidar com o caos externo.

Quando um sistema é criado para dar sentido ao mundo e o mundo não faz sentido para a criança interior, desenvolver um sistema introvertido com pais superidealizados mantém vivo o sistema psicológico da criança interior.

Estamos "presos" porque a criança interior não permite escolha. O adulto não experimenta escolha.

O estímulo-resposta funcionou para a criança interior e o adulto decide que o mundo é assim."

Os Traços Internos da Criança

"Todo mundo é uma mistura de mentalidades. Você pode ter uma mentalidade de crescimento predominante em uma área, mas ainda pode haver coisas que o acionam para um traço de mentalidade fixa."

"O preconceito é um traço aprendido. Você não nasce preconceituoso; você é ensinado isso."

Somos 'adultos' agora. Somos 'maduros'. Mas ainda temos qualidades infantis dentro de nós. Essas qualidades infantis afloram e se desenrolam em diferentes situações, em diferentes momentos de nossa vida. Todos nós temos uma "criança interior" em nós. Fomos feridos quando crianças, nos sentimos invisíveis às vezes, tivemos medo de crescer, amamos a natureza e a diversão, fomos despreocupados e acreditamos na fantasia. Qualquer traço pode ser dominante em um determinado momento. Mas um em particular domina a maior parte da nossa vida.

Estar ciente dos padrões da criança interior é suficiente. A consciência desses padrões nos ajuda a entender nossos traços internos da criança.

Não é que todos os momentos de toda a nossa vida sejam dominados por qualidades infantis interiores. Continuamos crescendo, pensando, sentindo, falando e agindo *normalmente*. Estamos continuamente expostos a estímulos de fontes externas, bem como aqueles gerados em nossos processos de pensamento. Alguns estímulos tornam-se gatilhos porque acionam os traços internos da criança. Esses traços normalmente podem estar latentes dentro de nós. Mas, quando acionados, esses traços manifestam seus padrões. Alguns de nós nunca crescemos realmente porque a criança interior ainda é ativa e reativa. Estamos todos em processo de crescimento, superação, aprendizado e transformação de nossas vidas e são muitos, muitos caminhos para isso.

A "criança interior" nunca envelhece, mas torna-se continuamente mais forte em suas manifestações. Carl Jung observou que isso interfere ou melhora nossas escolhas de vida e comportamentos. Chamou-lhe "arquétipo da criança". Segundo a autora Caroline Myss, trata-se de criança ferida, órfã Criança, Criança dependente, Criança mágica/inocente, Criança da natureza, Criança divina e Criança eterna.

Associamos qualidades de inocência, impulsividade, espontaneidade, criatividade, assim como as de dependência, ingenuidade, ignorância, teimosia à ideia de 'criança'. Por exemplo, o aspecto inocente da criança é ingênuo e brincalhão. Adultos em que tal traço infantil interior é proeminente, geralmente são descontraídos, despreocupados e capazes de confiar nos outros facilmente. Quando a criança inocente em nós está saudável integrada à psique, ela nos permite nutrir o lado inocente e brincalhão em nós, além de sermos capazes de desempenhar as responsabilidades da vida adulta com relativa facilidade e equilíbrio. Mas em situações adversas, quando desencadeadas, essa criança inocente pode não se sentir preparada a nos recusar a reconhecer nossas preocupações ou negá-las e nos recusamos a "crescer" e assumir a responsabilidade pela situação.

Em um sentido positivo, nossa criança interior equilibra nossas responsabilidades, lembrando-nos de sermos brincalhões e divertidos. Mas quando nossa sensação de segurança é ameaçada ou percebemos medo ou potencial desconforto, nosso "traço infantil interior" é ativado em jogo e exibe características negativas.

Existem sete tipos de traços internos da criança. Cada um tem suas características peculiares e traços mais escuros. Todos nós podemos nos relacionar com cada um desses arquétipos em um ponto ou outro.

Traço da Criança Eterna

O adulto com o "traço de criança eterna" é para sempre jovem. Eles exibem características infantis, resistem a crescer e são divertidos. Eles sempre se sentem jovens em mente, corpo e espírito e incentivam os outros a fazerem o mesmo. Eles podem ficar assim para sempre porque realmente não enfrentam grandes obstáculos. Eles precisam ver se estão se esquivando da responsabilidade em suas vidas.

Puer aeternus – latim para "criança eterna", é usado na mitologia para designar um deus-criança que é para sempre jovem; Psicologicamente refere-se a um homem mais velho cuja vida emocional permaneceu em um nível adolescente, geralmente associada a uma dependência muito grande da mãe.

No lado mais sombrio, eles podem se tornar irresponsáveis, não confiáveis e incapazes de assumir tarefas adultas. Eles lutam com os limites pessoais dos outros e se tornam excessivamente dependentes de entes queridos para cuidar deles. Sua negação sobre o processo de envelhecimento os deixa sem chão e lutando entre as fases da vida. É difícil para eles assumirem a responsabilidade, tornam-se dependentes e são incapazes de desenvolver confiança em sua capacidade de sobreviver no mundo real. Eles podem achar difícil entrar e sustentar relacionamentos de longo prazo.

Traços mais sombrios: narcisista, egoísta ou arrogante; histriônico, descuidado e desatencioso; materialista, desconfiado; pensamentos irracionais.

Traço Mágico da Criança

O adulto com o "traço mágico da criança" vê um mundo de possibilidades. Eles são despreocupados e procuram beleza e maravilha ao redor e dentro de todas as coisas e acreditam que tudo é possível. São sonhadores, curiosos, idealistas e, muitas vezes, místicos.

No lado mais escuro, eles podem se tornar pessimistas e deprimidos. Eles podem se retirar para um mundo de fantasia, atividades de RPG, jogos, livros ou filmes e perder o contato com a realidade. Passam muito tempo sonhando acordados e se desprendendo da realidade, distanciando-se dos outros e frustrando aqueles que os amam. Eles geralmente não são maliciosos, mas machucam a si mesmos e a seus entes queridos permanecendo emocionalmente estagnados em torno dos mesmos obstáculos, problemas ou desafios. Eles ficam hipnotizados por histórias de contos de fadas e esperam que alguém venha resgatá-los. Eles podem ser vítimas de vícios.

Eles tendem a entrar em uma concha quando confrontados com uma situação adversa. Buscam formas de negar, escapar, evitar ou fugir de seus problemas e podem até se desprender da realidade. Em vez de ver as coisas como elas são, eles veem a realidade como querem ou desejam que ela seja, ao custo de manipular ou enganar os outros, consciente ou inconscientemente.

Traços mais sombrios: Altamente emocionais, mas tendem a ser emocionalmente distantes; propenso à depressão e pessimismo extremo; dificuldade em permanecer no presente; perfeccionismo; vício comportamental como amor, sexo, compras, jogos de azar

Eles têm o potencial de transformar desafios em criações e criar ideias inusitadas e engenhosas para resolver problemas complexos. Criatividade e imaginação são os maiores trunfos.

Traço Divino da Criança

O adulto com o "traço divino da criança" é inocente, puro e, muitas vezes, está profundamente ligado ao divino. Eles acreditam na revitalização.

Podem parecer místicos. Representam esperança, inocência, pureza, transformação e buscam novos começos. Eles podem apresentar um equilíbrio harmonioso de sonhador e realizador. Eles são guiados pelo instinto e intelecto e são hábeis em comunicar suas ideias. Equilibrar realidade e racionalidade é seu domínio. São dedicados, obstinados, capazes e nunca desistem.

Eles são dominados pela negatividade e se sentem incapazes de se defender. Eles podem facilmente ficar irritados e incapazes de se controlar em situações adversas.

Eles podem tender a se tornar idealistas. Eles acham difícil ajudar os outros sem internalizar as emoções dos outros e assumir os problemas dos outros como seus. Eles sentem a responsabilidade pessoal de demonstrar força e coragem na adversidade. Eles tendem a carregar o peso do mundo em seus ombros e sobrecarregar-se levando à exaustão, esgotamento, nervosismo e ansiedade.

Traços mais escuros: raiva volátil; teimoso; excesso de idealismo e perfeccionista; sensível às críticas; autoestima flutuante; auto-sacrifício à custa de agradar as pessoas.

Traço da Criança da Natureza

O adulto com o "traço da criança da natureza" sente-se profundamente conectado à natureza e ao meio ambiente, às plantas, aos animais e à terra ao seu redor. Eles se sentem confortáveis com os animais de estimação e se sentem conectados com questões de preservação da natureza e são conscientes do meio ambiente.

No lado mais sombrio, eles podem ser abusivos com aqueles ao seu redor. Eles tendem a ser imprevisíveis e impulsivos. São "almas livres" que veem regras, diretrizes e disciplina como ameaças à sua sobrevivência. Eles são movidos pela proteção temerosa do eu e farão de tudo para sobreviver.

Eles podem exibir estados polares opostos e podem abusar de animais, pessoas ou do meio ambiente. Traços mais sombrios: descuidado, impulsivo, competitivo, egocêntrico, hipersensível, maníaco com mudanças de humor.

Traço de criança órfã

O adulto com o "traço de criança órfã ou abandonada" tem uma história de se sentir solitário, emocionalmente abandonado ou órfão. Eles tendem a ser independentes ao longo de sua vida, aprender coisas por conta própria, evitar grupos e lutar contra seus próprios medos. Eles se isolam e não permitem a entrada de ninguém, inclusive de entes queridos. Eles compensam demais buscando uma família substituta para preencher o vazio emocional.

Agarram-se ao passado. Eles rejeitam e fecham o mundo inteiro. Guardam lembranças de terem sido rejeitados ou abandonados na infância. Eles precisam perdoar e deixar ir. Eles estão sempre em um estado de 'eu contra o mundo', um sentimento de pária. Eles têm dificuldade em construir relacionamentos fortes e saudáveis. Eles afastam os entes queridos e depois os puxam de volta, o que torna seus relacionamentos tempestuosos. Sentir-se incompreendido é comum com eles.

Traços mais escuros: depressão; percepção de ser incompreendido; medo da rejeição e da solidão; teimoso

Traço de criança ferida

O adulto com o "traço de criança ferida" tem uma história de um passado abusivo ou traumático. Eles têm muita compaixão por outras pessoas que sofrem abusos semelhantes e tendem a desenvolver o sentimento de perdão.

Na maioria das vezes, eles podem permanecer presos em padrões abusivos repetitivos. Vivem com uma mentalidade de "vítima". Choram. Eles estão deprimidos, tristes e em luto sempre e podem recorrer à automutilação e à autossabotagem. Eles sente-se sem esperança e sem valor. A rejeição e o fracasso dominam. Sentem-se abandonadas, incompreendidas, não amadas e descuidadas.

O padrão de trauma e dor se repete repetidamente até que o trauma ou ferida seja curado. Essas são as experiências do 'isso sempre acontece comigo'.

Fogem do passado.

Se meus pais pudessem ter me amado por quem eu sou, eu poderia ser um pai melhor.

Se eu tivesse sido amada, teria sido muito melhor.

Se eu tivesse sido tratado com respeito, não estaria com tanta raiva.

Sentem-se incompreendidos e são facilmente ofendidos e magoados. Eles levam as coisas para o lado pessoal e internalizam situações e relacionamentos. Eles querem que os outros os entendam e, ao mesmo tempo, sentem que os outros nunca podem entendê-los adequadamente.

Isso se manifesta em forma de autopiedade, isolamento, raiva, apego, sentimentalismo, irracionalidade e vingança.

Eles se envolvem demais na dor dos outros para entender sua dor que eles não podem enfrentar. A necessidade de serem compreendidos é tão poderosa que recorrem a feridas autoinfligidas. O mundo agora pode "ver sua dor". Isso é prova de seu sofrimento. É assim que buscam validação, simpatia e apoio dos outros. Eles anseiam por serem conhecidos pelo que sofreram. Eles esperam que os outros vejam e reconheçam ou sintam pena deles. Outra experiência comum é a depressão. A depressão é a prova de quebrantamento, que estabelece um padrão de vergonha.

Eles procuram os outros para amá-los, mas, na realidade, o que eles realmente desejam é dar amor aos outros. Eles geralmente são o "amigo confiável e confiável de todos os tempos" que os outros recorrem para compreensão e apoio. Eles têm um forte desejo de entender os outros profundamente e não são julgadores e de coração aberto. Compreender os outros é a chave para compreender a si mesmo. Dar amor permite que eles sintam e recebam o amor dos outros.

Traços mais sombrios: sentir-se incompreendido, inútil, quebrado; depressão; dificuldade em se soltar.

Traço Filho Dependente

O adulto com o "traço de criança dependente" tem um forte sentimento de que nada é suficiente e está sempre buscando substituir algo perdido na infância. Eles exigem atenção e conexão, que vem da falta de amor, validação e aprovação quando criança. Eles tendem a esgotar emocional e energeticamente aqueles ao seu redor devido a uma incapacidade de ver as necessidades dos outros antes das suas. Eles podem continuar a culpar, manipular ou chantagear emocionalmente os outros intencionalmente ou não.

Consciente ou inconscientemente, eles procuram razões para perpetuar seu vitimismo, autopiedade, senso de direito e evitar questões pessoais.

Traços mais escuros: baixa maturidade emocional; baixa autoestima; egoísta; falta de empatia; Julgamento.

"Ser bom não significa necessariamente que você é fraco. Você pode ser legal e ser forte ao mesmo tempo."

"O traço verdadeiramente único de 'Sapiens' é a nossa capacidade de criar e acreditar na ficção. Todos os outros animais usam seu sistema de comunicação para descrever a realidade. Usamos nosso sistema de comunicação para criar novas realidades."

Investigando nossos padrões

*"Aprenda com ontem, viva para hoje, espere para amanhã.
O importante é não parar de questionar."*

– Albert Einstein

"Acho que é muito importante ter um ciclo de feedback, onde você está constantemente pensando sobre o que fez e como poderia estar fazendo melhor. Acho que esse é o melhor conselho: pense constantemente em como você poderia estar fazendo as coisas melhor e se questionando."

– Elon Musk

Nossa *zona de conforto* é um estado psicológico em que as coisas nos parecem familiares e estamos à vontade ou pelo menos achamos que estamos e onde estamos no controle de nosso ambiente, experimentando baixos níveis de ansiedade e estresse. É um estado comportamental em que operamos em uma posição neutra em relação à ansiedade.

Nossa zona de conforto é um lugar perigoso. Impede-nos de melhorar, impede-nos de alcançar todas as coisas que somos capazes de alcançar e torna-nos miseráveis. Então, se decidirmos trazer uma mudança em nossa vida, precisamos sair da nossa zona de conforto.

E isso começa por nos fazermos algumas perguntas difíceis, perguntas que temos vindo a recusar-nos a reconhecer. Precisamos perguntar a nós mesmos e precisamos respondê-los também a nós mesmos. Então, por que resistimos? Resistimos porque isso nos torna in'confortáveis'. Entenda que o simples ato de perguntar e sintonizar com nós mesmos começa a quebrar o muro entre nós e nossas emoções. Nunca se julgue pelo que está sentindo. É o que fazemos com um sentimento que importa. Julgue-se apenas pelas ações, não pelas emoções.

O texto a seguir foi adaptado e modificado de *Home Coming: Reclaiming and Championing Your Inner Child*, de John Bradshaw.

Questionário de Padrão Interno da Criança

Quanto mais você se identifica com as afirmações aqui, mais você se torna consciente delas. A consciência com aceitação nos ajuda a formular um plano de ação para nós mesmos.

IDENTIDADE

1. Nos lugares mais profundos do meu eu secreto, sinto que há algo de errado comigo.

2. Engarrafa emoções dentro de mim. Tenho dificuldade em largar qualquer coisa.

3. Eu sou um agradador de pessoas e não tenho identidade própria.

4. Sinto ansiedade e medo sempre que prevejo fazer algo novo.

5. Sou um rebelde. Eu me sinto vivo quando entro em conflito.

6. Eu me sinto inadequada como homem/mulher.

7. Sinto-me culpada quando me defendo e prefiro ceder aos outros.

8. Tenho dificuldade em começar as coisas.

9. Tenho dificuldade em terminar as coisas.

10. Raramente tenho um pensamento próprio.

11. Critico-me continuamente por ser inadequado.

12. Eu me considero um terrível pecador e tudo o que eu faço é errado.

13. Sou rígido e perfeccionista.

14. Sinto que nunca estou à altura; nunca acertar nada.

15. Sinto que realmente não sei o que quero.

16. Estou motivado para ser um super realizador.

17. Tenho medo de ser rejeitada e abandonada em qualquer relacionamento.

18. Minha vida está vazia; Eu me sinto deprimido a maior parte do tempo.

19. Eu realmente não sei quem eu sou.

20. Não sei quais são os meus valores ou o que penso sobre as coisas.

SOCIAL

21.   Eu basicamente desconfio de todos, inclusive de mim.

22.   Sinto que sempre caio mentindo sobre mim mesmo para os outros.

23.   Sou obsessiva e controladora no meu relacionamento.

24.   Sou viciado.

25.   Estou isolado e com medo das pessoas, principalmente das autoridades.

26.   Eu odeio ficar sozinho e farei quase tudo para evitá-lo.

27.   Eu me pego fazendo o que acho que os outros esperam de mim.

28.   Evito conflitos a todo custo.

29.   Raramente digo não às sugestões alheias e sinto que a sugestão alheia é quase uma ordem a ser obedecida.

30.   Tenho um senso de responsabilidade superdesenvolvido. É mais fácil para mim me preocupar com o outro do que comigo mesmo.

31.   Muitas vezes não digo *não* diretamente e depois me recuso a fazer o que os outros pedem de várias maneiras manipuladoras, indiretas e passivas.

32.   Não sei como resolver conflitos com os outros. Ou eu domino meu oponente ou me retiro completamente dele.

33.   Raramente peço esclarecimentos de afirmações que não entendo.

34.   Eu frequentemente adivinho o que a declaração do outro significa e respondo a ela com base no meu palpite.

35.   Nunca me senti próxima de um ou de ambos os meus pais.

36.   Eu confundo amor com pena e tendo a amar pessoas que eu posso ter pena.

37.   Eu ridicularizo a mim mesmo e aos outros se eles cometerem um erro.

38.   Eu cedo facilmente e me conformo com o grupo.

39. Sou ferozmente competitivo e um pobre perdedor.

40. Meu medo mais profundo é o medo do abandono e farei de tudo para manter um relacionamento.

O Quiz da Criança Interior

Este foi criado por Oenone Crossley-Holland.

Para cada afirmação abaixo, responda...

Quase nunca às vezes na maioria das vezes

1. Tenho um lado lúdico e sei me divertir.

2. Minhas lembranças de infância são fortes e me lembro de como me sentia quando era jovem.

3. Tenho uma imaginação vívida e gosto de atividades criativas.

4. De vez em quando olho para fotografias antigas de mim mesmo.

5. Tenho uma relação saudável com meus irmãos.

6. As pessoas que me conheceram quando criança dizem que eu não mudei muito

7. Estou confortável na minha pele.

8. Em todas as minhas amizades e relações íntimas, procuro parcerias iguais.

9. Encontrei paz com a minha educação.

10. Os pequenos prazeres da vida me encantam e muitas vezes fico admirado com o mundo.

11. Tenho consciência das minhas feridas de infância.

12. Meu comportamento reflete quem eu sou por dentro.

13. Construí uma vida que me sustenta.

14. Estar sozinho não me preocupa.

15. Vivo no presente e tenho curiosidade pela vida.

16. Às vezes, posso ser bobo e valorizo o riso.

17. Todos os dias eu tiro um tempo para relaxar e desligar.

18. Gosto da companhia das crianças e sinto que posso aprender

algo com elas.

19. Quando estou jogando meus brinquedos fo do carrinho, posso admitir.

20. Sinto uma sensação de liberdade.

Se a maioria das respostas fosse 'a maior parte do tempo'...

O *adulto está* em sintonia com o presente e em paz interior.

Nossos "traços e padrões internos da criança" não estão influenciando nossos pensamentos, percepções, comportamento e ações. Estamos carregando nossa responsabilidade adulta e não sobrecarregados por nosso passado. Em vez de sermos totalmente dependentes dos relacionamentos em nossa vida, ou totalmente independentes, provavelmente encontramos um lugar de equilíbrio e interdependência. Podemos pedir ajuda quando necessário.

Se a maioria das respostas fosse 'às vezes'...

O "nós" adulto está tentando encontrar um equilíbrio entre questões do passado e estar no presente. Há momentos em que os traços internos da criança estão adormecidos ou em estado latente, em que o adulto está vivendo ao máximo. Mas quando acionados, os traços ficam ativos e os padrões internos da criança se desenrolam.

Se a maioria das respostas fosse 'quase nunca'...

Os padrões de "criança interior" dominam o ser adulto. O "nós" adulto está "preso" e incapaz de mudar a percepção e quebrar o padrão. Consciência ou aceitação é difícil ou tomar medidas.

Investigando experiências da infância

A seguir, você encontrará uma lista de possíveis experiências da infância. Talvez eles não tenham ocorrido exatamente como descrito aqui, mas podem ter sido semelhantes. Onde quer que a pergunta se refira aos pais, pense também nos avós, padrastos, tios, tias, irmãos, irmãs, primos, professores e outros que existiram em sua vida.

Este foi adaptado e modificado a partir das obras de Robert Elias Najemy.

Para cada experiência, descubra –

"Que emoções eu senti quando criança?"

"Que crenças sobre mim, os outros e a vida foram criadas em minha mente quando criança?"

"Quais eram as minhas necessidades não satisfeitas naquele momento?"

1. Houve alguém que se irritou contigo, te repreendeu, te rejeitou ou te acusou? Quem e quando?

2. Você já experimentou o sentimento de abandono? Você já foi deixado sozinho ou sentiu que os outros não o entendiam ou não havia apoio? Quando? Por quem? Como?

3. Você já sentiu a necessidade de mais afeto, ternura ou expressão de amor? De quem e quando?

4. Havia pessoas em seu ambiente que muitas vezes estavam doentes ou que falavam frequentemente de doenças? Quem e quando?

5. Você já experimentou o sentimento de humilhação na presença de outras pessoas ou em conexão com outras pessoas? Em quais casos?

6. Você já foi comparado com os outros sobre se você era menos ou mais capaz ou digno? Para quem, em que casos e em conexão com quais habilidades ou traços de caráter?

7. Você já perdeu um ente querido? Quem e quando?

8. Seus pais já afirmaram que você foi a única razão pela qual eles continuaram juntos e que isso foi um grande sacrifício da parte deles ou, eles já lhe disseram que sacrificaram muito por seu bem e que você está em dívida com eles? Quem? Quando? Sobre o que importa? O que exatamente você deve a eles?

9. Alguma vez o acusaram de ser a causa da sua infelicidade, doença ou problemas? Quem o acusou e sobre o quê exatamente? O que eles queriam dizer que a culpa era nossa, o que esse fato significa para você? Segundo eles, o que você deveria ter feito?

10. Alguma vez lhe disseram que você não vai conseguir nada em sua vida, que você é preguiçoso, incapaz ou burro? Quem, quando e em relação ao que importa?

11. Eles falavam frequentemente sobre culpa e punição, seja de alguma pessoa, pai ou Deus? Quem? Quando? Sobre que tipos de culpa e que tipo de punição?

12. Algum professor fez você se sentir humilhado na frente de

outras crianças? Quando? Como? Em relação a quê?

13.   Na companhia de outras crianças, você já sentiu rejeição ou inferioridade/por quem? E inferior por quais critérios?

14.   Você já ouviu que era responsável por seus irmãos ou outros em geral e que o que quer que aconteça com eles é de sua responsabilidade? Quem fez? Sobre quem? Em relação a quais assuntos você era responsável?

15.   Você já foi levado a entender de alguma forma negativo ou positivo que, para alguém ser aceitável e amável, é preciso:

a.   Ser melhor que os outros?

b.   Ser o primeiro em tudo?

c.   Ser perfeito, sem falhas?

d.   Ser inteligente e inteligente?

e.   Ser bonito e bonito?

f.   Tem perfeita ordem e limpeza em casa?

g.   Tem grande sucesso na sua vida amorosa?

h.   Tem sucesso financeiro e social?

i.   Ser aceito por todos?

j.   Ser ativo de várias maneiras? Conseguir muitas coisas?

k.   Satisfazer sempre as necessidades dos outros?

l.   Nunca dizer 'não' aos outros?

m.   Não expressar necessidades?

16.   Eles já fizeram você entender de alguma forma que você é incapaz de pensar, tomar decisões ou alcançar coisas sozinho e que você sempre precisará ouvir conselhos e depender dos outros? Quem passou essa mensagem para você? Sobre quais assuntos você é supostamente incapaz de tomar decisões ou lidar corretamente?

17.   Você já teve modelos – pais, irmãos mais velhos ou outros que foram ou ainda são muito dinâmicos e competentes para que você se sentisse

a. A necessidade de ser como eles?

b. A necessidade de provar seu valor, alcançar ou mesmo superar esses modelos?

c. Desespero, auto-rejeição, abandono do esforço, talvez tendências autodestrutivas porque você acreditava que nunca poderia estar à altura delas?

18. Já houve em seu ambiente alguém com comportamento inesperado, imprevisível, nervoso ou mesmo esquizofrênico ou alcoólatra ou viciado em drogas para que você não saiba o que esperar dele? Houve violência? Por quem e como foi o comportamento?

19. Você já sentiu rejeição ou vergonha em relação a um ou ambos os seus pais? Por que?

20. Falavam com muita frequência sobre "Deus, o justiceiro"?

21. Você já sentiu que eles lhe disseram uma coisa, mas fizeram outra, que não havia coerência entre suas palavras e ações, que eles tinham dois pesos e duas medidas, um para si e outro para os outros, ou que eles eram hipócritas, falsos e não verdadeiros? Quem e quando? Sobre quais temas?

22. Em cima do que era a segurança dos seus pais – dinheiro? Opinião alheia? Educação? Poder pessoal? Unidade da família? Propriedade? Em um dos cônjuges? Outro?

23. Você era uma criança mimada que sempre teve o que queria e a quem ninguém nunca recusou um favor? Se sim, que efeito isso teve em você?

24. Suprimiram sua liberdade de movimento e expressão? Eles forçaram você a fazer coisas que você não queria fazer? Eles te proibiram de fazer coisas que você queria fazer? O que você foi forçado ou impedido de fazer?

25. Eles de alguma forma fizeram você entender que, desde que você é uma menina:

a. Você vale menos que um homem?

b. Você não está seguro sem um homem?

c. Sexo é sujo, pecado?

d. Para ser socialmente aceitável, você deve se casar?

e. Você é menos competente do que os homens?

f. Sua única missão é servir ao próximo?

g. Você não deve expressar suas necessidades, seus sentimentos ou suas opiniões?

h. Você deve se submeter ao seu marido?

i. Você deve ser bonito para ser aceitável?

26. Eles de alguma forma fizeram você entender que desde que você é um menino:

a. Você deve ser forte?

b. Você deve ser superior, mais competente, mais forte e mais inteligente do que sua esposa?

c. Seu valor é medido de acordo com sua proeza sexual?

d. Seu valor é medido de acordo com seu sucesso profissional e financeiro?

e. Você deve se comparar com outros homens?

Possíveis conclusões equivocadas na infância

Por favor, deixe uma marca ao lado de crenças ou sentimentos que você observou em si mesmo para que você possa trabalhar neles.

1. Preciso ser como os outros para que eles me aceitem.

2. Se eles não me amam e me aceitam, eu não estou seguro.

3. Se os outros não me aceitam, eu sou indigno.

4. Preciso estar 'certo' para ser digno e para que me amem.

5. Preciso ser perfeito para que os outros me aceitem e me amem.

6. Devo ter   para estar seguro.

7. Devo ter   para ser considerado digno.

8. Preciso alcançar   para ser considerado digno.

9. Para me sentir digno, preciso ser capaz e bem-sucedido.

10.   Minha felicidade não está em minhas próprias mãos. Sou vítima de fatores externos.

Minha autoestima depende (reflita sobre cada ponto e entenda sua influência e intensidade)

a.   O que os outros pensam de mim.

b.   O resultado dos meus esforços.

c.   Minha aparência.

d.   Meu dinheiro.

e.   Meu conhecimento.

f.   Como eu me comparo com os outros.

g.   Minha posição profissional.

h.   Outros.

Questionário para nos familiarizarmos com a nossa criança interior

1.   Quando criança, ouvi que minha falha mais significativa era   .

2.   Quando criança, sentia culpa por/quando   .

3.   Senti rejeição quando   .

4.   Senti medo quando   .

5.   Senti raiva quando   .

6.   Eu me sentia inferior quando   .

7.   Eu me senti segura quando   .

8.   Senti paz quando   .

9.   Eu me senti amada quando   .

10.   Eu me senti feliz quando   .

"Isaac Newton, um verdadeiro visionário de seu tempo, era um homem que procurava em muitas direções respostas para perguntas que a maioria das pessoas nem sabia fazer."

"Como você sabe tanto sobre tudo? foi perguntado a um homem muito sábio e inteligente, e a resposta foi: 'Nunca tendo medo ou vergonha de fazer perguntas sobre qualquer coisa da qual eu fosse ignorante'.

"A autotransformação começa com um período de autoquestionamento. As perguntas levam a mais perguntas, a perplexidade leva a descobertas e a crescente consciência pessoal leva à transformação na forma como uma pessoa vive. A modificação proposital do eu só começa com a revisão das funções internas da nossa mente. Funções internas renovadas acabam alterando a forma como vemos nosso ambiente externo."

Seção 3: Alterar o Percepção, Quebre o Padrão

O Universo é um Pensamento!

"Cada pensamento que pensamos está criando nosso futuro."

– Louise Hay

"Nada pode prejudicá-lo tanto quanto seus próprios pensamentos desprotegidos."

–Buda

"Somos o que nossos pensamentos nos fizeram; Então, tome cuidado com o que você pensa. As palavras são secundárias. Pensamentos ao vivo; eles viajam muito."

– Swami Vivekananda

"Mude seus pensamentos e mude seu mundo."

– Norman Vincent Peale

"Todo mundo é um oceano lá dentro. Cada indivíduo andando pela rua. Todo mundo é um universo de pensamentos, insights e sentimentos.

Mas cada pessoa é prejudicada à sua maneira por nossa incapacidade de nos apresentarmos verdadeiramente ao mundo."

– Khaled Hosseini

Não há poder maior no universo do que o pensamento.

O que é mente? Nada além de pensamentos! Até o Universo é um pensamento.

"Somos parte desse universo; Estamos neste universo, mas talvez mais importante do que esses dois fatos, é que o universo está em nós."

Um pensamento pode parecer sutil, mas é uma força real, algo que é muito "real" como matéria e energia. Estamos permanentemente cercados por um vasto oceano de pensamentos que está constantemente fluindo para nós e através de nós. Todo pensamento é uma forma vibracional e espiritual por direito próprio, evoluindo, desenvolvendo-se, moldando-se e moldando-se continuamente. Pensar é um processo contínuo para nós como respiração. Cada pensamento é uma nova criação. Pensar é o que as mentes fazem.

Os pensamentos são infinitos e inesgotáveis. Os pensamentos viajam mais rápido, mais rápido que a luz. No conceito de *Chakras*, o chakra da Coroa está acima do chakra do Terceiro Olho. Os pensamentos não são limitados pelo tempo ou pela distância. Pense em alguém que vive do outro lado do mundo. Quanto tempo levamos para trazê-los à mente? Pense em algo que fizemos no ano passado. Pense nas próximas férias de fim de ano. O processo é praticamente instantâneo.

"Pensamentos, palavras e ações estão intimamente relacionados entre si, entrelaçados."

O segredo do pensamento é que é a energia mais pura de todas. Se fosse possível vermos o universo de fora, ficaríamos surpresos com o que veríamos! *Todo esse vasto universo que pensamos habitar é apenas um pensamento dentro de uma mente, que não é nada além de um ponto adimensional.*

Se pudéssemos ver a Singularidade, descobriríamos que ela é um ponto de luz. Se pudéssemos olhar para a luz, descobriríamos que ela é um sistema incrível e dinâmico de vibrações e frequências, formando padrões infinitos. Se pudéssemos estudar esses padrões em detalhes, entenderíamos que todos esses padrões são o que constituem nosso universo de mentes e corpos, interagindo uns com os outros.

Consideremos quatro coisas e quatro indivíduos.

- Mumbai.
- Dinheiro.
- Amizade.
- Mahatma Gandhi.

Mumbai (Bombaim)

Para um Mumbaikar, Mumbai tem uma experiência, sentimento, memória e impressão diferentes. Para alguém que nunca visitou Mumbai, e ouviu e leu sobre isso através das mídias sociais, a percepção de Mumbai

Alterações. Para um visitante, sua experiência e lembranças de Mumbai seriam diferentes. Para alguém que testemunhou o ataque terrorista, Mumbai deixa para trás uma experiência, memória, emoções e sentimentos diferentes. Quaisquer dois humanos neste mundo podem ter as mesmas percepções, memórias, perspectivas, experiências, pensamentos e emoções sobre Mumbai? Então, onde Mumbai existe? No planeta Terra em uma determinada latitude ou longitude? Há uma Mumbai diferente nos pensamentos dessas pessoas. Para cada um deles, Mumbai existe em seus pensamentos!

Dinheiro

Dinheiro é qualquer item ou registro verificável que é geralmente aceito como pagamento de bens e serviços e pagamento de dívidas, como impostos, em um determinado país ou contexto socioeconômico. Bem, isso é o que a Wikipédia diz. Pergunte a alguém que não tem nada disso, um mendigo na estrada. Dinheiro significa diferente para alguém que não tem o suficiente para ter o pão do dia. O mesmo dinheiro tem uma definição diferente de uma criança que valoriza seus brinquedos mais do que qualquer outra coisa. Para quem gosta de apostar, o dinheiro tem uma cara diferente. E isso significa diferente para um cidadão comum que passa a vida inteira equilibrando e economizando dinheiro. Então, o que é dinheiro? É isso que define um economista? O dinheiro tem uma percepção diferente para todos. Quaisquer dois indivíduos neste mundo podem ter as mesmas percepções, memórias, perspectivas, experiências, pensamentos e emoções sobre dinheiro? Para cada um deles, o dinheiro existe em seus pensamentos!

Amizade

A amizade é uma relação de afeto mútuo entre as pessoas. Comemoramos o dia da amizade. Temos livros, filmes e descrições sobre amizade. Para alguém, que acaba de ser magoado por sua melhor amiga, a amizade é a maior dor. Um amigo necessitado não é apenas um amigo de fato, este amigo é um anjo disfarçado. Um amigo de mídia social que curte as postagens de mídia é um tipo diferente de amigo. Quando uma mãe se torna a melhor amiga, essa experiência de amizade é diferente. Então, qual é o verdadeiro entendimento da amizade? Podem duas almas neste mundo ter as mesmas percepções, memórias, perspectivas, experiências, pensamentos e emoções sobre amizade? Para cada um deles, a amizade existe em seus pensamentos e experiências!

Mahatma Gandhi

Quem é Mahatma Gandhi? Para os governantes da Índia pré-independência, Gandhiji era um homem diferente. Para o lutador pela liberdade, Gandhiji era um modelo, um herói. Para alguém hoje, ele pode ser apenas uma imagem na nota de moeda. E Gandhiji era diferente da perspectiva de seu filho. Quem é o verdadeiro 'Gandhi'? Surpreendentemente, Gandhiji é percebido de forma diferente por diferentes indivíduos, o que é diferente do que ele deve ter percebido sobre si mesmo! Pode haver dois seres, vivos ou mortos, que tenham as mesmas percepções, memórias, perspectivas, experiências, pensamentos e emoções sobre Gandhiji? Então, onde ele existe? Ele existe em nossos pensamentos!

Qual percepção de Mumbai ou Dinheiro ou Amizade ou Gandhiji é precisa?

Não é sobre o que é certo e o que é errado, não é sobre o que é bom e o que é ruim, e não sobre o que é a realidade e o que é a ficção.

Mumbai é uma localização geográfica? O dinheiro é uma coisa material?

A amizade é uma relação abstrata?

Gandhiji é apenas um ser humano que viveu neste planeta em algum momento do tempo?

Para cada um de nós, elas existem em nossos pensamentos. É a nossa percepção sobre eles que se torna a realidade. Estendendo esse conceito a todos os lugares, todas as coisas materiais e abstratas, e todos os seres vivos ou mortos, eles existem em nossos pensamentos. Simplificando, o que chamamos de universo, então existe em nossos pensamentos.

Será que fazemos parte deste Universo?

Ou será que o Universo faz parte dos Pensamentos?

Podemos agora dizer – "Eu sou o que sou e sou o Universo!!"

Se meu universo é uma parte de meus pensamentos, então tudo o que eu chamo de meu "passado" ou "problemas" ou "percepções" e "padrões", eles não existem em meus pensamentos?

Então, a solução para a minha vida, a transformação que eu desejo, não existe nos meus pensamentos?

No momento em que temos a consciência, o reconhecimento e a aceitação disso, inicia-se o processo de "Mudar a Percepção; Quebre o padrão".

A transformação não está em mudar o passado ou controlar nosso ambiente. Está dentro. O que nos acontece não é importante. O que acontece em nós é importante. *E quando tomamos consciência do universo interior, reconhecemos o desequilíbrio e nos aceitamos do jeito que somos e do jeito que as coisas são, os velhos padrões desmoronam e uma nova configuração padrão de nossa vida surge.*

Se não gostamos do que estamos vendo ao nosso redor, então

simplesmente temos que mudar nossos pensamentos. Podemos sempre mudar nossos pensamentos e, assim, é sempre possível criar uma situação diferente a cada momento. De fato, se continuarmos pensando os mesmos pensamentos sobre uma situação, é altamente improvável que ela mude sem a ajuda de alguma força externa.

Cada pensamento é uma frequência de vibração. Um pensamento atrai outro, que atrai outro, e outro, junto com o ganho de força, até que, eventualmente, eles se manifestam em nossa realidade física. Os pensamentos podem ser sentidos. Alguns pensamentos parecem leves; outros se sentem pesados e nos pesam. Sentimo-nos mais leves ou mais pesados através da natureza de padrões repetidos de pensamento.

Cada coisa no universo vibra em uma frequência particular. Nossos pensamentos e sentimentos, incluindo tudo em nosso subconsciente, transmitem uma vibração particular para o universo, e essas vibrações moldam a vida que vivemos. É assim que o universo funciona. A boa notícia é que, uma vez que entendemos como o universo funciona, temos o poder de fazer com que o universo trabalhe para nós! Se nos sentimos presos, insatisfeitos ou insatisfeitos Com nossa vida, a resposta está em elevar nossa vibração a esse tom perfeito onde nossas intenções e desejos ressoam com as intenções e desejos do universo.

Se tudo no universo é energia, então as "coisas" que queremos deixam de ser objetos e se tornam mais como correntes de energia. Precisamos então nos capacitar redirecionando essa energia. Como direcionamos a energia? Criamos intenção. E criamos intenção através das vibrações de nossos desejos e nossos pensamentos. O que focamos torna-se a nossa realidade. Como diz o ditado, *para onde vai a atenção, a energia flui.*

Esta é "a lei da atração". Essa filosofia é eterna – de Buda e Lao Tzu a "O Segredo", esse ensinamento cativou a imaginação humana.

"Tudo o que a mente do homem pode conceber e crer, ela pode alcançar." "Mude de ideia, mude de vida."

"Pensamentos se tornam coisas."

"Você é o que acredita ser."

"Uma vez que você toma uma decisão, o universo conspira para que isso aconteça." "O que você coloca para fora é o que você recebe de volta."

"Se você percebesse o quão poderosos são seus pensamentos, você nunca pensaria em um pensamento negativo."

"O que consome sua mente, controla sua vida."

"Você só tem controle sobre três coisas em sua vida, os pensamentos que pensa, as imagens que visualiza e as ações que toma."

Há apenas um canto do universo que você pode ter certeza de melhorar, e esse é o seu próprio eu.

A Jornada da Transformação

"O que é necessário para transformar uma pessoa é mudar sua consciência de si mesma."
"Uma pessoa é um padrão de comportamento, de uma consciência maior."

– Deepak Chopra

"Em vez de serem seus pensamentos e emoções, sejam a consciência por trás deles."

– Eckhart Tolle

A transformação não é um evento. É uma jornada. Não é um momento específico da nossa vida. É um processo contínuo de viver empoderado. O *fim* de uma jornada de transformação nunca é alcançado, mas cada etapa do processo de transformação é o objetivo a que nos propusemos. As jornadas de transformação começam com certas questões críticas. Para tais perguntas, não há resposta certa. As questões críticas são:

Quero mesmo transformar? Estou pronto para a transformação?

Acredito que minha transformação é possível?

Aquele momento em que decidimos Mudar as Percepções e Quebrar os Padrões, nossa jornada começa...

"O fato de não sabermos como resolver um problema não significa que ele não seja solucionável; significa que não podemos resolvê-lo se permanecermos como estamos."

Autotransformação significa simplesmente abrir nossa mente para algo, que estava fechado. Mesmo que não saibamos como transformar, o simples ato de olhar para dentro levará a manifestações para fora.

Essa jornada de transformação percorre os três passos de

Conscientização, Aceitação e Ação!

Passo 1: Conscientização

"Através da consciência, começo a me ver como realmente sou, a totalidade de mim mesma."

"Não olhemos para trás com raiva, nem para a frente com medo, mas para a frente com consciência."

"A consciência nos permite sair da nossa mente e observá-la em ação."

Para sermos o que queremos ser, para transformar, precisamos ter consciência de nós mesmos.

A consciência nos conecta conscientemente com nós mesmos. *Consciência* é o estado de estarmos conscientes de nossas percepções e compreendermos nossos padrões de pensamentos-emoções-comportamento. É compreender e refletir com abertura. A conscientização pode ser desenvolvida de várias maneiras. Ler um livro inspirador ou assistir a um filme comovente ou a um amigo ou mentor próximo pode ser uma fonte de consciência. Alguns coletam informações perguntando a outros; Alguns podem internalizar e obter insights, alcançando um novo nível de compreensão por si mesmos.

Não somos nossos pensamentos, mas a entidade que observa nossos pensamentos; Somos o pensador, separados e separados de nossos pensamentos. Mas nossos pensamentos e ações nos tornam o que somos. Podemos continuar a viver sem dar ao nosso eu interior qualquer pensamento extra, apenas pensando e sentindo e agindo como quisermos; No entanto, podemos focar nossa atenção nesse eu interior, denominado "autoavaliação". Quando nos engajamos na autoavaliação, podemos pensar se estamos pensando, sentindo e agindo como "deveríamos".

Cuidado! O autoquestionamento envolvido no autoconhecimento pode levar a uma espiral sem fim. Camada sobre camada como uma casca de cebola. E, muitas vezes, ir "mais fundo" na consciência pode não elucidar nada de útil, mas o simples ato de descascá-las pode gerar mais ansiedade, estresse e autojulgamento. Muitos de nós somos pegos na armadilha de sempre olhar um nível mais fundo. Fazer isso parece importante, mas a verdade está sempre além desse certo nível. E o próprio ato de olhar mais fundo gera mais sentimentos de desesperança do que alivia.

"Todos nós pensamos em nós mesmos como pensadores que raciocinam com base em fatos e evidências, mas a verdade é que nosso cérebro passa a maior parte do tempo justificando e explicando o que o coração já declarou e decidiu."

Esteja atento aos padrões.

O que eu faço quando fico com raiva? – Eu discuto, fico abusivo e depois choro de culpa por ficar com raiva.

O que eu faço quando fico triste? Eu me tranco no quarto, choro e me xingo por ser do jeito que eu sou, e aí eu só compro com o celular.

Para onde vai nossa mente quando nos sentimos tristes? Quando sentimos raiva?

Culpado? Ansioso?

Reconhecer os problemas que criamos para nós mesmos. "Meu maior problema provavelmente é não poder falar sobre minha raiva ou tristeza. Ou eu fujo entregando-me ao meu celular ou me torno passivo-agressivo ao agarrar as pessoas ao redor."

Quais são as nossas emoções fortes e fracas? A que emoções respondemos mal? De onde vêm nossos maiores vieses e julgamentos? Como podemos desafiá-los ou reavaliá-los?

"Estou ciente das minhas percepções e padrões?"

Passo 2: Aceitação

"Tudo na vida que realmente aceitamos passa por uma mudança."

"O reconhecimento de uma única possibilidade pode mudar tudo."

Alguns entendem a consciência como a capacidade de explorar nosso mundo interior. Outros o chamam de estado temporário de autoconsciência. Ainda assim, outros a descrevem como a diferença entre como nos vemos e como os outros nos veem.

A menos que *aceitemos* e reconheçamos o que estamos conscientes e não fiquemos em um estado de ignorância e negação, seremos capazes de permanecer no caminho da transformação?

A aceitação é: 'Eu sou responsável pela minha vida e tenho escolhas sobre como a conduzo'.

Aceitação não significa compromisso com nosso destino ou resignação: "Eu deveria simplesmente desistir porque não há nada que eu possa fazer, e o que quer que eu faça não faria diferença alguma".

A aceitação não pode ser forçada. A jornada da "Aceitação" começa com não ser capaz de aceitá-los e, em seguida, encontrar uma maneira de fazê-lo. É importante porque se não nos aceitarmos por quem realmente somos, criaremos vários problemas em nossa vida. Alguns desses problemas são internos, nos afetam pessoalmente e alguns afetarão a forma como os outros nos tratam. Muitos de nós caímos na armadilha de não aceitar quem somos e depois tentar ser como outra pessoa.

Quando coisas ruins acontecem, dizemos 'eu simplesmente não consigo acreditar' ou 'isso não pode estar acontecendo comigo'. Começamos a acreditar e nos deixamos levar pelo que imaginamos, idealizamos ou esperamos e criamos uma bolha de autoilusão. É aí que precisamos ver as coisas como elas são. Isso é aceitação.

A aceitação está saindo da fase "Por que eu" para "Ok, eu sou o que sou e escolho me transformar para o que escolho ser".

A maioria das situações com as quais nos deparamos no nosso dia a dia é uma mistura de boas e ruins. Reconheça sempre que algo bom sai da aceitação. Quanto mais aceitamos, mais aprendemos sobre nós mesmos. Podemos sobreviver à nossa jornada de transformação se estivermos dispostos a dar um passo de cada vez. Nem sempre é fácil se adaptar ao que é improvável, incomum e inesperado, mas ainda é possível ficar mais relaxado em torno das coisas e desenvolver uma atitude mais positiva. *Quanto mais lutamos para aceitar as situações, pior elas parecem ficar.* A aceitação é uma jornada que precisa ser empreendida em prol da nossa felicidade e paz de espírito.

É somente quando aceitamos onde estamos agora que criamos alinhamento com nossa mente, corpo e energia. E só assim poderemos avançar para a acção. Quando não aceitamos onde estamos agora, quando estamos em negação ou ignorância, seremos incapazes de passar por isso ou ultrapassá-lo.

É importante lembrar que a aceitação não significa que concordamos com ela, apenas que estamos onde estamos. Aceitação não é submissão; é um reconhecimento dos fatos de uma situação. Depois, decidir o que vamos fazer a respeito.

Muitos de nós culpamos, pois culpar libera a tensão no corpo, já que estamos empurrando-o para algo ou alguém. Só quando passarmos pela etapa de reconhecer e aceitar é que podemos passar para o próximo passo – a ação.

Uma vez que nos tornamos conscientes e aceitamos nossas percepções e padrões, nos preparamos para a ação.

A introspecção é um processo que envolve olhar para dentro para examinar nossos pensamentos e emoções, mas de uma forma muito mais estruturada e rigorosa. Supõe-se que a introspecção – examinar as causas de nossos pensamentos, sentimentos e comportamentos – melhora a autoconsciência. Uma descoberta surpreendente é que as pessoas que introspeccionam são menos autoconscientes.

O problema da introspecção é que a maioria das pessoas faz isso de forma incorreta. A pergunta introspectiva mais comum é 'Por quê?' Perguntamos isso quando tentamos entender nossas emoções. Por que sou assim?

Na verdade, "por que" é a pergunta de autoconhecimento mais ineficaz. Não temos acesso aos nossos pensamentos, sentimentos e motivos subconscientes. Então, nos perguntamos – Por quê? Tendemos a inventar respostas que parecem verdadeiras, mas muitas vezes estão erradas. *Por exemplo, após um desabafo de um pai, um filho pode chegar à conclusão de que não é bom o suficiente quando o verdadeiro motivo foi uma discussão entre seus pais.*

O problema de perguntar "porquê" não é apenas o quão errados estamos, mas quão confiantes estamos de que estamos certos. A mente humana opera muitas vezes de forma irracional e nossos julgamentos raramente estão isentos de preconceitos. "Aceitamos cegamente" quaisquer "insights" que encontramos, sem questionar sua validade ou valor, ignoramos evidências contraditórias e forçamos nossos pensamentos a se conformarem com nossas explicações iniciais.

Uma consequência negativa de perguntar "por que" é que ele convida a pensamentos negativos improdutivos. Pessoas introspectivas são mais propensas a serem pegas em padrões ruminativos. *Por exemplo, o filho sempre se concentrará em não ser bom o suficiente em todas as situações, em vez de uma avaliação racional de cada umasituação.* Assim, os auto-analisadores frequentes tendem a ser mais deprimidos e ansiosos.

Inverta a frase – Para melhorar o autoconhecimento e o autoconhecimento, devemos perguntar o quê, não por quê. As perguntas "quais" nos ajudam a permanecer objetivos, focados no futuro e capacitados para agir de acordo com nossos novos insights.

Por que sou assim? Inverta a frase. O que eu faço para ser o que eu escolhi ser?

A primeira pergunta tem uma resposta em branco.

A segunda questão conduz a um plano de acção.

Etapa 3: Ação

"Nada acontece até que algo se mova."

– Albert Einstein

"Quer saber quem você é? Não pergunte. Agir! A ação vai delinear e definir você."

"Uma ideia não acoplada à ação nunca ficará maior do que a célula cerebral que ocupava."

A ação é onde afetamos uma mudança.

As ações são nossos comportamentos, as coisas que fazemos que nos movem em direção aos nossos objetivos. Agir é um passo importante para a realização. As pessoas às vezes assumem que apenas grandes coisas contam como ação. No entanto, muitas vezes são as pequenas e constantes ações que contribuem para alcançarmos nossos objetivos.

Entrar em ação sem consciência e aceitação torna-se uma luta árdua. Se passarmos por um processo de compreensão, reflexão, perguntas e aceitação do "que é" e depois entrarmos em ação, construiremos energia em torno disso. Com o ímpeto, a mudança não é tão difícil.

Quando estamos em consciência, aceitação e ação, isso une a mente, o corpo e as emoções para se moverem pelo caminho de menor resistência.

Quando estamos no ponto de realmente 'precisar' de uma transformação, a transformação começa a acontecer. *Quando a necessidade de transformação está atrelada à busca de transformação, algo mágico acontece.*

Não perca tempo com problemas. Não gaste energia para "resolver" os problemas. Em vez disso, visualize qual transformação é desejada e mergulhe nela. Talvez não seja possível fazer uma grande mudança de uma só vez. Isso cria estresse contraproducente na mente e no corpo. Começando suavemente, construa impulso.

Às vezes, podemos não ser capazes de identificar qual é o problema. É razoável. Basta aceitar que "não estou bem". Precisamos apenas nos perguntar

— 'O que eu faço para me sentir mais confortável?' Pode ficar desconfortável quando estamos na fase de aceitação. Pergunte – 'Eu quero fazer algo a respeito?' Sim, então aja. Dê o próximo passo. Reserve um tempo para refletir. Abrirá novos insights.

Uma ação pode ser respirar fundo. Libera a tensão. Nós somos os responsáveis. Ninguém mais vai respirar por nós.

A 'atitude'

Nossas intenções determinam nossas ações. Nossa vida é um acúmulo das ações que tomamos. Se em algum lugar no fundo não estamos em paz, precisamos ser mais conscientes de nossas intenções. O ato de chamar a atenção para nossas intenções nos leva a uma compreensão mais profunda de quem somos e por que fazemos as coisas que fazemos. Quando desenvolvemos o hábito de perceber nossas intenções, fica muito mais fácil tomar decisões que ressoem com a vida que queremos. Podemos escolher agir de forma alinhada com quem somos e com o que queremos alcançar.

A atitude é um dos fatores mais importantes para nos ajudar a superar os altos e baixos da vida. Define como lidamos. Nossas perspectivas afetam nossos desempenhos e a maneira como lidamos com a rejeição. A atitude errada atrapalha nossas conquistas. Se as crenças negativas continuam se acumulando, isso resulta em um resultado improdutivo. O pensamento negativo pode consistir em preocupação constante, cenários de "e se", ou não confiar em nós mesmos para gerenciar e lidar.

Quando assumimos o pior, é difícil pensar e completar as coisas. "Nunca serei capaz de fazê-lo." Com tais pensamentos, quão eficazes seríamos na conclusão de nosso trabalho?

Uma atitude positiva contribui para a crença de que podemos lidar com as situações. Não significa que temos uma atitude 'feliz, cuidada e maldita', mas sim que, quando as coisas acontecem, podemos lidar com isso.

Se temos dificuldade ou evitamos tomar decisões porque queremos ter certeza de que estamos fazendo a coisa "certa", muitas vezes acabamos não fazendo nada. Também podemos optar por não fazer nada porque determinamos que é a decisão certa no momento.

O objetivo da conscientização é a aceitação e o objetivo da aceitação é a ação.

Essa é a jornada da transformação.

Platão dizia que todo mal está enraizado na ignorância. A questão não é que temos falhas – a questão é que nos recusamos a admitir que temos falhas. Quando nos recusamos a nos aceitar como somos, voltamos à necessidade constante de entorpecimento e distração. E da mesma forma seremos incapazes de aceitar os outros do jeito que eles são, então procuraremos maneiras de manipulá-los, mudá-los ou convencê-los a ser a pessoa que eles não são. Nossos relacionamentos se tornarão transacionais, condicionais e, em última análise, tóxicos e fracassarão.

A longo prazo, aqui estão três regras simples a serem consideradas:

1. Se você não vai atrás do que quer, você nunca vai ter.
2. Se você nunca faz uma pergunta, a resposta é sempre não.
3. Se você não der um passo à frente, permanecerá no mesmo lugar.

"Deixe sua performance fazer o pensamento." "Bem feito é melhor do que bem dito."
"A diferença entre quem somos e quem queremos ser é o que fazemos."

Gatilhos

"Nossas crenças internas desencadeiam o fracasso antes que ele aconteça." "Os gatilhos podem acontecer quando menos esperamos.

Quando pensamos que todas as feridas emocionais estão curadas, algo pode acontecer que nos lembra que ainda há uma cicatriz."

"As pessoas que nos provocam a sentir emoções negativas são mensageiros.

Eles são mensageiros para as partes não curadas do nosso ser."

O que são gatilhos?

Um gatilho é algo que nos lembra e nos faz reviver traumas passados. Pode resultar em flashbacks. Um flashback é uma memória vívida, muitas vezes negativa, que pode aparecer sem aviso.

Um gatilho pode ser apenas um "pensamento do gatilho" em nossa mente. Ou podem ser pessoas, palavras, opiniões, eventos ou situações ambientais que provocam uma reação emocional intensa dentro de nós. Quase tudo pode nos desencadear, dependendo de nossas crenças, valores e experiências de vida anteriores, como um tom de voz, um tipo de pessoa, um ponto de vista particular, uma única palavra – qualquer coisa pode ser um gatilho. Esses gatilhos podem acontecer em qualquer lugar, a qualquer momento, e qualquer coisa pode ativar um gatilho. É único para cada indivíduo. Na maioria das vezes, ou somos cegos para eles ou possivelmente nos apegamos a eles, mesmo quando nos sentimos "acionados".

Os gatilhos podem levar a relacionamentos rompidos, depressão e, em alguns casos, suicídio. Os gatilhos podem se tornar um problema se forem frequentes e se alguém estiver tendo dificuldade em manuseá-los. *Uma criança que cresceu em uma casa abusiva pode se sentir ansiosa quando as pessoas discutem ou brigam.* Dependendo do nosso envolvimento em um conflito, podemos sentir medo, atacar como um mecanismo de defesa ou nos distanciar do conflito.

Os gatilhos são lembretes que nos colocam em angústia, dor, raiva, frustração, tristeza, medo e solidão, e outras emoções fortes. Quando acionados, podemos nos retirar emocionalmente e simplesmente nos sentir magoados ou com raiva ou responder de uma maneira agressiva da qual provavelmente nos arrependeremos mais tarde. Nossa reação é tão intensa porque estamos nos defendendo de um sentimento doloroso que veio à tona.

Emoções como raiva, culpa, irritabilidade e baixa autoestima podem vir à tona quando os indivíduos são acionados, entrando em vários comportamentos e compulsões. Infelizmente, a natureza dos gatilhos emocionais pode ser muito profunda e pode ser traumatizante. Alguns podem levar os indivíduos a adotar formas não saudáveis de enfrentamento, como automutilação, danos a outras pessoas e abuso de substâncias.

'Ser acionado'

Todos nós nascemos com nossa natureza e personalidade inata individual e peculiar. Cada um de nós tem as suas "sensibilidades". Nosso "crescer" e a paternidade também podem condicionar nossa sensibilidade. *Se formos sensíveis ao "que os outros pensam sobre nós", ridicularizar ou zombar ou uma repreenda na frente dos outros funcionará como um forte gatilho. Quando uma criança é repreendida na frente de convidados, não é a bronca que importa, é a presença dos "outros" que manifesta uma reação negativa na criança. A mesma criança em crescimento na escola é repreendida pelo professor, que atua como gatilho.* Assim, quando nossas sensibilidades inatas são cutucadas, elas se tornam os gatilhos potenciais para reações futuras.

O termo "ser acionado" pode ser rastreado até experiências desagradáveis passadas, muitas vezes experimentadas por soldados que voltam da guerra. Quando somos acionados devido a experiências traumáticas passadas, nossa reação é muitas vezes medo extremo e pânico. Somos acionados quando vemos, ouvimos, saboreamos, tocamos ou cheiramos algo que nos lembra a circunstância traumática anterior. Por exemplo, uma vítima de estupro pode ser acionada quando vê homens com barba porque seu agressor também tinha barba. Uma menina que foi agredida pelo pai alcoólatra quando criança pode ser acionada sempre que sentir cheiro de álcool.

Um gatilho faz com que nosso cérebro acredite que estamos sofrendo uma ameaça, mesmo que estejamos perfeitamente seguros. Isso ocorre porque encontramos algo que nos lembra de um evento negativo em nosso passado. Ser acionado é experimentar uma reação emocional a algo relacionado à história anterior. *Se passamos por um trauma, encontrar um gatilho pode fazer com que nosso corpo entre no modo luta-fuga, como se estivéssemos experimentando o trauma "agora e não no passado".*

Quando estamos em uma situação de "ameaça", automaticamente nos envolvemos em uma resposta de luta ou fuga. O corpo recebe uma 'injeção de adrenalina' e entra em alerta máximo, priorizando todos os seus recursos para reagir à situação. Funções que não são necessárias para a sobrevivência, como a digestão, são suspensas. Uma das funções negligenciadas durante uma situação de luta ou fuga é a formação da memória de curto prazo. Em algumas situações, nosso cérebro pode não colocar exatamente ou adequadamente o evento traumático em seu armazenamento de memória. Em vez de ser armazenada como um evento passado, a situação é marcada como uma ameaça ainda presente. Durante o evento traumático, nosso cérebro incorpora estímulos sensoriais na memória. Mesmo quando nos deparamos com os mesmos estímulos em outro contexto, associamos os gatilhos ao trauma. Em alguns casos, um gatilho sensorial pode causar uma reação emocional antes de percebermos por que estamos chateados.

A formação de hábitos também desempenha um forte papel no desencadeamento. Tendemos a fazer as mesmas coisas da mesma maneira. Seguir os mesmos padrões evita que o cérebro tenha que tomar decisões.

Rastreamento de gatilhos

Identificar nossos gatilhos é vital para o gerenciamento de gatilhos. A "consciência" nos prepara para lidar com gatilhos em vez de sermos manipulados por eles. Ser vítima dos gatilhos e reagir impulsivamente a eles pode fazer com que nossas amizades fiquem tensas, os relacionamentos se tornem tóxicos e a vida se torne muito mais dolorosa.

Quanto mais a consciência, mais estamos conscientemente preparados para enfrentá-la quando estamos sendo acionados e seremos capazes de lidar com o gatilho e a reação de forma empoderada. Não é tão difícil explorar nossos gatilhos. A parte mais difícil é, na verdade, comprometer-se com o processo.

Passo 1: Os sinais do corpo

Bem, todo gatilho é uma ação que produz uma reação. Essa reação pode ser experimentada no plano físico. Observe qualquer um destes sinais corporais:

- Sensação de tontura ou tontura.
- Secura da boca ou náuseas.

- Trêmulo.

- Músculos tensos ou punho cerrado ou aperto dos músculos da mandíbula.

- Alterações de fala – arrastamento ou atrapalhação.

- Palpitações.

- Padrões respiratórios alterados.

- Quebrando em um suor ou rubores quentes ou frios.

- Sensação de asfixia.

- Sentir-se entorpecido ou em branco ou perdido ou confuso. Qual é a primeira reação que o corpo tem?

Há um padrão para as reações sempre? Quanto tempo duram esses sinais corporais?

Observe mentalmente essas reações e registre-as.

Passo 2: O pensamento precedente e a emoção subsequente

Exatamente nesse momento em que começamos a ter os sinais corporais, quais são os pensamentos que surgem naquele exato momento?

Procure pensamentos extremos, sem sentido, irracionais e irracionais com pontos de vista polarizados – alguém ou algo é bom ou ruim, certo ou errado. *Apenas esteja ciente desses pensamentos sem reagir a eles.* Obtenha-o no estado mental consciente.

Que história a mente está criando sobre a pessoa ou situação ou sobre si mesmo?

Dê um nome às emoções vividas quando acionadas.

Observe o comportamento resultante associado à emoção perturbadora.

As pessoas ao nosso redor que estão próximas a nós são boas fontes de informação e podem ajudar a definir nosso estado no momento.

- Emoções intensas – solidão, ansiedade, medo, raiva, desesperança, ódio, terror, tristeza, sentir-se baixo e abandonado.

- Comportamentos – gritar, discutir, insultar, esconder-se, chorar, trancar-se ou reagir em excesso.

Passo 3: O que aconteceu antes?

Normalmente, não estamos no estado para compreender racionalmente a situação quando estamos na situação. Depois da reação, olhamos para trás para onde tudo começou. Pode haver um estado predisponente antes de ser acionado

— Um dia estressante no trabalho, algo diferente ou incomum da nossa rotina diária – qualquer coisa pode preparar o terreno para ser desencadeado mais tarde. Veja se há um padrão toda vez que isso acontece. Quando identificamos nossos gatilhos, podemos nos prevenir de sermos acionados no futuro simplesmente desacelerando quando estivermos cientes dos predispostos do gatilho.

Passo 4: Nossas principais sensibilidades

Ser emocionalmente acionado sempre volta a não ter uma ou mais de nossas necessidades mais profundas atendidas.

O que dentro de nós está sendo cutucado?

Entenda as percepções. Reflita sobre quais das necessidades ou desejos estão sendo ameaçados:

- Não sendo compreendido.
- Não se sentir amado ou querido.
- Não sermos aceitos pelo que somos.
- Não sendo prestada atenção.
- Não se sentir seguro e protegido.
- Não recebendo o devido respeito.
- Não se sentir necessário, digno ou valorizado.
- Não ser tratado de forma justa.
- Sentir-se insultado.
- Sentir-se injustiçado.
- Sentir-se rejeitado ou ignorado.
- Ser culpado ou envergonhado.
- Ser julgado.
- Ser controlado.

Que sentimentos internos ressurgem toda vez que há uma reação?

Etapa 5: Identificando o gatilho

Os gatilhos são identificáveis pela forma como reagimos a algo. Uma vez que estamos cientes dos sinais corporais e subsequente mudança de emoção e comportamento, observe quem ou o que desencadeou isso. *Rastreie a ação que precede a reação.*

Podemos ser acionados quando nos lembramos de um evento, ou quando o evento desconfortável ocorre.

Pode ser um único objeto, palavra, cheiro ou impressão sensorial. Outras vezes, pode ser uma determinada crença, ponto de vista ou situação geral. Por exemplo, o gatilho pode variar de um barulho alto para pessoas com certas aparências físicas ou quase qualquer coisa sob o sol. Pode haver uma combinação de gatilhos em certos casos. Faça um diário.

Precisamos estar cientes e aceitar que existem algumas situações, pessoas e conversas às quais podemos limitar conscientemente nossa exposição, enquanto outras estão completamente fora de nosso controle. A consciência dos gatilhos nos ajuda a entender nossos padrões e pode nos alertar sobre nosso estado de mente. Com mais consciência, podemos começar a assumir a responsabilidade pela forma como gerimos as nossas emoções, em oposição às nossas emoções que nos controlam.

À medida que crescemos, experimentamos dores que não conseguíamos reconhecer e lidar suficientemente naquela época. Quando adultos, somos desencadeados por experiências que nos lembram desses velhos sentimentos dolorosos.

Uma vez que conhecemos nossos gatilhos, o primeiro passo para a cura é considerar suas origens.

Pergunte – *Qual dos gatilhos pode estar relacionado às minhas experiências de infância?*

Se podemos nos relacionar com os padrões, pergunte – como me sinto em relação a eles? Perceberemos que a dor não desaparece só porque tentamos evitá-la, podendo até acabar em mais dor.

Pensar honestamente sobre nossos gatilhos é a única maneira de curá-los.

Tipos de gatilho

Os gatilhos podem ser internos e externos. Ambos podem nos impactar fortemente.

Gatilhos externos — Aciona tudo ao redor

Quando a maioria das pessoas pensa em gatilhos, pensa em gatilhos externos. Qualquer coisa em nosso ambiente pode ser um gatilho externo. Estes tendem a ser mais óbvios e podem ser diagnosticados mais facilmente por nós mesmos ou por pessoas próximas.

Gatilhos internos — Gatilhos em nossa cabeça

Gatilhos internos são coisas que sentimos dentro de nós mesmos – nossos sentimentos ou pensamentos.

Ao contrário dos gatilhos externos, estes são eventos "internos" que são pessoais e individuais para nós. Estes são mais sutis e invisíveis e podem levar muito tempo, às vezes uma vida inteira para entender, aceitar e gerenciar.

Causas excitantes desencadeiam eventos agudos.

Causas fundamentais e predisponentes são responsáveis pelos padrões de eventos crônicos.

A manutenção das causas e do ambiente é responsável pela repetitividade das experiências que fortalecem as vivências dos eventos crônicos.

Alguns exemplos de gatilhos comuns são:

- as datas de aniversário de perdas ou traumas.
- notícias assustadoras.
- muito para fazer, sentindo-se sobrecarregado.
- atrito familiar.
- o fim de um relacionamento.
- passar muito tempo sozinho.
- ser julgado, criticado, provocado ou rebaixado.
- problemas financeiros, recebendo uma conta grande.
- doença física.
- assédio sexual.
- sendo gritado.
- ruídos agressivos ou exposição a qualquer coisa que nos faça

sentir desconfortáveis.

- estar perto de alguém que nos tratou mal.
- certos cheiros, gostos ou ruídos.

Gatilhos 'Plano de Ação'

A identificação dos gatilhos nos ajudará com um plano de ação. Podemos não ser capazes de evitar todos os gatilhos emocionais, mas podemos tomar medidas acionáveis para cuidar de nós mesmos para nos ajudar a superar essas situações desconfortáveis. Quando conhecemos nossos gatilhos emocionais, podemos optar por enfrentá-los empoderados. Não precisamos fugir dessas situações.

Há uma série de coisas que podemos fazer quando estamos profundamente enterrados em emoções extremas, como raiva ou medo.

1. Desenvolva um plano de ação prévio do que pode ser feito, caso surja um gatilho, para nos confortar e evitar que as reações se tornem sintomas mais graves.

2. Inclua ferramentas que funcionaram no passado, além de ideias aprendidas com outras pessoas.

3. Inclua coisas que devem ser feitas nesses momentos, e coisas que podem ser feitas, se acharmos que podem ser úteis nessa situação.

O Plano de Acção pode incluir:

- *"Eu escolho quebrar o padrão e não vou perder a esperança, mesmo que não seja completamente bem-sucedido."* Continue repetindo isso sempre que se deparar com o gatilho e ao reagir a ele.

- Remova a atenção da pessoa ou situação e concentre-se na respiração. Enquanto estivermos vivos, nossa respiração está sempre lá conosco – é uma excelente maneira de relaxar. Mantenha o foco na inspiração e expiração por alguns minutos. Se a atenção voltar para a pessoa ou situação desencadeante, puxe a atenção de volta para a respiração.

- Se estivermos com alguém, é aconselhável nos desculparmos por algum tempo, desapegar e voltar quando nos sentirmos mais no controle de nós mesmos e calmos.

- *"Vou ligar para o meu amigo das 3 da manhã"*, minha pessoa de apoio e pedir que ouçam enquanto eu falo sobre a situação.

• Nunca ignore os sentimentos, mas não os represente também. Reprimir ou tentar controlar os sentimentos não é a resposta. Podemos optar por atenuar, reduzir a intensidade das emoções que estamos enfrentando. Há uma linha tênue entre negar as emoções, atenuar as emoções e reprimi-las inconscientemente. Por isso, é importante praticar dicas de autoconhecimento.

Práticas como mindfulness nos permitem focar no agora, colocando nossa mentalidade no momento presente. Isso encoraja o desapego de experiências dolorosas ou angustiantes e pode reduzir o estresse.

Diário

"Escrevo porque não sei o que penso até ler o que digo."

Pergunte – Qual é o meu padrão de ser acionado? Nossos gatilhos emocionais têm uma maneira de nos cegar, então, para neutralizar isso, seja curioso. Entenda – O que está acontecendo em mim? Entender o "acontecendo por dentro" nos ajudará a recuperar a sensação de calma, autoconsciência e controle.

Registre os pensamentos e sentimentos com base nos passos explicados, reconhecendo a reação e retrotraçando-a até sua origem.

Anote aí. Não precisamos escrever lindamente para obter os benefícios. O simples ato de organizar nossos pensamentos no papel ou digitalmente muitas vezes é suficiente para nos dar mais clareza sobre nossos pensamentos e sentimentos do que manter tudo engarrafado entre nossos ouvidos.

Anote aí:

• O corpo sinaliza.

• O pensamento precedente e a emoção subsequente.

• O que aconteceu antes.

• Nossas principais sensibilidades.

• Adicione gatilhos à lista sempre que tomarmos conhecimento deles. Escreva aquelas que são mais possíveis ou ocorrerão, ou que já podem estar ocorrendo em nossa vida.

• Diário sobre onde esses gatilhos se originaram. Por exemplo, nossos pais disseram que éramos bons para nada ou um incômodo ou pouco atraentes? Um professor nos disse que somos burros e nunca podemos ter sucesso na vida? Ou fomos negligenciados, então crescemos nos sentindo sozinhos? Saber de onde vêm nossos gatilhos nos permite conhecer melhor a nós mesmos.

- Se formos acionados e fizermos as coisas que são úteis, então mantenha-os na lista. Se forem parcialmente úteis, podemos rever o nosso plano de ação. Se eles não forem úteis, continue procurando e experimentando novas ideias até que encontremos as mais úteis.

Quando nos sentimos acionados pelas pessoas e suas falas, devemos ter duas coisas em mente.

A intenção da outra pessoa – a outra pessoa pode estar totalmente inconsciente da dor que estamos vivendo. Embora achemos desconfortável manter a comunicação, devemos manter uma nova perspectiva sobre a intenção da outra pessoa. É importante ter paciência com eles e comunicar de forma lenta e assertiva nossos limites com eles.

Nossa dor – É importante entender que tudo o que estamos sentindo é causado pela realidade em nossas vidas.

Assim como não sabemos que tipo de problemas outras pessoas podem estar passando, outros podem estar completamente inconscientes de nossas próprias lutas.

Os gatilhos emocionais continuarão repetindo padrões repetidamente se não os gerenciarmos e curarmos. Fugimos deles e não fazemos o necessário para curar esses gatilhos e quebrar os padrões. Curar significa simplesmente ganhar consciência e adotar uma mente estável, que nos capacita.

"Nossos gatilhos emocionais são feridas que precisam cicatrizar." "Toda intenção é um gatilho para a transformação."

– Deepak Chopra

Por que não fazemos
Fazer o que queremos fazer?

"As pessoas tendem a assustá-lo apontando suas deficiências. Se você admitir voluntariamente suas falhas, as pessoas não terão nada a apontar."

– Anupam Kher

"Não é o que você é que te segura, é o que você acha que não é."

– Henrique Ford

"Vivemos em um mundo livre preso em nossas mentalidades!"

"Por que não fazemos o que queremos" não é um processo simples e linear. Quebrar nossos padrões e configurações padrão é complicado e complexo porque exige que interrompamos um hábito atual e, ao mesmo tempo, promovemos um novo conjunto de ações desconhecidas. Surpreendentemente, isso pode acontecer em um momento ou pode levar uma vida inteira e ainda podemos ser incapazes de nos transformar. Mudanças simples como acordar a tempo de caminhar os 10000 passos ou apenas praticar Pranayama ou beber um copo extra de água por dia leva tempo para se tornar um padrão e comportamento consistente e habitual.

Nosso sucesso em quebrar padrões e formar novos empoderados é a forma como os contratempos são gerenciados. Nossa conclusão impulsiva é que nos tornamos autocríticos e percebemos que não somos competentes o suficiente ou não temos força de vontade suficiente para alcançar nosso objetivo.

Transformar os reveses em sucesso requer reflexão, compaixão e consistência nos esforços.

Algumas desculpas e conclusões autodestrutivas e autoobstrutivas que dizemos a nós mesmos:

Não sei porquê, mas não consigo.

Isso não pode ser feito. É bom apenas em pensamentos. Estou sem esperança do meu estado.

Não tenho tempo para isso agora. Talvez mais tarde. É assim que sempre fiz.

É assim que todos vivem.

Tenho muitos compromissos atualmente.

Tenho que me concentrar no meu filho, nos pais mais velhos, nos meus ganhos e no meu alto nível de açúcar no sangue.

Não tenho tempo para exercícios, ioga, caminhadas, alimentação saudável. Eu fico entediado facilmente.

Não está funcionando.

Meu amigo tentou, mas não conseguiu. Existe algum atalho?

Estou cansado.

Não queremos sair da nossa zona de conforto, mesmo que isso não esteja nos ajudando.

Sentimos que não temos escolha. Não gostamos de mudar.

Não mudamos nossos hábitos. Não abordamos nosso estresse.

Temos medo de enfrentar as questões maiores. Ignoramos a dor e a exaustão.

Não reconhecemos que nossos corpos, nossas mentes e nossos espíritos precisam ser cuidados.

Não temos tempo para a autotransformação. Não nos permitimos falhar.

Não temos tempo.

O que nos impede?

O que nos está a impedir? Medo, crença ou hábito?

Temos potencial para alcançar mais do que pensamos e isso exige que sejamos apaixonados e determinados por objetivos. No entanto, não basta que nos esqueçamos de descobrir coisas que nos atrasam na vida. Todos nós estamos cercados por esses elementos, mas eles muitas vezes passam despercebidos, impactando nossa produtividade geral.

Falta de confiança

A falta de confiança em nós mesmos e no processo de transformação é um dos maiores obstáculos na transformação. Nós tentamos. Nós falhamos. Isso torna o processo de tentar novamente ainda mais difícil. Começamos a acreditar que simplesmente não podemos fazer isso. Mas não funciona assim.

Insegurança

"Não vejo solução para os meus problemas."
"Acho que não tenho potencial para mudar de vida."

Se duvidarmos constantemente de nós mesmos e questionarmos se nossos objetivos são alcançáveis, nossos sentimentos pessimistas se tornarão auto-realizadores. Não podemos ter sucesso se nos segurarmos. Se acreditarmos em nós mesmos e visualizarmos nosso sucesso, temos muito mais chances de sucesso.

Pensar que as coisas nunca vão mudar

Muitos de nós estamos convencidos de que as situações em nossa vida nunca podem mudar. Fomos assim a vida toda e isso nos impede de implementar mudanças reais. Estamos presos dentro da nossa mentalidade. Para o sapo na lagoa, o mundo inteiro é a lagoa. Comprometa-se com ações e montanhas se moverão.

Comparando-nos com os outros

Uma das coisas mais difíceis de fazer é parar de nos comparar com os outros, especialmente quando os tempos são competitivos e todos estão tentando para superar uns aos outros. Sofreremos ou de ciúme ou de ego. E esses dois estados travam a nossa transformação.

Esperando resultados instantaneamente

Vivemos num mundo "instantâneo" e "num minuto". É um mundo hypado. Queremos resultados agora. Ficamos impacientes. Estamos condicionados a "menos entrada – mais saída". Decidimos nos transformar. Pensamos e fazemos um plano. E queremos ver resultados agora. E quando não conseguimos o que queremos, culpamos o esforço e o processo. Coisas boas levam tempo. O trabalho árduo encontra sempre a sua fecundidade.

Assumindo o resultado

Alguns de nós acreditam que somos inteligentes. "Não vai dar certo. Está fadado ao fracasso. Isso nunca pode acontecer". Não começamos algo novo porque temos certeza de como as coisas provavelmente vão acabar – mal! Não há como saber o que vai acontecer no nosso futuro. Seja otimista e deixe os resultados para a vida.

Vivendo no passado

Fazemos das rejeições de ontem a história de hoje. O passado não está agindo no presente. Aconteceu e foi. Mas, pensando no passado, mantemos os pensamentos do passado vivos no presente. Deixamos que as rejeições do nosso passado ditem cada movimento que fazemos a partir daí. Nós literalmente não nos conhecemos para sermos melhores. A rejeição não significa que não sejamos bons o suficiente. Isso significa que temos mais tempo para melhorar, desenvolver nossas ideias e nos aprofundar no que queremos fazer.

Agarrando-se à culpa passada

A culpa é muitas vezes um lembrete criado por nós mesmos de todas as coisas que gostaríamos de ter feito de forma diferente por nós mesmos. Todos nós experimentamos culpa. Pode vir de muitas formas, desde simplesmente trair uma dieta até fazer uma escolha terrível que afeta nossas vidas para sempre. A culpa nos bate, nos faz repetir nossos erros e desperdiça enormes quantidades de nossa energia, reencenando como poderíamos ter feito algo diferente. Uma razão pela qual isso

Torna-se difícil desistir e deixar de lado a culpa é que sentimos a necessidade de nos punir. A culpa não nos permite estar plenamente presentes com o nosso "agora" e ver todo o bem que temos em nossa vida. A culpa nos leva mais profundamente ao modo "vítima". É um fardo inútil em cima da nossa dor.

Medo de decepcionar entes queridos

Muitos de nós temos ansiedade em decepcionar as pessoas, em que cronicamente evitamos situações em que podemos decepcionar alguém. Isso porque sentimos que as opiniões dos outros são fundamentais para o nosso autoconceito. A opinião de nossos entes queridos tende a nos afetar. Temos muito medo de não estarmos à altura. No caso dos nossos pais, isso se torna ainda mais complicado. É muito comum que nós e nossos pais tenhamos opiniões, gostos e traços de personalidade diferentes. É completamente normal nos preocuparmos e nos preocuparmos, mas uma vez que permitimos que o medo de decepcionar os outros tome conta, estamos nos paralisando.

Hospedando-se em nossa zona de conforto

"Uma zona de conforto é um lugar lindo, mas nada cresce lá."

Habituamo-nos ao nosso padrão de vida, mesmo que não estejamos em paz interior. Uma mudança é sempre dolorosa. Rejeitamos oportunidades de crescimento ou avanço porque isso significa sair da nossa zona de conforto e nos abrir para o fracasso. Correr riscos é uma proposta assustadora para muitos. Afinal, sair da zona de conforto significa convidar à possibilidade de fracasso. Mas nunca saberemos do que somos verdadeiramente capazes se não tentarmos. Todos nós falhamos em algum momento, mas seremos bem-sucedidos se nos esforçarmos. Esta é a história de todos os grandes homens. Com grande risco vem a possibilidade de grande recompensa. Estar em uma zona de conforto parece muito bom, mas a mesma zona de conforto nos impede de autorrealização e experiências da vida real.

Medo e fracasso

A jornada de transformação não é fácil. Tememos. Tememos a incerteza, o futuro, a repetição do passado, os fracassos. Falhas acontecem ao longo do caminho. O medo do fracasso nos retém porque quando temos medo de falhar, somos medo de arriscar qualquer coisa. Então, a gente fica no mesmo papel. Fazemos a mesma coisa repetidamente, só porque temos medo de falhar se mudarmos o papel. Sonhamos acordados e simplesmente saímos para dormir.

Fracasso significa o que fizemos, não deu certo desta vez, mas não significa que não vai funcionar novamente. Que o fracasso não nos pese. Arriscamos e não deu certo. É uma sensação horrível, mas devemos entender que está tudo bem. Ninguém consegue sem falhar às vezes. Avalie o que deu errado. Aprenda as lições que precisamos aprender para que possamos avançar e tomar decisões melhores da próxima vez. Aqueles que têm sucesso aprenderam com seus fracassos, em vez de cair e ficar para baixo.

O fracasso não deve nos quebrar. O fracasso deve nos tornar mais fortes e nos ajudar a nos desenvolver. O sucesso é moldado pela forma como respondemos ao que nos acontece. Temos de resolver problemas que são solucionáveis e aprender a conviver com problemas que não conseguimos resolver.

Sem saber quando deixar ir

Chega um momento em que precisamos nos soltar. Até mesmo o capitão de um navio afundando deve saber quando pegar o bote salva-vidas. É difícil nos afastarmos de algo ao qual estamos emocionalmente conectados. Mas saber quando seguir em frente nos dará liberdade e aproveitaremos outras oportunidades.

Não em sintonia com o nosso próprio eu

Todos nós estamos respirando, mas apenas alguns de nós estão vivendo. A maioria de nós apenas passa pela rotina da vida rotineira. Não paramos e refletimos. Não temos tempo para ser um "observador" de nós mesmos. Não sabemos o que há de errado conosco. Nem sequer temos consciência das nossas percepções e padrões. Não sabemos o que é transformação e o que a transformação pode fazer. Não sabemos o que precisamos saber e o que precisamos fazer. Essa falta de consciência, de não estarmos em sintonia com nós mesmos, nos atrapalha.

Esperando o momento certo

Se nunca começarmos, nunca teremos sucesso. Continuamos esperando, esperando e esperando o momento certo. Não podemos esperar pelo momento perfeito; Vai

nunca venham. Se nos recusarmos a entrar na briga até que pareça o momento "certo", podemos passar a vida dentro do cobertor. Hoje é o primeiro dia de um novo começo – o primeiro passo para mudar. Muitos de nós recuamos quando temos um contratempo quando temos aquela sensação de borboleta em nosso estômago. Abrace o sentimento. Não espere até que não tenhamos mais medo. Isso pode nunca acontecer. Será tarde demais até lá. Comece pequeno. Comece algo.

Falta de plano

Muitos de nós temos uma ideia, conceito ou sonho que queremos transformar em realidade. Mas sem um plano firme e uma visão clara, não temos como alcançar nada. Definir nossos objetivos é o primeiro passo para que eles aconteçam. Trata-se de criar um roteiro que nos guiará. Sem um plano, podemos facilmente sair do rumo sem sequer saber. Crie um plano para realizar essas coisas, uma de cada vez. O planejamento não precisa ser longo e tedioso. Faça microplanos e planos passo a passo de longo prazo. E basta fazê-lo.

Perfeccionismo

Fomos educados com o pensamento de que precisamos ser perfeitos ou o primeiro ou o melhor. Ninguém é perfeito. Buscar constantemente a perfeição só gera descontentamento. Há coisas na vida em que somos bons e haverá coisas em que lutamos. Aprenda a sentir quando nosso desejo de fazer algo perfeito está nos impedindo de fazê-lo. O perfeccionismo vai nos drenar e esgotar. Pense na diferença entre esforço diligente e perfeccionismo. Saiba quando é suficiente. Em vez de estabelecer expectativas inatingíveis para nós mesmos, aceite que cometeremos erros. Se aprendermos com esses erros, ficaremos mais fortes com essas experiências.

Buscando aprovação

"Uma coisa incrível acontece quando você deixa de buscar aprovação e validação. Você encontra."

O que nos impede é a nossa constante necessidade de obter aprovação para nossas ações. As opiniões dos outros importam mais para nós do que nossos instintos e pensamentos. E nem sempre recebemos motivação encorajadora e positiva das pessoas ao nosso redor. Ocasionalmente, tomar a opinião dos outros é bom. Ninguém nos conhece melhor do que nós mesmos. Eventualmente, temos que ficar de pé. Ouvir os outros para cada decisão que tomamos é como não ouvir o que queremos pela frente.

Ser influenciado pelos outros

Muitas pessoas têm uma estranha satisfação e emoção em nos dizer por que algo não vai funcionar, e vão nos contar alegremente sobre alguém que tentou e falhou. Poderíamos ser nós que conseguimos! A única maneira de descobrir é tentar! Deixamos algumas pessoas negativas preencherem nossas mentes com conselhos inúteis e improdutivos. Eles nos dão uma dúzia de razões pelas quais pode não funcionar. É mais fácil ser crítico do que correto. Gaste tempo e ouça aqueles que encorajam e reconhecem respeitosamente.

Transferindo a culpa – Procurando razões

"Quando você culpa os outros, você abre mão do seu poder de mudar."

Até o momento em que não percebermos que somos responsáveis pelo que somos e atribuírmos nossas deficiências a alguém ou a outra coisa, nunca conseguiremos o que queremos da vida. É tão tentador transferir a culpa. É natural querer. Seja responsável. Assuma a responsabilidade. Não arranje desculpas. Tome uma atitude. Pare de procurar motivos e considere quais alterações devem ser feitas para corrigir o problema.

Colocar a nós mesmos ou aos outros para baixo

Se nos envolvermos constantemente em auto-falas negativas ou colocarmos os outros para baixo, estamos apenas convidando a negatividade para nossa vida. Dizer a nós mesmos "sou estúpido" ou "não posso fazer nada certo" é infligir feridas que nos seguram. Da mesma forma, quando fazemos isso com os outros, arrastamos todos para baixo. Substitua hábitos negativos por positivos. Concentre-se não no que deu errado, mas no que nos orgulhamos. Procure maneiras de trazer a nós mesmos e a todos os outros.

Incapacidade de agir

Aquele que espera que a torta caia do céu nunca se levantará muito alto.

Alguns de nós somos impedidos pela nossa incapacidade de agir! Tendemos a fazer multitarefas a um ponto em que não temos mais energia para tomar medidas reais em assuntos que importam mais. Alguns de nós são preguiçosos demais, descontraídos demais. Optamos por não fazer nada. A procrastinação é a causa raiz do nosso fracasso em fazer qualquer coisa. Se queremos fazer alguma coisa, então precisamos começar a agir. Não podemos nos sentar e esperar que as coisas deem certo a nosso favor.

Queremos e esperamos que as coisas sejam fáceis

Sem almoços grátis e sem metas fáceis. Um objetivo requer esforço e luta, trabalho árduo e dedicação. O que é fácil é ficar na trave e não fazer nada. Mas não é assim que se ganham jogos. Não faça o que é fácil, faça o que você é capaz. Não mudamos nada e esperamos resultados. Se queremos melhorar, temos que tentar coisas para ver o que funciona e o que não funciona. Algumas pessoas sentam-se e esperam que os feijões mágicos cheguem, enquanto o resto de nós apenas se levanta e começa a trabalhar.

Evitamos a verdade

Continuamos contando a nós mesmos a história errada. A transformação não pode ser baseada em uma mentira. Precisamos ser verdadeiros com nós mesmos. Não podemos viver atrás de uma fachada. Precisamos ser autênticos. E isso significa que temos que nos aceitar do jeito que somos. E então escolher nos transformar. Caso contrário, levará à raiva e à frustração. Ignorar a verdade não é transformação. Ser falso sobre qualquer aspecto de nossa existência cava um vazio escuro em nossa alma. A verdade pode nem sempre ser fácil de lidar, mas lidar com a verdade é o único caminho. Somos nós, nós mesmos, que continuamos julgando a nós mesmos. Nós nos julgamos contando uma história dentro de nossas cabeças.

Deixe de lado o que nunca esteve realmente lá. Era apenas uma ilusão que nunca foi realmente o que pensávamos que era. A chave é conscientização, aceitação, desapego e dar o próximo passo.

Sentir-se imerecido

Ser humilde não é sinônimo de ser pouco. Mas muitos de nós temos o hábito da autodepreciação. Começamos a acreditar que somos indignos de elogios, elogios e elogios. Quando nos sentimos indignos do que nos é dado, evitamos oportunidades de fazer mais e ser mais. Pensamos muito pouco em nós mesmos. Ou acabamos satisfeitos com onde estamos na vida hoje, ou simplesmente sentimos que é impossível alcançar o que desejamos. Então, a gente acaba sendo comum.

Distrações!

Nunca faltam distrações. Mas quando nossa atenção é puxada em um milhão de direções, é difícil concentrar nossos pensamentos. Se vivermos uma vida distraída, nossos objetivos ficam de lado. Pare de alimentar distrações. Quando nos encontrarmos saltando de uma tarefa para outra, respire fundo. Desacelere e acalme sua mente.

Desculpas

Podemos inventar por que devemos fazer algo ou inventar por que não devemos. Por que a maioria de nós tende a acreditar nesta última? Porque é mais fácil. Nada que valesse a pena trabalhar ou ter na vida nunca foi fácil para ninguém. Conquistas e conquistas nunca serão resultado de dizer não ou nos sentirmos mal por nós mesmos porque acreditamos que algo está fora do alcance. Sempre haverá desculpas para não fazer algo. Para variar, tenha uma desculpa para fazer algo!

Não prestar contas

Precisamos admitir nossas falhas, más escolhas, más ações. Admita e aceite. Nenhum de nós é perfeito, e nenhum de nós é melhor do que o outro. Somos apenas diferentes. Temos nossa jornada e versão do normal. Quaisquer que sejam nossas ações, experiências ou sentimentos, somos responsáveis pelas escolhas que fazemos.

Fechando nossas mentes para novas ideias e perspectivas

Mesmo que nos tornemos mais sábios com a idade, permaneceremos um estudante por toda a vida. Qualquer entendimento nunca é absolutamente definitivo. O sucesso na vida não depende de estar sempre certo. Para fazer progressos reais, temos de deixar de lado o pressuposto de que já temos todas as respostas. Podemos ouvir os outros, aprender com eles e trabalhar com sucesso com eles, mesmo que não concordemos com todas as opiniões que eles têm. Quando as pessoas concordam respeitosamente em discordar, todos se beneficiam da diversidade de perspectivas.

"Mais poderosa do que a vontade de vencer é a coragem de começar."

Parte da questão é saber por onde começar. A outra parte é o medo do desconhecido. Ambos podem nos impedir de dar o primeiro passo. A essência da jornada de transformação está em manter o curso, percorrer a distância, cair e se reerguer, seguir em frente.

Com o que estamos comprometidos?

Equivocadamente, nos comprometemos com o resultado sem nos comprometermos primeiro com o processo.

Sonhamos com o sucesso antes de nos esforçarmos para dar o primeiro passo. Estamos comprometidos com o resultado antes de nos comprometermos com o processo. O processo é dar o primeiro passo e estar preparado para o próximo. Esse é o compromisso.

O resultado é "chegar lá". É baseado no ego. Trata-se de ganhar o prémio. Ganhando o reconhecimento. Aceitando o elogio. O processo tem tudo a ver com 'estar aqui'. É a realidade. Está acontecendo agora.

Quando nos comprometemos com o processo, podemos sonhar com o resultado.

Muitos de nós oscilamos entre a esperança e a desesperança. Sentimo-nos estagnados, sentimo-nos como um pêndulo.

Sentimos que estamos falhando no compromisso que temos com nós mesmos. Se não soubermos com o que estamos empenhados, não podemos progredir.

"Qual é a única coisa que me chatearia se, no final da minha vida, eu não tentasse, fizesse ou completasse?" Se houver uma resposta imediata, nós tem de se comprometer com isso. Se não houver resposta imediata, tudo bem. Basta deixar a vida fluir. O pensamento certo se apresentará no momento certo da vida. Não o force. Quando a "resposta" ficar clara, deixe-a tomar forma, ganhar impulso e se transformar em uma criação incrível. O único ingrediente necessário é o comprometimento.

Não podemos sonhar em ganhar o jogo enquanto não jogarmos o jogo.

Precisamos encarar o tiro ao invés de ser um comentarista passando opiniões. Nosso compromisso é passar pelo processo, não obter o resultado perfeito sempre.

Estamos dispostos? Estamos dispostos a jogar o jogo? Estamos prontos para nos encher e encarar a bola? Mesmo que não tenhamos certeza de uma vitória ou de uma derrota? Mesmo que nossas pernas tremam? Vamos aparecer? Vamos fazê-lo? Apesar da oposição fora e dentro?

Esse é o compromisso. É o que é preciso para que algo aconteça.

Coloque o pé direito para frente. Isto é Iniciação. Em seguida, coloque o pé esquerdo para frente. Isso é Persistência.

Coloque um pé na frente do outro e mantenha o curso. Mesmo que não saibamos se estamos fazendo certo. Mesmo que não saibamos se algum dia chegaremos lá.

O simples ato de compromisso é um poderoso ímã para a ajuda.

"Um homem que sofre antes que seja necessário sofre mais do que o necessário."

Precisamos chegar a um limiar emocional onde dizemos a nós mesmos – "Eu já tive o suficiente, nunca mais, isso deve mudar agora!"

"O que nos impede de viver nosso sonho é nossa crença de que é apenas um sonho."

"O que quer que você faça, nunca corra de volta para o que te quebrou." "Você não pode viver uma vida positiva com uma mente negativa."

"Você não pode alcançar o que está à sua frente até que você solte o que está atrás de você."

Segurando... Soltar

"A verdade é que a menos que você se solte, a menos que você se perdoe, a menos que você perdoe a situação, a menos que você perceba que a situação é

Acabou, não dá para seguir em frente".

"Esqueça o que te magoou, mas nunca se esqueça do que te ensinou." "Alguns de nós achamos que segurar nos torna fortes,

mas às vezes é deixar ir."

"Quando deixo de ser o que sou, me torno o que poderia ser. Quando deixo de lado o que tenho, recebo o que preciso."

"Aguentar é acreditar que só existe um passado; Deixar ir é saber que há futuro."

"Deixar ir é liberar as imagens e emoções, os rancores e medos, os apego e decepções do passado que prendem nosso espírito."

"Há uma diferença importante entre desistir e deixar ir."

Por que nos apegamos ao nosso passado?

Por que nos apegamos às nossas emoções? Por que nos apegamos à nossa negatividade?

Por que não podemos abrir mão de coisas que nos afetam profundamente?

Por que não podemos deixar de lado a escuridão do passado e a ansiedade do futuro?

Por que não podemos deixar de lado a desordem mental e emocional em nosso espaço mental?

Segure um pedaço de papel na mão e mantenha a mão erguida na frente do corpo ao nível do corpo, estendida.

Temos algum problema em fazer isso? Não

Estamos sobrecarregados com o peso do papel? Não

Agora mantenha a mão levantada por uma hora na mesma posição, segurando o papel.

O que sentimos?

Uma dor na mão, um desconforto. Continue segurando por duas horas. O que sentimos agora?

Dor. Muitos desconfortos. Espere por mais uma hora. E agora?

Terrível. Dor intensa. Sentir-se impotente. Entorpecer.

E se nos dissessem para aguentar mais uma hora? De maneira nenhuma. Vamos nos sentir impotentes.

E nossa mão cairá morta. O que aconteceu?

O papel era pesado demais para aguentar?

O papel ficou pesado à medida que o agarrávamos?

Por que passamos por sentimentos de dor, desconforto, dor, impotência, entorpecimento e queda de mortos?

Bem, o jornal ficou como está.

O problema estava em 'aguentar'.

Quando seguramos o papel pela primeira vez, estávamos bem. Isso era normal. Isso acontece com nossos pensamentos, emoções e comportamentos normais. É humano sentir e reagir. A gente fica bravo, triste. Tudo bem sentir isso.

Mas quando nos agarramos ao papel, ele começa a nos doer, a nos sentir desconfortáveis. Mas a gente se apega a isso. Mais nos seguramos, sentimos dor.

Quanto mais nos agarramos, ficamos entorpecidos. Até chegar um ponto, quando nos sentimos impotentes e 'desistimos'.

O papel significa o nosso passado.

O papel significa nossas emoções.

O papel significa nossa relação tóxica.

O papel significa nossas **percepções e padrões.**

Deixar ir é muito difícil. Ficamos presos nos mesmos padrões de pensamento repetidamente.

Nós nos apegamos e repetimos o passado repetidamente em nossas mentes. A tentativa desesperada de segurar as coisas limita nossa capacidade de experimentar felicidade e alegria no momento presente. A vida tem tudo a ver com mudanças contínuas. Por mais que nos esforcemos para segurar as coisas, mais cedo ou mais tarde seremos confrontados com mudanças, gostemos ou não. Quanto mais cedo cessarmos nossas tentativas de possuir e controlar o ambiente em que vivemos, mais rápido nos abrimos para novas possibilidades.

É por isso que é tão importante poder se soltar.

"Apenas solte-se!" Precisamos nos lembrar repetidamente. Precisamos fazer disso nosso mantra, repetindo-o ao longo do nosso dia.

Claro que deixar ir é importante. Mudar é difícil e deixar de lado eventos passados, relacionamentos, esperanças e desejos são vitais para seguir em frente com nossas vidas. Mas muitas vezes falhamos nisso, nos apegando a eventos dolorosos em nosso passado.

Por que nos seguramos?

O dilema! Aconteceu no passado. Nós experimentamos isso. Jogamos isso várias vezes em nossas mentes. Dói. Queremos e tentamos deixar o passado de lado e fazer tudo o que pudermos. Mas estamos presos. E dói pra caramba. Por que seguramos se dói tanto?

Estamos acostumados com nossa dor e nosso passado

Nos acostumamos e nos adaptamos à nossa dor. A dor que sofremos nos é familiar. Quando funcionamos de uma certa maneira por um tempo, parece que é assim que as coisas são.

Tendemos a nos ater ao que sabemos, mesmo que isso cause sofrimento. Deixar ir então nos deixa desconfortáveis. Como a vida é imprevisível, saber o que esperar é tranquilizador. Pelo menos com a dor atual, sabemos o que esperar.

Inconscientemente e sem saber, confundimos quem somos com nosso passado. Nossa dor se torna nossa identidade. Deixar ir é, então, abrir mão da nossa identidade.

Acreditamos que nossa dor nos protege

Se eu me apegar à experiência dolorosa, posso evitar que ela aconteça novamente.

Não queremos que o nosso passado se repita. Não queremos reviver essas memórias novamente. Seria insuportável fazer tudo de novo. Então, a gente fica extra-vigilante. Nunca nos perdoaríamos se isso acontecesse novamente. Observar sinais de uma experiência potencialmente dolorosa nos dá a sensação de estar no controle. Na verdade, uma falsa sensação de controle. Nossa voz interior usa a dor do passado para afastar a dor do futuro. Bem, isso também não acontece. Só convivemos com a dor, no presente.

Queremos punir aqueles que nos machucaram

Você me machucou.

Como posso perdoá-lo?

Perdoar você vai te acertar. Perdoar-vos significa que aceitei a derrota.

Tit for tat. Você deve sentir a mesma dor que eu senti. Quero que você também entenda como se sente.

Infelizmente, a pessoa que nos magoou parece não se importar com o que sentimos. Talvez nem saibam. Eles podem até se recusar a admitir o que fizeram ou nos culpar. *Como poderiam?* Então, a gente tenta machucá-los Voltar. Fazemos exatamente o que fizeram conosco. Acreditamos que, ao fazê-lo, resolveremos o nosso problema.

Punir 'eles' pode ser bom no momento, mas reforça nossa dor a longo prazo. Olho por olho faz o mundo ficar cego. Acabamos entregando nosso poder e nos mantendo acorrentados com muito mais para nos agarrarmos.

Ainda processamos o passado como um fracasso e não fazemos parte do processo

Quando os relacionamentos terminam, vemos como se 'estivéssemos falhando' em manter as coisas funcionando. Nós nos concentramos em como poderíamos ter sido melhores e ver a outra pessoa como estando no certo o tempo todo. Todos nós somos humanos. Não somos um fracasso e não falhamos só porque temos de dizer adeus. Às vezes, as pessoas boas deixam de ver olho no olho; Às vezes é só hora de se soltar. É apenas uma parte do processo de viver.

Nós 'aprendemos com a nossa experiência'

Parte do que fica com muitos de nós é a ideia de que devemos "aprender com a nossa experiência". Aplicar experiências passadas a situações presentes não funciona por dois motivos. Em primeiro lugar, nenhuma situação atual é exatamente como uma situação passada. Em segundo lugar, confiar em experiências passadas nos impede de receber qualquer coisa nova. Sempre que confiamos em nossas experiências, limitamos o que pode aparecer apenas ao que já apareceu em nosso passado. Fazemos do passado a fonte de toda a criação futura. E se o que vivemos no passado não importasse agora? E se o passado não for significativo agora?

Coisas que a gente se agarra... Nossos Relacionamentos Nossas Preocupações

Nossa imagem – Parecendo bem Nossa zona de conforto

Nossos Hábitos

Nossos pensamentos de desordem material passado

Isso é bagunça emocional.

Do jeito que somos, atraímos pessoas e relacionamentos na vida. Cuidamos do nosso propósito de vida em nossos vínculos. Nós nos agarramos a eles e puxamos com tanta força as cordas de nossos laços, que isso tensiona a relação. Os relacionamentos são as coisas mais difíceis de se soltar, mesmo que o vínculo se torne tóxico. Pode levar meses ou anos até que realmente paremos de nos debruçar sobre os eventos que envolvem nossos relacionamentos.

Continuamos ruminando sobre nossas preocupações. A ruminação é focada nos sintomas de nossa preocupação e suas possíveis causas e consequências, em oposição às suas soluções. É algo que a maioria de nós faz, constantemente passando por cima da preocupação até que tenhamos coberto cada pequeno detalhe dela. Isso nos faz sentir bem por um pouco, mas acaba doendo mais.

Preocupar-se com o problema nos faz sentir que estamos fazendo algo sobre o problema. Há a ilusão de que, de alguma forma, com tudo isso pensando nisso, vamos descobrir uma solução. O problema é que muitas vezes ruminamos sobre problemas insolúveis sobre os quais não podemos fazer nada. Em vez de nos soltarmos, ruminamos sem parar.

A ruminação começa a ser um problema quando nos tornamos obsessivos pelas coisas. Quando esse constante vaivém de pensamentos em nossa cabeça não nos serve mais, é quando precisamos nos soltar.

Vivemos a dualidade. Somos o que somos. Mas queremos que os outros nos vejam não exatamente como somos. E continuamos agarrados a essa dualidade de ser e aparência. Precisamos deixar de lado como queremos que os outros nos vejam. Infelizmente, as redes sociais, para muitos, se tornaram uma ferramenta para se conectar com as pessoas, empurrando para a solidão. Comparamos a nossa "carência" com o que vemos do "ser" dos outros.

Deixar ir é o oposto de se apegar. Deixar ir é afrouxar mentalmente nosso controle sobre algo. Essa perda de controle é o motivo pelo qual optamos por não deixar ir. Quando nos apegamos a algo, ainda alimentamos a ideia de que não temos controle sobre a situação.

Podemos nos soltar quando aceitamos o fato de que não temos controle sobre a situação. Isso é especialmente verdadeiro para problemas de relacionamento, onde às vezes temos que deixar o problema de lado e apenas deixá-lo ser o que é.

Temos o hábito de nos apegar a coisas materiais. Isso porque ligamos nossas emoções a coisas materiais – nosso quarto, nossos brinquedos, nosso cobertor, nosso carro, nossos presentes. Nossas coisas têm valor sentimental. A razão mais comum pela qual nos apegamos às coisas é que somos criaturas sentimentais. Às vezes, a gente aguenta, porque a gente se preocupa, a gente pode precisar dessas coisas de novo. Nos sentimos culpados por nos livrarmos de algo de alguém que amamos. Ou nos sentimos culpados pelo dinheiro que gastamos. Ligamos nossos sonhos e esperanças às nossas posses.

Às vezes, quando nos despedimos de algo, também estamos nos despedindo da esperança que aquela coisa representa para nós. Deixar essas coisas de lado pode parecer um fracasso ou um constrangimento. Pode parecer desistir de um sonho.

As coisas das quais mais lutamos para nos livrar provavelmente estão ligadas à nossa autoestima.

Em um ciclo vicioso, a desordem que resulta de uma reação a sentimentos de vazio, medo, culpa e ansiedade no passado pode nos fazer desorganizar mais e pode se agravar na dor emocional reativa de mais culpa e vergonha, medo, ansiedade.

Tudo o que mais nos agarramos, define a nossa autoestima. Por exemplo, se damos muito valor ao sucesso, pode ser difícil abrir mão das coisas que compõem evidências tangíveis de nossas conquistas, como prêmios ou históricos escolares. Jogar essas coisas pode nos fazer sentir menos bem-sucedidos.

Ou, se valorizarmos nossos relacionamentos acima de tudo, pode ser mais difícil nos livrarmos dos dons das pessoas. Jogar presentes indesejados ou não utilizados pode nos fazer sentir como se estivéssemos sendo desleais com o doador. Isso pode se aplicar ao aniversário e cartões de felicitações também, que podem representar para nós que somos amados e apreciados, provando que significamos algo para os outros.

A desordem não é apenas uma representação de nossas emoções, memórias, valor e identidade, mas também pode ser uma distração para lidar com questões mais profundas – e um amortecedor da dor. "Quando atrapalhamos as coisas, não conseguimos ver ao nosso redor, o que nos permite não lidar com isso – é uma forma de enfrentamento."

Quanto mais nos desarrumamos, melhor nos tornamos e mais conscientes nos tornamos de escolher o que guardar, despejar e buscar em nossas vidas. Um pouco de espaço vazio ajuda a abrir espaço para uma nova forma de viver que possibilita relacionamentos mais fortes e uma saúde física e mental mais forte.

Memórias e emoções

Continuamos vivendo no passado. O passado já aconteceu. Mas mantemos os pensamentos do passado vivos no presente. Agarrar-se ao passado é torná-lo parte do presente. É como se estivéssemos revivendo isso no agora. Usamos experiências passadas como justificativa para nossas ações atuais. Agarrarmo-nos ao passado não nos permite seguir em frente. Porque cada pedaço de energia que usamos para nos apegar ao passado é um pouco de energia que não temos para criar nosso presente e nosso futuro.

Nós nos apegamos a eventos que são fortemente negativos ou positivos. Estes podem incluir mágoas passadas, traições, abusos, bem como memórias fortemente positivas.

Aguentamos porque acreditamos que segurar cria proteção contra mágoas futuras. Se a mantivermos em nosso estado de "consciência", não nos machucaremos novamente. Se deixarmos passar, estaremos no escuro.

Alguns de nós nos apegamos às mágoas do passado porque gostamos do drama do trauma. Queremos alguém para culpar nossas vidas, o que nos mantém na posição de vítima. É uma ótima maneira de vitimizar e manipular os outros. Não só vivemos no passado, como o usamos muito facilmente para enganar os outros.

Agarrar-se ao passado é sempre prejudicial de uma forma ou de outra. Exige julgamento e o julgamento é, por sua própria natureza, destrutivo.

Mesmo se apegar a eventos positivos do passado cria enormes limitações em nossas vidas!

Quando adquirimos o hábito de falar constantemente sobre nossas conquistas e sucessos passados, nossos momentos mais felizes, tendemos, sem saber, a comparar nosso passado com nosso presente. Não somos o que éramos há 10 ou 20 anos. Lembrar o passado positivo traz o risco de sentir que o presente não é tão bom e pode tornar o presente miserável.

É importante entender que lembranças do passado, boas ou ruins, não podem ser apagadas. Não faz sentido "esquecer o passado". Como nos soltamos então?

Não podemos apagar a memória. Podemos trabalhar as emoções que ficam na nossa memória.

O pensamento do passado é sempre carregado positiva ou negativamente de alguns sentimentos e emoções positivas ou negativas. Se pudéssemos praticar a conversão da carga positiva ou negativa para uma carga neutra, então pararíamos de ficar presos ao passado. Assim, o que restará será uma memória com carga emocional neutra. Então, não precisamos apagar a memória, porque talvez não precisemos. Se for digno de ser lembrado, a memória ficará. Ou então, vai desaparecer. Nos dois sentidos, está tudo bem. E à medida que neutralizamos as emoções de nossas memórias, paramos de nos segurar, deixamos ir. Estaremos agora mais plenamente no presente, plenamente conscientes delas. Isso é mindfulness.

Como deixar ir

Escolher intencionalmente deixar ir diz à nossa mente subconsciente que estamos prontos para curar e seguir em frente. Nosso apego com a dolorosa experiência passada começa a ruir.

"Deixar ir não significa se livrar. Deixar ir significa deixar ser. Quando deixamos ser com compaixão, as coisas vêm e vão por conta própria."

1. Agir, sem expectativas. Faça, para apenas desfrutar do fazer. Fazer com expectativa leva à frustração quando as expectativas não são atendidas. Isso vale também para os relacionamentos.

Não se prenda ao resultado. Comprometa-se a fazer

2. Deixe de lado a ideia de que podemos controlar as ações dos outros. Só temos controle sobre nós mesmos e como agimos.

3. Deixe espaço para erros.

4. Aceite as coisas que não podemos mudar.

5. Aprenda uma nova habilidade.

6. Mude a percepção, veja a causa raiz como uma bênção disfarçada.

7. Grite; Chorar os sentimentos negativos os liberta.

8. Canalize o descontentamento em ação positiva imediata.

9. Mindfulness ou Meditação ou Pranayama para voltar ao momento presente.

10. Faça uma lista de realizações, mesmo as pequenas, como começar a caminhada diária ou trabalhar na dieta, e adicione a ela diariamente.

11. Praticar atividade física. O exercício aumenta as endorfinas que melhoram o estado de espírito.

12. Concentre a energia em algo que podemos controlar em vez de em coisas que não podemos.

13. Expresse sentimentos de forma criativa.

14. Desabafe as emoções com segurança.

15. Retire-se da situação estressante, mude-a ou aceite-a – esses atos criam felicidade; Agarrar-se à amargura nunca acontece.

16. Identifique o que a experiência nos ensinou para ajudar a desenvolver um senso de fechamento.

17. Pensamentos de diário. É uma forma de expressão.

18. Recompense a si mesmo por pequenos atos de aceitação.

19. Entre em contato com a natureza. Ela nos conecta com nossas 'raízes'.

20. Mergulhe em uma atividade em grupo. Esteja com pessoas desconhecidas. Aproveite as pessoas ao redor.

21. Metaforicamente liberá-lo. Anote todas as tensões e jogue o papel no ralo. Limpe-o. Realmente funciona.

Entre na fantasia criativa. Olha daqui a dez anos. Então olhe para vinte anos e depois trinta. Muitas das coisas que nos preocupavam sobre no passado e agora não importaria no grande esquema das coisas.

22. Dê risada.

23. Basta fazê-lo.

"Sofrer não está te segurando. Você está segurando o sofrimento. Quando você se torna bom na arte de deixar os sofrimentos irem, então você perceberá como era desnecessário para você arrastar esses fardos com você. Você verá que ninguém além de você foi responsável. A verdade é que a existência quer que a sua vida se transforme num festival."

"Renovar, soltar, soltar. Ontem se foi. Não há nada que você possa fazer para trazê-lo de volta. Você não pode 'deveria' ter feito alguma coisa. Você só pode FAZER alguma coisa. Renove-se. Solte esse anexo. Hoje é um novo dia!"

Retrocessos e Burnouts

"Ser desafiado na vida é inevitável, ser derrotado é opcional." "Claro que é difícil. Deve ser difícil. Se fosse fácil, todo mundo faria isso. Difícil é o que o torna ótimo."

– Michael Jordan

"Ao olhar para trás na minha vida, percebo que toda vez que eu pensava que estava sendo rejeitada por algo bom, na verdade estava sendo redirecionada para algo melhor."

"Avarias podem criar avanços. As coisas desmoronam para que as coisas possam desmoronar."

Eu me motivei. Eu tentei.

Eu tentei. Eu falhei.

Eu falhei. Eu sou um fracasso

Como me motivar novamente? E se eu falhar novamente?

Não tenho motivação para voltar a tentar. Não tenho energia para tentar novamente.

Tenho medo de tentar de novo.

Não sei por que falhei.

Não sei como tentar de novo.

Todos nós experimentamos contratempos, colapsos e recaídas em nossas jornadas de vida.

Pequenos contratempos nos afastam por um curto período de tempo, mas outros podem parecer atrapalhar toda a nossa vida. Todos nós os experimentamos em algum momento da vida.

A forma como lidamos com nossos contratempos, determina nossa jornada de vida. Alguns de nós temos a força de apenas pegar os pedaços e seguir em frente. Outros acham difícil se soltar. Enfrentando contratempos, colapsos e recaídas, todos nós experimentamos frustração, desesperança, tristeza, decepção ou raiva. Cada um de nós lida com isso de forma diferente. Alguns optam pela negação, outros pela raiva, outros pelo luto e outros simplesmente decidem fugir. O que fazemos com esses sentimentos nos distingue uns dos outros. Como sair desses tempos difíceis?

Nem todos nós estamos empoderados ou motivados para provocar uma mudança em nossas vidas. Aqueles de nós que se inspiram e motivam ... tentar. Pode haver muitas razões para não conseguirmos o que desejamos. Nós falhamos. Consideramos isso um retrocesso. *Retrocessos nos atrasam.* O maior problema de um revés é que ele exige mais do que o nível anterior de motivação para tentar novamente. Tentamos com um certo nível de motivação, mas não conseguimos. Da próxima vez, requer mais autoconvencimento, mais motivação, mais esforços, mais crenças autolimitantes para desamarrar, mais dúvidas e perguntas para superar, mais emoções para trabalhar ... para poder voltar à nossa jornada de vida. E fica cada vez mais difícil, cada vez que batemos em um obstáculo. A gente cansa até de tentar. A gente se queima. Até um tempo em que os contratempos se tornam a história da nossa vida. É assim que decidimos nos identificar.

Como refletimos sobre o que aconteceu e ganhamos um maior senso de autoconsciência?

Embora contratempos e obstáculos possam nos atrapalhar, eles também são oportunidades de olhar para nossa vida de uma perspectiva diferente. Muitos avanços foram alcançados depois que as pessoas se arriscaram, bateram em um obstáculo, se reagruparam e avançaram.

"Um contratempo muitas vezes nos leva a um caminho ainda pior, mas que leva a um destino ainda melhor."

"Quanto mais difícil o revés, melhor o retorno."

"Um retrocesso é uma oportunidade de recomeçar, desta vez de forma mais inteligente."

Os diferentes tipos de obstáculos

Embora reveses, obstáculos e derrotas sejam obstáculos entre onde estamos agora e onde queremos estar, cada um representa um nível diferente de desafio.

Contratempos costumam ser soluços relativamente pequenos. São como quebra-molas, na medida em que não nos impedem. Eles apenas nos atrasam.

As recaídas são a deterioração após um período de sucesso. É retornar ao estado anterior de ser após um período de mudanças e transformações.

Os bloqueios de estradas são obstáculos que fazem um pouco mais do que apenas nos atrasar. Eles nos fazem ficar 'presos'. Eles não apenas impedem nosso progresso, mas nos impedem de realizar algo. Podemos ser capazes de "atravessar os obstáculos", mas isso leva tempo e esforço.

As avarias são uma falha de funcionamento, uma falha em progredir ou ter um efeito, um colapso.

As derrotas transmitem a sensação de 'ser vencido', sentir-se desmoralizado e vencido pelas adversidades. É a mãe de todos os retrocessos e obstáculos. As derrotas podem mudar a vida e mudar as percepções da nossa vida.

Então, quando chamamos nossos obstáculos de retrocesso, recaída, obstáculo, colapso ou derrota? A resposta não está no fracasso ou no obstáculo. *Depende da nossa percepção do obstáculo e do nosso padrão de reação.* É o grau e a intensidade com que somos sobrecarregados ou empurrados para trás. *Depende da nossa esperança e de como lidamos.* Se desistirmos completamente, é uma derrota. Se desacelerarmos, mudarmos nossa percepção e nos movermos com vigor renovado, então foi apenas um retrocesso.

À medida que mudamos nossas percepções e quebramos nossos padrões, o mesmo obstáculo que parecia uma derrota pode se transformar em um pequeno revés.

Quando nos deparamos com um obstáculo cara a cara, culpamos. Culpar a situação, culpar as pessoas, culpar o destino, culpar a Deus e até culpar a nós mesmos. Outra resposta a um revés ou derrota é a raiva. Raiva, porque nos sentimos frustrados e tristes porque nos decepcionamosporque não estamos exatamente onde queríamos estar neste momento da nossa vida. É como reagimos, que estamos realmente nos machucando.

Nenhuma dessas reações, sentimentos ou respostas negativas nos ajudará a chegar aonde queremos chegar. Pior, eles nos param mortos em nossos caminhos. Ficamos presos no desespero como poeira em um rasgado, dando voltas e voltas, usando muita energia, mas não chegando a lugar nenhum. É assim que nos sentimos. Como se estivéssemos apenas girando em círculos e sem saber como sair da turbulência para que possamos começar a avançar novamente.

Retrocesso para o Step-Up
Reconheça

Ninguém está imune a retrocessos. Diante de um retrocesso, reconheça-o e reconheça-o. Inicia-se, assim, o processo de reforma. Do outro lado do revés, não seremos a mesma pessoa que éramos antes.

Elimine a culpa

As coisas acontecem sem motivo óbvio às vezes. Explorar o caminho a seguir é muito mais saudável do que tentar culpar ou sujar.

Tardar

Feridas físicas precisam de tempo para cicatrizar. As feridas emocionais demoram mais. Obviamente, precisamos nos dar tempo para superar nossos contratempos. A impaciência só torna tudo mais difícil e mais longo. Estamos sempre com muita pressa para resolver nossos problemas e seguir em frente. A impaciência tornou-se um padrão que influencia outras áreas da nossa vida. Permita que o movimento do tempo nos empurre através dele. O tempo cura!

Experimente as emoções

Se ignorarmos nossas emoções, elas surgirão em algum momento e, muitas vezes, de maneiras mais prejudiciais. Decida o prazo – um dia, uma semana, um mês – para experimentar uma resposta emocional. Enquanto o fazemos, observe o sentimento. Faça um diário dos pensamentos. Em seguida, enxugue as lágrimas uma última vez e prepare-se para seguir em frente novamente.

Aceite a realidade

Uma das melhores maneiras de sair do revés é aceitar a realidade, mesmo que o resultado pareça injusto. Isso não deveria ter acontecido, dizemos a nós mesmos. Talvez sim. Algumas decisões são complexas e nem sempre podemos saber quais fatores funcionaram contra nós. Poderia ter sido tão simples quanto um mau momento. Esta é uma oportunidade para se libertar da abnegação. Até aceitarmos o que aconteceu, ficaremos presos em um estado de negação onde nossas emoções imperam.

Mude a perspectiva: Normalizar – Repriorizar – Reformular

Normalizar. Todo mundo luta. Só vemos perfis de sucesso. Estamos alheios às histórias de luta nos bastidores. É normal passar por contratempos. Espere ser desafiado e decepcionado. Sabei que não estamos sozinhos.

Repriorizar. Em uma escala de 1 a 10, qual o tamanho de um problema ou obstáculo? Tendemos a exagerar. Repriorizar nos dá uma perspectiva realista do obstáculo.

Reformular. Considere os benefícios que podem surgir. Que novo significado poderíamos encontrar a partir dela? Procure uma maneira de ressignificar o que aconteceu em termos que possam nos ajudar a impulsionar um resultado positivo.

Passar de "não" para "ainda não"

A chave é passar de dizer a nós mesmos "Não, eu falhei" para "Ainda não, mas eu vou".

Veja o fracasso como um processo, não como um fim em si mesmo. Essa mentalidade ajudará a acalmar a voz negativa em nossas cabeças que quer que desistamos quando as coisas ficarem difíceis. Se acreditarmos que podemos aprender com o fracasso e temos potencial para ter sucesso, encontramos forças para tentar novamente.

Fique no presente

Quanto mais ficarmos obcecados com o que aconteceu, vamos revivê-lo repetidamente em nossa mente, mais nosso medo de que a mesma coisa aconteça novamente nos impedirá.

Faça uma pausa

Respirar. Faça algo divertido. Dê um tempo à mente. Precisamos de pausas para quebrar os padrões.

Esclareça qual era o objetivo

Quando nosso plano falha, a primeira coisa que precisamos fazer é esclarecer o que exatamente esperávamos alcançar. Realismo e precisão são importantes para ajudar a evitar reações exageradas.

Esclareça o resultado

Uma vez que estamos claros do que estamos tentando alcançar, é importante entender que... conseguimos alguma coisa. Com certeza, tudo raramente dá errado. Determine os pontos positivos e os negativos. Talvez precisemos fazer mudanças sem desfazer parte do bom trabalho já feito.

Liste as coisas corretas e as que deram errado

Esta não é uma sessão de lamentação. Não é um jogo de culpa. Consciência e aceitação dos erros. Liste os erros.

Divida a lista em 2

Precisamos dividir a lista em duas. Quando um plano falha, nem tudo o que o fez falhar estará sob nosso controle. Nomeie as listas – coisas *sob meu controle* e coisas *além do meu controle*. Revise cada item da lista e categorize-o.

Elimine a lista de coisas que não podemos mudar

Quando um plano falha, amaldiçoamos e gememos os fatores que não podemos controlar. Vamos bater a cabeça contra a parede. Aceite que não havia nada que pudéssemos fazer sobre essas coisas. Elimine a segunda lista e concentre-se novamente na primeira.

Faça um plano de ação

Redefina a meta. Crie lições aprendidas para o futuro. Pense nos possíveis obstáculos que ocorrerão e planeje-se para eles. Precisamos nos antecipar que vamos ter problemas e ter planos de contingência e ações prontas para quando esses problemas ocorrerem. Seja flexível e tenha a mente aberta para experimentar novas abordagens.

Tome medidas

"Não basta saber; temos de nos candidatar. Querer não basta; temos de o fazer." – Bruce Lee

Não podemos mudar o que foi feito, mas podemos escolher lidar com isso.

O fracasso vem de duas maneiras: nossas ações e nossas inações. Quando refletimos sobre nossos maiores arrependimentos, gostaríamos de poder refazer as inações, não as ações! Quando a vida nos derrubar, levante-se. E quando nos derrubar, levante-se novamente. Essa é a única maneira de sair de um retrocesso.

O Incêndio

Tentamos e tentamos de novo. Cansamos de tentar. A gente se queima.

Burnout é o estado de espírito que vem com o estresse de longo prazo, não resolvido. Burnout é a perda de sentido em nossos esforços e tentativas juntamente com a exaustão mental, emocional ou física.

O burnout pode afetar qualquer pessoa, a qualquer momento.

A fase da lua de mel

Quando começamos a agir para a nossa transformação, começamos com muita positividade, comprometimento e energia. Esta é a fase da lua de mel – está tudo bem, bem começado.

O estresse começa

O segundo estágio do burnout começa com a consciência de que alguns dias são mais difíceis do que outros e os esforços menos gratificantes. Otimismo começa a levar uma surra. O estresse começa a se manifestar fisicamente, emocionalmente e em nossas ações.

O estresse se acumula

O terceiro estágio do burnout é o estresse crônico. O que parecia ser um retrocesso, logo se torna um obstáculo ou um colapso.

Queima

Entrando no estágio quatro do burnout é onde os sintomas se tornam críticos. Esta é a queima real. Continuar normalmente muitas vezes não é possível. As quebras começam a parecer derrotas.

Burnout vira padrão

Ficar esgotado se torna a história de nossas vidas, uma história por trás da qual desistimos. Acabamos de parar de tentar. Não resta esperança para lidar.

"O medo do fracasso gera um ciclo vicioso que cria o que é mais temido."

É assim que queremos viver o resto da vida?

Não fazer todas as coisas que somos plenamente capazes de fazer porque simplesmente desistimos?

Uma criança que está aprendendo a ficar de pé, andar, cair, chorar e depois tentar.

Ele cai de novo. Mas desta vez o esforço foi mais do que a primeira tentativa. Ele tenta várias vezes. E passo a passo, os passos do bebê impulsionam a criança a levar adiante o objetivo. Para executar. A criança demorou, se esforçou, mas chorou e tentou. A criança chama isso de revés, colapso ou derrota?

É importante ser criança às vezes, teimoso o suficiente para não desistir e continuar exigindo mais de si mesmo!

Vivemos em um mundo *instantâneo* . Somos uma geração *impaciente* . Acreditamos que há uma solução rápida para tudo – Uma pílula para cada mal! Mas a pílula não aborda a causa ou a gênese do mal.

"É preciso uma vida inteira para entrar na bagunça em que estamos. Dê a si mesmo algum tempo para sair disso."

É preciso mais do que um bom livro, um sermão ou um roteiro de 6 passos para curar os enfermos.

Estamos preparados para isso?

A transformação não é um evento único. Não se pode simplesmente ler um livro ou blog e fazer um curso e achar que todas as questões vão ser resolvidas. Vamos falhar no processo e falhar e sentir-nos um perdedor. Tudo bem! Tentar novamente. Aprendemos muito mais com o fracasso do que com o sucesso.

"Se nada mudar, nada muda."

"Às vezes, a coisa que mais precisamos fazer é a coisa que mais temos medo."

"Na verdade, precisamos dos altos e baixos da vida. Os altos nos lembram para onde queremos ir, e os baixos nos empurram para chegar lá. Com o tempo, os altos continuam a ficar mais altos e os baixos não são tão baixos."

"A vida é uma série de experiências, cada uma delas nos torna maiores, mesmo que às vezes seja difícil perceber isso. Pois o mundo foi construído para desenvolver o caráter, e devemos aprender que os percalços e as tristezas que suportamos nos ajudam em nossa marcha adiante."

— Henrique Ford

"Você sabe, todo mundo tem contratempos em sua vida, e todos ficam aquém de quaisquer metas que possam estabelecer para si mesmos. Isso faz parte de viver e aceitar quem você é como pessoa."

— Hillary Clinton

"A primeira empresa que comecei falhou com um grande estrondo. O segundo falhou um pouco menos, mas ainda assim falhou. O terceiro, você sabe, falhou corretamente, mas estava meio bem. Eu me recuperei rapidamente. O número quatro quase não falhou. Ainda não parecia ótimo, mas deu tudo certo. O número cinco foi PayPal." —

Max Levchin, ex-CTO da PayPal

Quebrando padrões

"Ninguém fora de nós pode nos governar interiormente. Quando sabemos disso, nos tornamos livres."

—Buda

"Somos o que fazemos repetidamente. A excelência, então, não é um ato, mas um hábito."

—Aristóteles

"Fugindo de tudo isso, muitas pessoas querem isso e, claro, a única maneira de fugir de tudo isso é ir para dentro, agora."

— Eckhart Tolle

"A criatividade envolve romper com padrões estabelecidos para olhar as coisas de forma diferente."

— Eduardo de Bono

"Cadeias de padrões são leves demais para serem sentidas até que sejam pesadas demais para serem quebradas."

"Toda a imaginação – tudo o que pensamos, sentimos, sentimos – vem através do cérebro humano. E uma vez que criamos novos padrões neste cérebro, uma vez que moldamos o cérebro de uma nova maneira, ele nunca retorna à sua forma original."

"Seguir em frente é a primeira etapa para se libertar do passado, enquanto o

A última etapa é o desapego."

"Libertar-se, ou não, geralmente é determinado se você quer chegar a algum lugar devagar ou em nenhum lugar rápido."

Qual é a nossa vida? É a jornada de descoberta do 'eu'. Encontramo-nos presos em loops na vida. As histórias são diferentes, as situações são diferentes, mas nossos padrões permanecem os mesmos.

Quando nos deparamos com algo negativo, descartamos como um incidente pontual e nos autoculpamos ou culpamos o meio ambiente. E depois esquecemo-nos disso. Mas, toda vez que acontece, a gente reage e esquece. E não aprendemos nada com isso. Tudo porque somos incapazes de reconhecer os padrões. Assim, continuamos atraindo tais situações em nossa vida e culpando a nós mesmos, nosso ambiente ou até mesmo Deus!

A maioria das decisões que tomamos são tomadas em um nível subconsciente do qual não estamos totalmente conscientes. Essas escolhas subjacentes, em frações de segundo, são influenciadas por nossas "percepções" e crenças defeituosas de nosso passado. Vemos padrões em nossas vidas se repetirem várias vezes e não sabemos como parar. Eles parecem ser difíceis de quebrar porque estão profundamente ligados, pela repetição constante, ao nosso ser. À medida que nos aprofundamos em certos padrões, descobrimos que suas causas subjacentes são as mesmas. Ao lidar com essa causa, podemos nos livrar de muitos comportamentos indesejáveis em nossa vida.

Padrões podem estar interligados com outros, algumas causas também podem ser padrões em si! Pode não ser fácil erradicar completamente esses padrões ao mesmo tempo. Continue trabalhando e seja consistente. Posteriormente, chegaremos a um ponto em que as causas raiz são devidamente abordadas e os padrões são quebrados.

Como quebrar padrões

Os padrões ocorrem como resultado das "configurações padrão" internas e fundamentais de nossa mente e corpo. Essas configurações padrão são "definidas" com base em nossa natureza central inata, sensibilidades, crenças internas e valores que possuímos. Para 'quebrar o padrão', precisamos olhar para dentro, identificar os gatilhos e padrões e resolvê-los. O bom é que os padrões podem ser 'redefinidos'.

"A verdade vos libertará, mas primeiro vos tornará miseráveis."

Então, como podemos realmente redefinir nossos padrões?

Defina o comportamento concreto que precisa ser mudado ou desenvolvido. Identifique os gatilhos.

Lide com os gatilhos.

Desenvolva um plano substituto. Altere o padrão maior. Use prompts e lembretes. Obtenha suportes.

Apoie e recompense a nós mesmos. Seja persistente e paciente.

Comece o processo de quebra de hábitos, pensando em termos de comportamentos específicos e factíveis.

Registrar os padrões negativos em nossa vida nos ajudará a identificar e escolher o que quebrar.

1.   Liste abaixo as últimas vezes que estivemos em tal

situação. Escolha um padrão do qual queremos romper. Liste algumas ocasiões intensas anteriores com as quais nos deparamos.

2. **Liste abaixo os fatores para cada situação que levou ao resultado.** Liste abaixo quantos fatores levaram a cada incidente. Pode ser possível que cada incidente tenha mais de um gatilho, então liste o maior número possível de gatilhos.

3. **Identifique os pontos em comum entre os fatores.** Veja todos os fatores listados. Observe quaisquer semelhanças entre os incidentes. Haveria poucas tendências dominantes em todos os fatores listados.

4. **Analise a causa dos fatores.** Aprofunde-se nesses fatores comuns. O que levou a esses fatores? Para cada resposta, aprofunde-se para identificar a causa subjacente. É possível ter várias causas por trás dos fatores.

5. **Identifique as etapas de ação para resolver a causa.** O que eu faço para resolver as causas? Faça um Plano de Ação. À medida que avançamos com as etapas, pode parecer que elas não abordam os padrões diretamente. No entanto, por abordar uma das causas, pode ajudar a romper com o padrão.

Normalmente, os padrões e o behaviorismo rotineiro podem ser benéficos para o nosso sistema, porque coloca nosso cérebro em um modo de piloto automático. O outro lado desses padrões rotinizados vem quando esses padrões pousam mais na coluna ruim do que na boa.

Há sempre um gatilho para iniciar o padrão. Os gatilhos podem ser internos ou externos, emocionais ou situacionais e ambientais. Padrões menores podem ser incorporados em padrões maiores. Se investigarmos corretamente as causas profundas, identificarmos os planos de ação corretos e agirmos sobre eles, os padrões começarão a se dissolver.

Ao olhar e mudar o padrão maior, na verdade não estamos apenas tornando mais fácil lidar com nossos hábitos principais, mas também praticando exercitar nossa força de vontade em comportamentos menores e mais fáceis de quebrar padrões. Isso aumenta nossa sensação de empoderamento.

É importante entender que levará tempo para que novas vias neurais se formem, para que as antigas desapareçam, para que novas substituam as antigas. Cuidado! Não use isso como desculpa para desistir.

Algumas perguntas difíceis

Surpreendentemente, relutamos em mergulhar em nosso passado, conscientemente, com um propósito positivo. Por outro lado, continuamos ruminando sobre as coisas ruins sem motivo. Olhar para trás e descobrir por que as coisas aconteceram da maneira que aconteceram pode ser doloroso e frustrante. Se não formos capazes de identificar por que esses padrões estão acontecendo em nossas vidas, nunca seremos capazes de impedi-los de criar novas experiências.

Entenda a razão pela qual precisamos quebrar o padrão e o que o torna insalubre. O primeiro passo para consertá-lo é sempre entender por que ele precisa ser consertado. Dessa forma, veremos o benefício e teremos um objetivo para trabalhar desde o início.

Estamos prontos para enfrentar algumas perguntas, honestamente? Pausa e Ponderação – As decisões na vida foram tomadas: Por desespero? Impulsivamente?

Por medo de perder uma grande oportunidade? Do ego à defesa da imagem ou da reputação?

A decisão foi baseada em como as outras pessoas nos perceberiam?

Para nos provar a alguém? Pais? Amigos? Seguidores nas redes sociais?

Para tomar o caminho mais seguro possível? Confiando cegamente nos outros?

Para prejudicar propositalmente a si mesmo – autossabotagem?

Onde esse tipo de decisão se desenrolou em outras áreas da vida?

Com quem aprendi a ser assim? Quem era assim na minha infância?

O que observei entre meus pais?

Minhas necessidades foram tão negligenciadas quando criança, que estou passando pela vida, procurando amor, mas continuamente só encontrando pessoas que me abandonam?

Eu me abandono? Outros?

Mais algumas perguntas para o autoconhecimento:

Em que áreas da minha vida estou sofrendo?

Como me sinto em relação a mim, nos meus relacionamentos ou na minha carreira? Que sentimentos tenho em torno disso? É tristeza, preocupação, culpa ou raiva? O que está me impedindo de ser a pessoa que eu quero ser?

Onde na minha família eu observei esse jeito de ser quando criança?

Quais são as consequências hoje, na minha vida, em continuar assim?

Por que e o que eu quero mudar?

Qual é a minha visão para a minha vida em termos concretos? Como vou me sentir e estar nessa visão?

Nem todas as mudanças transformacionais que experimentamos são imediatamente óbvias, muitas são sutis.

É um processo contínuo e é um trabalho árduo. Mas isso precisa ser feito para que possamos continuar crescendo e melhorando e, portanto, cultivar relacionamentos mais saudáveis conosco e com outras pessoas.

Pode parecer monumental, impossível ou difícil, é essencial para a nossa paz interior e crescimento. O caminho mais fácil é permitir que os padrões não saudáveis persistam, não tomando nenhuma ação, mas, eventualmente, perceberemos que não estamos verdadeiramente felizes e que precisamos de algo mais. É aí que **entra a quebra do padrão**. Isso nos ajudará não apenas a nos tornarmos versões melhores de nós mesmos, mas atrairá pessoas positivas, vínculos saudáveis, vida empoderada e coisas que são melhores e mais saudáveis para nós.

"O segredo da mudança é concentrar toda a sua energia não em lutar contra o velho, mas em construir o novo."

–Sócrates

"Você não pode mudar seu futuro; Mas, você pode mudar seus hábitos, e certamente seus hábitos... mudará o seu futuro".

– Dr. Abdul Kalam

"Nada acontece até que a dor de permanecer o mesmo supere a dor da mudança."

"Dizer NÃO às coisas erradas cria espaço para dizer SIM às coisas certas."

"Transformação é muito mais do que usar habilidades, recursos e tecnologia. É tudo uma questão de hábitos mentais."

"A transformação real requer honestidade real. Se você quer seguir em frente, seja real consigo mesmo."

Basta fazê-lo...

"Pequenas ações feitas são melhores do que grandes ações planejadas."
"Você não precisa ser ótimo para começar, mas tem que começar a ser ótimo."

– Zig Ziglar

"A ação é um grande restaurador e construtor de confiança. A inação não é apenas o resultado, mas a causa, do medo."

– Norman Vincent Peale

"É a ação, não o fruto da ação, que é importante. Você tem que fazer a coisa certa. Pode não estar em seu poder, pode não estar em seu tempo, que haverá algum fruto. Mas isso não significa que você deixe de fazer a coisa certa. Você pode nunca saber quais resultados vêm de sua ação. Mas se você não fizer nada, não haverá resultado."

– Mahatma Gandhi

"A jornada de mil quilômetros começa com um único passo." – Lao Tzu Apenas faça isso!

Estou ciente. Eu aceito.

Eu escolho agir.

Eu escolho desvincular o passado e o futuro do presente. Eu escolho *mudar a percepção e quebrar o padrão*.

Às vezes, a única coisa que é necessária é respirar fundo, ser convencido e apenas agir. Nada mais é necessário. *O Universo é um pensamento!* E é o pensamento que pode nos impulsionar à ação.

Agir, não porque devemos agir. Agir, não para agradar ninguém.

Agir, não porque não haja outra opção.

Eu ajo porque escolho atuar.

Eu ajo porque sou movido por dentro, para agir. Comprometa-se com o ato, não com o resultado.

A ação é o que provoca a mudança. Pensar isso em nossas mentes não tem sentido até que o façamos. Não podemos marcar um golo quando estamos sentados no banco. Para isso, temos que nos vestir e entrar no jogo.

Sim, precisamos ter um objetivo. Aí só a gente pode fazer o gol.

O objetivo nem sempre pode ser "resolver o problema". Porque quanto mais tentarmos entender o problema, quanto mais tentarmos analisá-lo, mais ficaremos presos no problema e mais nossa vida girará em torno do problema.

Nosso objetivo deve estar além de nossos problemas. Pedir–

Terei paz de espírito ou realização, empoderamento ou contentamento apenas resolvendo o problema?

Ou eu seria movido por algo além, mesmo que eu não saiba como alcançá-lo?

Olhe além de mudar nossas percepções de nós mesmos e mudaremos a percepção do mundo ao nosso redor.

Olhe além de quebrar os padrões, para que criemos padrões de ser mais empoderadores.

No momento em que nos comprometemos com o processo de transformação, começa a nossa transformação.

No momento em que nossa voz interior, nossos pensamentos, nossas emoções, nossa atitude estão alinhadas, a transformação já começou.

Podemos alcançar o que escolhemos apenas por nossa determinação e persistência, mas tomar "ação" pode ser planejado, evitar armadilhas ao longo do caminho.

Ações podem ser tomadas. As ações de planejamento não funcionarão até que o plano seja executado.

Queremos evitar entrar em paralisia. Podemos estar conscientes e em aceitação, mas não queremos nos perder "tomando medidas". Agir pode parecer particularmente difícil quando estamos diante de uma grande decisão. Embora alguma quantidade de planejamento, preparação e deliberação seja importante, a realidade é que tomar medidas, mesmo as pequenas, terá um efeito composto para nos levar adiante em direção e através das grandes decisões.

Às vezes, a realidade é que 'feito' é melhor do que 'perfeito'.

Podemos estar equipados com toneladas de conhecimento. Podemos ter a melhor das habilidades, a mais positiva das atitudes e a mais forte das crenças. Mas se esperarmos o momento certo, e apenas continuarmos planejando, nada vai sair disso. A ação é a base de todo o sucesso. Toda ação pode não dar sucesso, mas, ao mesmo tempo, nenhum sucesso é possível sem ação.

As metas dão sentido e propósito à vida. Metas não são auto-realizadoras. Precisamos ter um plano de ação. E os planos de ação precisam ser implementados. Podemos ser treinados e treinados, mas as conquistas exigem que o jogo seja jogado.

O Plano de Ação

Pensar em um objetivo e realmente implementá-lo são duas coisas diferentes. Um plano de ação é uma lista que detalha tudo o que devemos realizar para concluir uma tarefa. Os planos de ação são a forma como tornamos esses objetivos uma realidade.

Determine o "O que"

Faça uma agitação interna. Esteja atento e aceite. Contemplar. Brainstorm. Reflita sobre as metas estabelecidas anteriormente. Pense nos objetivos alcançados anteriormente e nos que não foram. Identifique o padrão.

Os objetivos que conseguimos alcançar tinham um propósito. Esses objetivos que não conseguimos cumprir, não. Este é o passo mais importante. *O que queremos?*

Em menos de 30 segundos, anote rapidamente os três objetivos mais importantes da vida, neste momento. Quaisquer três objetivos que conseguimos anotar é provavelmente uma imagem precisa do que queremos na vida. Quando escrevemos um É como se estivéssemos programando isso em nosso subconsciente e ativando toda uma série de poderes mentais que nos permitirão realizar mais do que jamais sonhamos.

Começaremos a atrair pessoas e circunstâncias para nossas vidas que sejam consistentes com o alcance de nosso objetivo.

Uma vez que entendemos o nosso *quê*, seremos capazes de articular o que nos faz sentir realizados e entender melhor o que impulsiona nosso comportamento quando estamos em nosso melhor momento. Quando pudermos fazer isso, teremos um ponto de referência para tudo o que fizermos daqui para frente.

Isso permite uma melhor tomada de decisão e escolhas mais claras.

Declare o objetivo

Nossa mente é um bom espaço. Mas tem muita bagunça. Tire o objetivo da mente e coloque em um pedaço de papel. Faça um diário. Declare-o. Quando escrevemos fisicamente nosso objetivo, quando o declaramos, estamos acessando o lado esquerdo do cérebro, que é o lado lógico. Isso declara, para o nosso cérebro, o nosso compromisso.

Estabeleça uma meta SMART

O nosso objetivo SMART tem de ser realista e realizável. Caso contrário, nos levará repetidamente a retrocessos e esgotamentos. Ao estabelecer uma meta SMART, podemos começar a fazer um brainstorming sobre as etapas, tarefas e ferramentas necessárias para tornar nossas ações eficazes.

Específico	Precisamos ter ideias específicas sobre o que queremos realizar. Para começar, responda às perguntas "W": quem, o quê, onde, quando e por quê.
Mensurável	Precisamos ter um método pelo qual possamos chegar a saber, quanto do objetivo que alcançamos em cada etapa, para medir nosso progresso.
Atingível	Nosso objetivo tem que ser alcançável. Pense em ferramentas, habilidades e etapas necessárias para alcançar o objetivo e como atingir eles.
Relevante	Por que o objetivo é importante para nós? Está alinhado com a nossa vida? Essas perguntas podem nos ajudar a determinar o verdadeiro objetivo e se vale a pena perseguir.
Limite de tempo	Seja uma meta diária, semanal ou mensal, prazos pode nos motivar a agir mais cedo ou mais tarde.

Dê um passo de cada vez

Quando fazemos uma viagem de carro, usamos um mapa para navegar da origem ao destino. A mesma ideia pode ser aplicada a um plano de ação. Como um mapa, nosso plano de ação precisa incluir instruções passo a passo sobre como alcançaremos nosso objetivo. Ou seja, são mini-metas que nos ajudam a chegar aonde precisamos chegar.

Isso pode parecer muito planejamento, mas faz com que nosso plano de ação pareça "mais alcançável" e mais gerenciável. Mais importante ainda, ajuda-nos a determinar as ações específicas que precisamos tomar em cada etapa.

Priorizar as tarefas

Com as etapas de ação descobertas, revise a lista e coloque as tarefas na ordem que fizer mais sentido. A matriz de Eisenhower é uma boa ferramenta a ser priorizada.

	URGENTE	NÃO URGENTE
IMPORTANTE	Quadrante 1 'Crise' urgente e importante Fazer – Metas de curto prazo	Quadrante 2 Não urgente, mas importante Plano de Metas e Planejamento – Metas de longo prazo
NÃO IMPORTANTE	Quadrante 3 Urgente, mas não importante 'Interrupções' Delegar/Atrasar – Não perca tempo	Quadrante 4 Não urgente e não importante 'Distrações' Eliminar

Antes de usar a matriz de Eisenhower, precisamos ter clareza sobre o que é urgente e o que é importante. E isso vem da compreensão de nossas percepções e padrões, da consciência do que somos e do que escolhemos ser.

Uma vez que tenhamos clareza sobre as tarefas urgentes versus importantes, a próxima prioridade é procurar passar a maior parte do nosso tempo no quadrante 2. A melhor maneira de fazer isso? Aprenda a ser assertivo e diga "não" às tarefas do quadrante 3. Empurre para trás as tarefas do quadrante 4, de preferência para o final.

E o mais importante, gastar o máximo de tempo que pudermos no quadrante 2. Fazer as coisas importantes que estão alinhadas à nossa visão de longo prazo. Fazendo o nosso melhor para chegar a ele antes que se torne esmagadoramente urgente!

Agendar tarefas

O próximo passo é estabelecer um prazo.

Estabelecer um prazo para o nosso objetivo é uma obrigação; evita-nos de atrasar o início do nosso plano de acção. A chave é ser realista. Atribua às tarefas uma data de início e término para cada etapa de ação criada, bem como um cronograma para quando concluiremos tarefas específicas. Adicioná-los à nossa agenda garante que nos mantenhamos focados nessas tarefas quando elas precisam acontecer, não deixando que mais nada nos distraia.

Se for uma meta grande, estabeleça uma série de subprazos. Quebre a trave final em marcos.

E se não atingirmos nosso objetivo dentro do prazo? Estabeleça outro prazo.

Lembre-se, um prazo é um palpite de quando vamos alcançá-lo.

Podemos atingir nosso objetivo com bastante antecedência ou pode levar muito mais tempo do que esperamos, mas devemos ter um tempo alvo antes de partirmos.

Um prazo funciona como um "sistema de empurrão" em nossa mente subconsciente para alcançar nosso objetivo dentro do prazo.

Confira os itens à medida que avançamos

As listas não apenas ajudam a tornar nossos objetivos uma realidade, mas também mantêm nosso plano de ação organizado e ajudam a acompanhar nosso progresso. As listas fornecem estrutura, reduzem a ansiedade. Quando cruzamos uma tarefa em nosso plano de ação, nosso cérebro libera dopamina. Essa recompensa nos faz sentir bem.

Revisar Redefinir Refinar Reinicialização Retrabalho

As etapas de alcance de metas são cíclicas. Se atingirmos nossos objetivos, o processo recomeça com um novo objetivo. Se houver obstáculos, deve haver uma revisão, redefinição ou refinamento, para que o processo seja reiniciado. Podemos atingir nossos objetivos em minutos ou isso pode se estender por anos.

Alcançar nosso objetivo é um processo. O processo leva tempo. Podemos experimentar reveses, obstáculos, recaídas, derrotas e esgotamento. Em vez de ficar frustrado e desistir, agende revisões frequentes, para ver como estamos progredindo. Podemos não saber se estamos no caminho certo no início de nossa jornada. Se não for isso que queremos, talvez tenhamos de alterar o nosso plano de acção. Retrabalhe-o.

Objetivos de Vida

Os objetivos de vida são o que queremos alcançar, e eles são muito mais significativos do que apenas "o que precisamos realizar para sobreviver". Ao contrário das rotinas diárias ou objetivos de curto prazo, eles impulsionam nossos comportamentos a longo prazo. Eles nos ajudam a determinar o que queremos experimentar em termos de nossos valores. E por serem ambições pessoais, podem assumir muitas formas diferentes. Mas eles nos dão um senso de direção e nos tornam responsáveis enquanto lutamos pela felicidade e bem-estar – por nossas melhores vidas possíveis.

Muitos de nós temos sonhos. Sabemos o que nos faz felizes, o que gostaríamos de experimentar, e podemos ter uma vaga ideia de como faríamos isso. Mas estabelecer metas claras pode ser benéfico de várias maneiras, além do wishful thinking.

Estabelecer metas pode esclarecer nossos comportamentos

O ato de estabelecer metas e o pensamento que colocamos em elaborá-las direciona nossa atenção para o porquê, como e o quê de nossas aspirações. Como tal, eles nos dão algo para focar e impactar positivamente em nossa motivação.

Metas permitem feedback

Se e quando soubermos onde queremos estar, podemos avaliar onde estamos agora e, essencialmente, podemos traçar nosso progresso. Esse feedback nos ajuda a ajustar nosso comportamento de acordo. Ao permitir feedback, as metas nos permitem alinhar ou realinhar nossos comportamentos, mantendo-nos no caminho certo.

A definição de metas pode promover a felicidade

Quando nossos objetivos são baseados em nossos valores, eles são significativos. Significado, propósito e luta por algo "maior" é o elemento-chave da felicidade. Junto com emoção positiva, relacionamentos, engajamento e realização, compõe o que entendemos como 'A Boa Vida'. Os objetivos de vida representam algo além da rotina diária. Eles nos permitem perseguir os objetivos autênticos de nossas escolhas e desfrutar de um sentimento de realização quando chegamos lá. Mesmo nos esforçando para ser o melhor que podemos, às vezes leva à felicidade em si.

Eles nos encorajam a usar nossos pontos fortes

Quando consideramos o que mais importa para nós, podemos ficar mais sintonizados com nossas forças interiores, bem como nossas paixões. Traçar um curso para nós mesmos é uma coisa, mas usar nossos pontos fortes para chegar lá vem com um conjunto de outros benefícios. Conhecer e alavancar nossos pontos fortes pode aumentar nossa confiança e até mesmo promover sentimentos de boa saúde e satisfação com a vida. Usá-los em busca de nossos objetivos, portanto, até mesmo satisfação com a vida. Usá-los em busca de nossos objetivos, portanto, até mesmo descobrir quais são eles pode ser uma coisa boa para o nosso bem-estar.

Basta fazê-lo!

A vida é muito simples, mas a gente insiste em complicar.

Às vezes, se pensarmos fundo o suficiente, os pensamentos podem ser convertidos em ação apenas estalando um dedo. Agora. Com apenas a mudança certa em nossos pensamentos. Não são necessários planos. Os planos são para o cérebro fazer e implementar. Os planos simplificam a ação.

O único plano necessário é a conscientização e a aceitação. Precisamos de um plano?

Respirar, regular a respiração, fazer Pranayama

Aceitar-nos como somos e aceitar o mundo como ele é Permanecer no presente, estar atento

Amar a si mesmo e aos outros e ser amado, respeitar a si mesmo e aos outros e ser respeitado

Perdoar a si mesmo e aos outros Deixar ir

Para começar a crescer mais uma vez é só fazer!

[Para qualquer outra coisa, defina os planos de ação e metas!]

"Se você quer viver uma vida feliz, vincule-a a um objetivo, não a pessoas ou coisas."

— Albert Einstein

"O único limite para a altura de suas conquistas é o alcance de seus sonhos e sua vontade de trabalhar por eles."

— Michelle Obama

"Você não precisa ser um herói fantástico para fazer certas coisas, competir. Você pode ser apenas um cara comum, suficientemente motivado para alcançar metas desafiadoras."

— Edmundo Hillary

"Comece a se libertar imediatamente, fazendo tudo o que é possível com os meios que você tem, e à medida que você proceder com esse espírito, o caminho se abrirá para você fazer mais."

"Se você esperar, tudo o que acontece é que você envelhece."

"Não precisamos, e de fato nunca teremos, todas as respostas antes de agir... Muitas vezes, é através da ação que podemos descobrir alguns deles."

"A visão deve ser seguida pelo empreendimento. Não basta subir os degraus, é preciso subir as escadas."

Ator – Observador – Diretor – Produtor

"Luz do dia. Preciso esperar o nascer do sol. Preciso pensar em uma nova vida.

E eu não posso ceder. Quando o amanhecer chegar, esta noite também será uma lembrança. E um novo dia vai começar."

Anupam Kher, A melhor coisa sobre você é você! "*Agir é se comportar com verdade em circunstâncias imaginárias."*

"Na consciência onírica... Fazemos as coisas acontecerem desejando-as, porque não somos apenas o observador do que

nós experimentamos, mas também o criador."

"Observe, e nessa observação, não há nem o 'observador' nem o 'observado' – há apenas observação ocorrendo."

– Jiddu Krishnamurti Um **ator** é um participante de uma ação ou processo. O Executor ou Realizador.

Um **observador** é uma pessoa que observa ou percebe algo. O Observador da Performance.

Um **diretor** é uma pessoa que está no comando de uma atividade. O Guia do Observador.

Em um cenário de filme, o **ator** *é a pessoa que se apresenta na frente da câmera. Durante a atuação, o ator é o realizador que desempenha o papel que lhe é dado. O desempenho pode ou não ser conforme as expectativas. Como o ator julga?*

O ator agora vai atrás das câmeras para observar sua foto ou performance. Somente quando ele se tornar o **observador** *de sua atuação, será capaz de entender as sutilezas que precisam ser trabalhadas em cena. Ele pode ter exagerado no papel ou subestimado ou o tempo dos reflexos foi um pouco cedo ou tarde demais ou não se adaptou à cena. A menos que o ator se torna um observador de suas ações, ele não será capaz de trabalhar as nuances finas essenciais para a perfeição da performance.*

Então, o ator vai para outro take! Ele novamente vem na frente da câmera e vai para a foto novamente. Conscientemente, as nuances observadas estão frescas em sua mente. Então, durante a performance, ele coloca em foco o que observou ser imperfeito e vai para o take.

Ele volta novamente, atrás das câmeras, para observar. Ele percebe que, trazendo os erros em foco, ele se estressou demais em corrigi-los à custa da necessidade da cena. Tendo observado as falhas e como corrigi-las, ele parte para uma retomada.

E, retomada após retomada, o ator-observador se torna o **diretor** *de sua filmagem! O ator, que não se importa com as atuações repetitivas, só fica satisfeito após a realização do que desejava da cena. O ator está agora em uma fase de autodireção. Essa perfeição pode não ser alcançada por apenas um único tiro e requer esforços consistentes, persistentes, regulares e dedicados para alcançar esse sentimento de realização.*

É somente quando o diretor dentro dele despertar, que ele será guiado pela observação de suas ações, para ser o **produtor** *de uma cena de sucesso.*

Tão cinematográfico! Mas o cinema não é um reflexo de nossas vidas!

Citando "Todo o mundo é um palco", de William Shakespeare, monólogo de sua comédia pastoral "As You Like It", falado pelo melancólico Jaques no Ato II Cena VII Linha 139. O discurso compara o mundo a um palco e a vida a uma peça de teatro e cataloga as sete fases da vida de um homem, às vezes referidas como as sete idades do homem.

Todo o mundo é um palco,

E todos os homens e mulheres apenas jogadores; Eles têm suas saídas e suas entradas; E um homem em seu tempo desempenha muitos papéis, sendo seus atos de sete idades.

Somos humanos. Vivemos a vida. Cada momento da nossa vida é uma cena em ação. Nós somos os fazedores. Gostamos do que fazemos, sempre? Estamos cumpridos? Às vezes nos sentimos felizes e às vezes tristes? Vivemos nossa vida com desejo e desejo em vez de experimentar o "ser". Sempre que olhamos para trás em nossas vidas, nos arrependemos. Desejamos, só se fosse algo diferente, algo melhor. Todos nós desejamos – *eu quero crescer mais uma vez!*

99% dos seres humanos permanecem na fase de ser ator. Eles estão apenas desempenhando seus papéis em sua jornada de vida, apenas tentando ganhar a vida e poucos, tentando cuidar de sua existência.

Apenas 1% de nós entra no estágio de ser um observador, o observador de nossas ações. E sim, ser um observador afiado e sem preconceitos. *Precisamos sair de nós mesmos para olhar para dentro.* Precisamos ter consciência de onde estamos e para qual direção olhar em nossa vida. A conscientização precisa ser acompanhada com aceitação. A consciência e a aceitação, em última análise, levam à ação.

A mera observação e ação podem não nos dar o que queremos na vida.

Porque falhas vão acontecer.

Roma não se fez num dia! ... diz o ditado. Experimente, tente, tente até ter sucesso!

Precisamos estar em um processo contínuo de fazer – observar – fazer – observar – fazer – observar – até que façamos do jeito que queremos. Surpreendentemente, muitos de nós fazemos muita autorreflexão e observação, mas perdemos esperança, direção e energia. Consistência e persistência são necessárias para formar um novo padrão e quebrar o antigo, para formar uma nova via neural. Assim poderemos dirigir nossa vida. Quando pudermos nos dirigir em todas as fases de nossa vida, seremos capazes de ser o produtor de uma vida plena!

O **efeito Hawthorne** refere-se a um tipo de reatividade em que o indivíduo modifica um aspecto de seu comportamento em resposta à sua consciência de estar sendo observado.

Nós somos o observador e nós somos o observado.

Formamos nossas próprias "configurações padrão" na vida, configurações que podemos querer mudar, mas algo nos impede. Um padrão é uma opção pré-selecionada adotada. Como configuração, o padrão é automático. Padrões padrão são as ações que tomamos sem pensar. São nossos hábitos, rotinas e compulsões. A maioria de nossas ações diárias são controladas por nossos padrões. São ferramentas poderosas para ajudar ou prejudicar nossa produtividade. A verdade é que, se quisermos mudar nossas vidas e sermos mais produtivos, precisamos primeiro mudar nossos padrões padrão.

Então, quais inadimplências estão prejudicando nossa produtividade? Como podemos enfrentá-los e mudá-los de uma maneira verdadeiramente produtiva, saudável e de longo prazo?

Considere um indivíduo que evoca raiva dentro de nós, apenas por sua presença, palavras ou ação, porque ele quebrou nossa confiança. O que fazemos? A gente fica com raiva. Nossa raiva está escrita em nossos rostos, é sentida no tom de nossa voz, vista em nossa linguagem corporal e irrompe em nossa fala. Não decidimos ficar zangados; simplesmente acontece. É automático e não está sob nosso controle. E toda vez que esse indivíduo gatilho está bem ali na nossa frente, nossa mente sensata fica turva e ficamos com raiva... de novo e de novo.

Agora escolhemos olhar para dentro para **observar** *nossa raiva. Optamos por* **mudar a percepção** *do indivíduo* **desencadeado** *e, consequentemente, nossa reação de raiva.*

Esse indivíduo não evoca raiva em todos ao seu redor. Deve haver alguém que goste dele! O gatilho decide a reação? O gatilho é o gatilho porque escolhemos reagir com raiva. Nossa reação pode ter sido tristeza, mágoa ou lágrimas. Poderíamos sentir pena desse indivíduo, do estado em que ele se encontra. Ou poderíamos simplesmente ignorar sua presença. Ou deixar de lado nosso ego, sendo mais compostos e positivos, podemos escolher ser compassivos.

Mas nosso padrão padrão é o da raiva. A raiva tornou-se nossa configuração padrão. Agora escolhemos mudar o cenário para sermos compassivos.

Da próxima vez, com sua presença, nossa configuração padrão ainda desencadeará raiva. Mas agora estamos cientes. Ainda vamos ficar com raiva. Mas, agora estamos no estágio de aceitação, onde entendemos que estamos ficando com raiva. Mas há seria alguma mudança em nosso rosto, tom de voz, linguagem corporal e fala. Consciente e aceito.

Da próxima vez, com a presença dele, estamos no controle melhor. A duração e a intensidade da nossa reação são melhores. Ficamos com raiva de novo, mas resolvemos mais rápido. Consciente e aceito novamente.

E isso continua, retomadas atrás de retomadas, cada vez que sua presença evoca uma resposta melhor e mais composta, uma resposta que escolhemos ter, empoderada e gratificante.

Em última análise, depois de sermos consistentes e persistentes, com consciência e aceitação e ação após ação, mudamos nossas configurações padrão de impulsivamente ficar com raiva para sermos mais compassivos com todos. Agora, na presença dele, estamos bem, sorrimos, nos sentimos empoderados. O gatilho perdeu o 'gatilho'!!

Qualquer **mudança** que desejamos requer aprendizado constante e a aplicação hábil do que aprendemos, para ajustar nossos objetivos, estratégias e comportamentos. Mas o aprendizado mais importante que precisamos fazer envolve aprender com nossa própria experiência. Isso exige um conjunto de habilidades totalmente diferente daquelas envolvidas em absorver o que as outras pessoas podem nos dizer.

Os gregos antigos tinham uma palavra para isso – práxis. A práxis é um processo de quatro etapas de:

- Observando nossas ações e seus efeitos.
- Analisando o que observamos.
- Estratégia de um plano de ação.
- Agir.

Então, recomeçamos no começo novamente, observando os efeitos de nossas novas ações. Cada uma dessas quatro etapas do processo práxico tem sua principal habilidade de aprendizagem.

Na etapa de observação, as principais habilidades são o autoconhecimento e o automonitoramento. Mudar nosso foco para fatores internos é a única maneira de obter as informações de que precisamos para fazer as mudanças necessárias.

Na etapa de análise, a habilidade central é o pensamento crítico sobre nós mesmos e nosso comportamento. Isso requer que adotemos uma certa atitude em relação a nós mesmos, semelhante à atitude que um cientista tem em relação ao experimento que está conduzindo. Essa atitude deve ser aberta no sentido de que estamos dispostos a ver o que quer que esteja lá – não o que queremos ver para confirmar nossas suposições pré-existentes. E deve ser sem julgamentos. O objetivo é descobrir o que pode estar acontecendo sob a superfície.

Na fase de estratégia, a principal habilidade é o pensamento criativo. Se decidirmos que algo precisa mudar, a maneira mais eficaz de determinar que tipo de mudança funcionará é imaginar como serão as coisas depois de termos feito as mudanças. Trabalhe para trás a partir daí para descobrir os passos específicos que precisamos dar para chegar de onde estávamos a esse novo lugar imaginado.

No estágio de ação, a habilidade central é o pensamento processual. Decidir sobre a mudança que precisa acontecer não é a mesma coisa que fazer essa mudança com sucesso. Seguir adiante pode exigir saber encontrar o esforço extra necessário, cavar um pouco mais fundo para encontrar a motivação e perseverança para superar os desconfortos e mudar prioridades e valores, se necessário. O pensamento processual consiste em passar de ator a observador e diretor. Está se tornando nosso melhor motivador, treinador, líder de torcida e torcedor, tudo em um só.

Os Estágios e o Ciclo da Mudança

O Modelo Transteórico ou Estágios de Mudança foi originalmente baseado em resultados de pesquisas sobre cessação do tabagismo. Foram entrevistados indivíduos que pararam de fumar cigarros por conta própria. Os resultados sugeriram que foram necessárias várias tentativas para parar de fumar e estas passaram por seis estágios de mudança. Outras pesquisas indicaram que quase qualquer pessoa que se engaja em uma mudança de comportamento passará por esses estágios.

Qualquer um de nós que decida mudar a percepção e quebrar o padrão se recuperaria entre os estágios de ação, recaída e contemplação enquanto trabalhamos para a mudança. Quando ocorre um revés, deve estar ciente e aceitar o lapso como parte do processo de mudança e tratá-lo como uma oportunidade de aprendizado dentro de um grande experimento. Isso promove flexibilidade e autocompaixão, o que facilita a resolução de problemas e o retorno mais rápido ao estágio de ação.

Os estágios de mudança são:

1.   Pré-contemplação – Ainda não reconhecendo que há um problema que precisa ser mudado.

2.   Contemplação – Reconhecer que há um problema, mas ainda não estar pronto para querer fazer uma mudança.

3.   Preparação/Determinação – Preparando-se para mudar.

4.   Ação/Força de Vontade – Mudar a percepção e quebrar o padrão.

5.   Manutenção – Manutenção da mudança.

6.   Recaída – Retornar às configurações padrão antigas e abandonar novas alterações.

Estágio Um: Pré-contemplação

Nesta fase, as pessoas não pensam seriamente em mudar e não estão interessadas em qualquer ajuda. Eles defendem seus padrões atuais e não sentem que isso é um problema. É um estágio de negação. Os pré-contempladores caracterizam-se como resistentes ou desmotivados e tendem a evitar informações ou discussões.

Segunda Etapa: Contemplação

Nesta fase, as pessoas estão mais conscientes das consequências pessoais do estado existente de suas percepções e padrões. Embora possam considerar a possibilidade de mudança, tendem a ser ambivalentes em relação a isso. Eles pensam em aspectos negativos e positivos da mudança, mas podem duvidar dos benefícios a longo prazo que podem acontecer. Pode levar apenas algumas semanas ou até uma vida inteira para passar pelo estágio de contemplação. Pessoas que pensam, pensam, pensam e podem morrer nunca passarão desse estágio. Mas eles podem estar mais abertos a receber assistência e ajuda. Os contempladores são muitas vezes vistos como procrastinadores.

Terceira Etapa: Preparação/Determinação

Nesta fase, as pessoas comprometeram-se a fazer uma mudança. Estão agora a dar pequenos passos. Eles agora estão navegando na rede, conversando com pessoas e lendo livros de autoajuda como este, para coletar informações sobre o que precisarão para fazer essa mudança. Muitas vezes, em uma onda de entusiasmo, as pessoas pulam essa etapa e passam diretamente da contemplação para a ação. Mas falham porque não aceitaram adequadamente o que é preciso para fazer essa mudança. Este estágio é visto como uma transição e não como um estágio estável.

Quarta Etapa: Ação/Força de Vontade

Esta é a fase em que as pessoas acreditam que podem mudar suas percepções e padrões e estão ativamente envolvidas na tomada de medidas para mudar. A quantidade de tempo que as pessoas passam em ação varia. Geralmente dura meses, mas pode ser tão curto quanto uma hora! As pessoas dependem de sua força de vontade e fazem esforços sinceros e genuínos, mas correm o maior risco de recaída. Eles desenvolvem planos. Eles podem usar recompensas de curto prazo para sustentar sua motivação e analisar seus esforços de mudança de uma forma que aumente sua autoconfiança. As pessoas nessa fase também tendem a estar abertas a receber ajuda e também são propensas a buscar apoio de outras pessoas.

Estágio Cinco: Manutenção

A manutenção envolve ser capaz de evitar com sucesso quaisquer tentações de retornar aos padrões padrão anteriores. O objetivo da etapa de manutenção é manter o novo status quo. As pessoas nesta fase tendem a lembrar-se de quanto progresso fizeram. Eles constantemente reformulam as regras de suas vidas e estão adquirindo novas habilidades para lidar com a recaída da vida. Eles podem antecipar situações que os atrasam e preparar estratégias de enfrentamento com antecedência. Eles são pacientes consigo mesmos e reconhecem que muitas vezes leva um tempo para deixar de lado os velhos padrões e praticar novos. Eles resistem à tentação e permanecem no caminho certo. Mesmo em um dia, podemos passar por vários estágios diferentes de mudança. É normal e natural regredir, atingir um estágio apenas para retroceder a uma etapa anterior. Isso é uma parte normal da mudança de percepções e quebra de padrões.

Estágio seis: Recaída

Podemos recair em nossas configurações padrão anteriores e entrar no ciclo novamente. Podemos ficar presos em qualquer fase.

Estar consciente e aceitar que a recaída é vital, ajuda a ter uma abordagem para gerenciá-la. Pedir:

O que aprendi com esse revés?

O que precisa acontecer para voltar à ação?

Como quero me tratar enquanto trabalho para a mudança?

É importante avaliar o gatilho para a recaída e reavaliar a motivação para a mudança. E podemos repetir o ciclo da mudança até atingirmos a mudança.

> *"A prática faz um ator se destacar. É como andar de bicicleta e dirigir a motor. É uma arte, que pode ser aprendida e praticada."*
>
> – Anupam Kher

"Atuar não é algo que você faz. Em vez de fazer, ocorre."

"Atuar é uma forma de autoexpressão, não é se tornar outra pessoa, não é brincar de faz de conta; é sobre usar a ficção de ser outra pessoa para expressar algo sobre si mesmo."

"O universo como conhecemos é um produto conjunto do observador e do observado."

"Somos por natureza observadores e, portanto, aprendizes. Esse é o nosso estado permanente."

– Emerson Ralph Waldo

"Uma vez que você se torna consciente de seu próprio corpo e seus movimentos, você ficará surpreso que você não é seu corpo. Isso é uma espécie de princípio básico, que se você pode assistir a algo, então você não é. Você é o observador, não o vigiado. Você é o observador, não o observado. Como você pode ser os dois?"

– Rajneesh

Mindfulness: Vida em um Sopro

"Seja feliz no momento, isso basta. Cada momento é tudo o que precisamos, não mais."

— Madre Teresa

"Foque a atenção no sentimento dentro de você. Saiba que é a dor-corpo. Aceite que está lá. Não pense nisso – não deixe que o sentimento se transforme em pensamento. Não julgue nem analise. Não crie uma identidade para si mesmo a partir disso. Mantenha-se presente e continue a ser o observador do que está acontecendo dentro de você. Conscientize-se não só da dor emocional, mas também de "aquele que observa", o observador silencioso. Este é o poder do Agora, o poder de sua presença consciente. Então veja o que acontece."

— Eckhart Tolle

"Esteja no momento. Período. Basta estar lá.
Porque se você ficar todo tipo, 'Oh, eu tenho que fazer essa grande coisa'.
Simplesmente nunca funciona. Simplesmente não funciona. Você só tem que se soltar.
Se acontecer, acontece. Se não, não dá. O que quer que você faça está bem, apenas seja verdadeiro, honesto, real, e isso é tudo o que você pode pedir."

Robert De Niro

"Mindfulness é a consciência que surge através da atenção, de propósito; no momento presente, sem julgamentos...
trata-se de saber o que está em nossa mente."

Jon Kabat-Zinn

O que é Mindfulness

Mindfulness é viver o momento presente. É estar intencionalmente mais consciente e acordado a cada momento e estar conectado com o que está acontecendo em nosso entorno, com aceitação e sem julgamento.

É a prática de termos consciência do nosso corpo, mente e do que sentimos no momento presente, com a intenção de criar uma sensação de calma.

É uma consciência momentânea da própria experiência sem julgamento.

Então, Mindfulness é

– Consciência

– Prestando atenção

– Intencionalmente, com propósito

– No Presente

– Sem julgamento

Assim, quando nossa intenção e atenção com plena consciência está no agora, sem julgar a experiência como boa ou ruim, certa ou errada, deve ter ou não deve ter, o estado resultante está livre da toxicidade do passado e da antecipação do futuro.

Mindfulness é Empoderamento do Agora!

Vivemos porque respiramos.

Quando tomamos ar, chama-se Inspiração. Inspiramos com a nossa respiração.

Quando tiramos o ar, chama-se Expiração. Expiramos com o fim da respiração.

Toda a nossa vida está em um sopro.

Inspiramos a cada respiração e expiramos a cada respiração.

Em palavras simples, *Mindfulness é o Empoderamento da nossa respiração e, portanto, da nossa vida!*

Quanto do presente estamos no presente?

Se passamos esse momento ruminando o passado ou temendo o futuro desconhecido, não deixamos espaço e tempo para o presente, no presente. É muito humano deixar a mente vagar, a gente perde o contato com nós mesmos, com o nosso presente, e mergulhamos em questões do passado ou do futuro. Ficamos obcecados com o que já aconteceu ou o que ainda não aconteceu em vez do que está acontecendo no agora. Por isso, o Mindfulness é a melhor ferramenta para nos ancorar no estado em que estamos no 'agora'.

O mindfulness é a ferramenta mais simples de fazer para "mudar as percepções e quebrar os padrões".

Mindfulness é uma qualidade humana e capacidade de estar totalmente presente, consciente de onde estamos e o que estamos fazendo, e não ficar sobrecarregado com o que está acontecendo ao nosso redor.

Os Três Aspectos do Mindfulness

Intenção – Nossa intenção é o que esperamos colher com a prática do mindfulness. Podemos querer redução do estresse, estabilidade emocional, ou mudar nossas configurações padrão de percepção e padrões ou simplesmente para nos sentirmos mais saudáveis. A força de nossa intenção ajuda a nos motivar a praticar mindfulness regularmente e molda a qualidade de nossa consciência consciente.

Atenção – Mindfulness é sobre prestar atenção à nossa experiência interna ou externa, simplesmente observando pensamentos, sentimentos e sensações à medida que surgem.

Atitude – Mindfulness envolve prestar atenção a certas atitudes, como curiosidade, aceitação, gentileza e, o mais importante, não ser julgador.

Entendendo o Mindfulness

Mindfulness é uma qualidade que todos nós possuímos; só temos que aprender a acessá-lo. Quando estamos atentos, reduzimos o estresse, melhoramos o desempenho, ganhamos insight e consciência através da observação de nossas mentes e aumentamos nossa atenção ao bem-estar dos outros. Não é difícil de entender e está na prática há tempos.

As práticas de mindfulness foram cientificamente demonstradas como benéficas. É baseado em evidências. Não temos que ter consciência da fé. Tanto a ciência quanto a experiência demonstram seus benefícios positivos para nossa saúde, felicidade, trabalho e relacionamentos. Qualquer um pode fazê-lo.

A prática de mindfulness cultiva qualidades humanas universais e não exige que ninguém mude suas crenças. Todos podem se beneficiar e é fácil aprender. É mais do que apenas uma prática. Traz consciência e cuidado em tudo o que fazemos e reduz o estresse desnecessário. É uma forma de viver.

É dinâmico. É a atenção consciente no 'aqui mesmo, agora'. Trata-se de nos treinarmos para prestar atenção de uma forma específica. Quando estamos atentos, nós: (1) nos concentramos no momento presente, (2) tentamos não pensar em nada que aconteceu no passado ou que pode estar surgindo no futuro, (3) nos concentramos propositalmente no que está acontecendo ao nosso redor, (4) tentamos não ser julgadores sobre qualquer coisa que notamos ou rotulamos as coisas como "boas" ou "ruins".

Mindfulness não é apenas saber que estamos ouvindo algo, vendo algo, ou mesmo observando que estamos tendo um sentimento particular. Trata-se de fazê-lo com equilíbrio e equanimidade, e sem julgamentos. Mindfulness é a prática de prestar atenção de uma forma que crie espaço para insights. O mindfulness nos mostra o que está acontecendo em nossos corpos, nossas emoções, nossas mentes e no mundo.

Mindfulness é a aceitação consciente e equilibrada da experiência presente. É abrir-se ou receber o momento presente, agradável ou desagradável, tal como ele é, sem se apegar a ele ou rejeitá-lo.

Mindfulness significa voltar ao momento presente.

Um equívoco comum sobre mindfulness é que ele significa permanecer no momento presente.

Mas a realidade é que a mente de ninguém fica no momento presente. Mas temos controle sobre o retorno. Podemos sempre devolver a nossa mente ao momento presente, devolvê-la à nossa respiração ou aos nossos sentidos que podem ser encontrados no momento presente.

Praticando Mindfulness

Seu passado é o passado por uma razão É onde ele deve ficar

Mas se você não deixar passar

Sua história vai corroer seu futuro!

Até que a história do seu presente se torne A pessoa que você já foi

A melancolia, o arrependimento, a raiva, a culpa Ah, se você pudesse ver o 'borrão'!

Você não pode mudar o que aconteceu Não importa o quanto você tente

Não importa o quanto você pense sobre isso Não importa o quanto você chore!

O que acontece no seu agora

A realidade... que sua respiração pode controlar Viva sua vida plenamente nesta Respiração

Você vai sentir um Todo integrado e harmonioso!

Porque o passado é o passado por uma razão: foi e agora se foi;

Então pare de tentar pensar em maneiras de consertá-lo Está feito, é imutável, siga em frente

Não se deixe sugar pelo negativo Fique em paz dentro de si e comece a "viver"

Mudar a percepção, quebrar o padrão

Sua vida terá um novo significado!

Estas são sugestões de por onde começar. Uma vez que estamos no fluxo, podemos praticar mindfulness a qualquer momento.

Respiração consciente

Pare o que estamos fazendo e respire. Reserve um momento para notar a sensação da nossa respiração. Faça Pranayama. Sinta a respiração entrando e saindo. Faça isso sempre que possível. Concentrar-se nessa respiração nos manterá mais calmos ao longo do dia. A respiração consciente pode ser uma prática maravilhosa para momentos em que começamos a nos sentir um pouco estressados ou agravados.

Despertar Consciente

Definir uma intenção de trazer atenção plena para os primeiros momentos do nosso dia é uma maneira suave de dar o tom para as próximas horas. Preste atenção em: Sentimo-nos alertas ou cansados? Nossos músculos estão apertados? Estique lentamente os membros e as costas, percebendo a sensação de cada movimento. Tente perceber o que o pensamento passa pela sua mente no momento em que você abre os olhos.

Alimentação Consciente

Lembrar-nos de voltar ao momento cada vez que comemos é uma ótima maneira de inserir a atenção plena em nosso dia e nos ajudará a ter mais consciência de quais alimentos estamos colocando em nossos corpos. Preste atenção em

– sabor, textura, cheiro. Há sempre muito a notar em cada pedaço de comida. Aprecie o chocolate e aprecie a fruta. Dê pequenas mordidas e mastigue lentamente

Limpeza Consciente

Lavar a louça, varrer o chão ou lavar a roupa, essas tarefas diárias apresentam uma oportunidade ideal para trazer a atenção plena para o dia a dia. Preste atenção – o que quer que as mãos estejam fazendo; Observe o toque e a temperatura da água; o movimento de esfregar; sinta os diferentes tecidos. Ao varrer, observe o movimento dos braços.

Chuveiro Consciente

Embora se diga que nossas melhores ideias chegam até nós no chuveiro, lavar também pode ser um momento para se afastar do fluxo ininterrupto de pensamentos que preenche a maior parte do dia. Preste atenção – sensação da água. Observe a temperatura e como cada gota se sente ao entrar em contato com a pele e a sensação do sabonete enquanto esfrega a pele.

Caminhada Consciente

Seja uma longa caminhada para o trabalho ou para casa ou uma curta dentro de casa, cada passo traz consigo uma chance de estar atento. Preste atenção em

– pés e pernas. Observe como cada pé se sente ao tocar o chão, rolar e depois empurrar novamente. Sinta a flexão de cada perna à medida que avança, o estiramento dos músculos da panturrilha e da coxa. Sinta o vento no rosto.

Escuta Consciente

Ao ouvir outra pessoa, muitas vezes estamos lá no corpo, mas não totalmente presentes. Muitas vezes, não estamos nos concentrando em ouvi-los; estamos presos em nossa conversa mental. Julgamos o que eles estão dizendo, concordando mentalmente ou discordando, ou pensamos no que queremos dizer a seguir. Estar verdadeiramente com as pessoas ao nosso redor é uma das melhores maneiras de nos conectarmos e aprofundarmos nossos relacionamentos – em casa e no trabalho. Preste atenção em tudo sobre a pessoa com quem estamos conversando e não apenas em suas palavras. Ouça, mas também observe sua linguagem corporal. Resista ao impulso de começar a pensar no que dizer a seguir antes que a outra pessoa termine sua frase. Basta ouvir.

Espera consciente

Trazer atenção plena para o nosso tempo de espera pode transformar um suspiro em um sorriso. Preste atenção – o primeiro pensamento e toda a experiência. Sinta o sentimento de aborrecimento ou raiva. Observe cada pequeno movimento.

Movimentos Conscientes

Existem muitas maneiras de praticar mindfulness com movimento, e podemos torná-lo tão ativo quanto quisermos. Correr, dançar ou se exercitar pode ser nossa prática de mindfulness. Alternativamente, nossa prática pode ser tão simples quanto prestar atenção à sensação de nossos pés no chão enquanto subimos as escadas. Caminhe descalço na grama, curtindo a sensação. Não se trata do que focamos nossa atenção, mas sim de dedicarmos um tempo para praticar consistentemente manter nossa consciência em uma coisa e perceber o que aparece.

Um minuto de atenção plena

Podemos introduzir breves "minutos de atenção plena" ao longo do nosso dia. Durante esse tempo, nossa tarefa é focar nossa atenção em nossa respiração, e nada mais. Podemos praticar com os olhos abertos ou fechados. Se perdermos o contato com nossa respiração e nos perdermos no pensamento durante esse tempo, simplesmente soltemos o pensamento e levemente tragamos a atenção de volta para a respiração. Trazer a atenção de volta quantas vezes precisarmos.

Observe a mente

Através da auto-observação, a atenção plena flui automaticamente para a nossa vida. No momento em que percebemos que não estamos sendo conscientes – estamos atentos! Agora estamos observando a mente em vez de sermos varridos em sua corrente. Toda vez que observamos pensamentos, estamos sendo conscientes. A chave é: não acredite em seus pensamentos. Não os leve tão a sério. Observe-os, questione-os. Dessa forma, os pensamentos e os modos condicionados e reativos de viver e pensar perdem o controle sobre nós. Não temos mais que jogá-los fora.

Dessa forma, cada pequeno ato se torna um ritual sagrado. Ela nos mantém em sintonia com o momento, com nós mesmos, com nosso espaço e até mesmo com o mundo ao nosso redor, tudo funcionando em harmonia. Quando estamos 'fazendo', basta estar lá plenamente, com toda a atenção, para cada momento dele. A vida não é uma lista de afazeres. É para ser apreciado!

Pratique Mindfulness nos Relacionamentos

O mindfulness desempenha um papel em nos ajudar a nos comunicar efetivamente uns com os outros sobre nossos sentimentos em relacionamentos e situações interpessoais.

- Preste mais atenção – tornando-se mais consciente de nossos sentimentos e não reagindo instintivamente e prestando maior atenção ao que os outros estão dizendo.

• Pratique uma maior aceitação – especialmente quando em um conflito. Ser mais aceito do que resistente nos ajuda a aumentar nossas chances de uma resposta positiva e produtiva dos outros.

• Valorize os outros – nos relacionamentos, o que resulta na promoção de vínculos mais profundos.

• Permitamos que sejamos quem somos e permitamos que outros façam o mesmo. Isso incentiva uma maior autoexpressão.

Como o Mindfulness é benéfico para o nosso corpo e mente

1. Memória de trabalho melhorada.
2. Reduz a ansiedade.
3. Reduz o estresse.
4. Melhora a estabilidade emocional.
5. Melhor controle da dor.
6. Afasta os pensamentos negativos com mais facilidade.
7. Destrua nosso espaço mental.
8. Ajuda-nos a ouvir melhor, a apreciar mais os outros e a conviver no trabalho.
9. Ajuda-nos a responder em vez de reagir.
10. Melhora o sono.

O passado continua a assombrar-nos. Culpa e arrependimento. *Poderia-ter* e *não fez*. Culpar a criação e culpar a si mesmo.

O futuro continua a preocupar-nos. Será que vou conseguir? O que eu faço?

Como faço?

Tanto o passado quanto o futuro estão consumindo nosso presente. O mindfulness nos coloca no presente.

O ser-no-presente não permite o passado assombroso e o futuro preocupante.

Quanto mais estamos atentos, mais mantemos o passado e o futuro longe.

Mindfulness é, portanto, a maneira mais simples de mudar a *percepção e quebrar o padrão!*

"*Entreguem-se ao que é. Solte o que era. Tenha fé no que vai ser*".

"*Nem sempre podemos mudar os eventos que nos acontecem na vida, mas podemos escolher como respondemos a eles.*"

"*Olhe além de seus pensamentos, para que você possa beber o néctar puro deste momento.*"

–Rumi

"*Na correria de hoje, todos nós pensamos demais, buscamos demais, queremos demais e esquecemos da alegria de apenas ser.*"

– Eckhart Tolle

"*Dê sua atenção à experiência de ver e não ao objeto visto e você se encontrará em todos os lugares.*"

Mudou a percepção e quebrou o padrão

Esta é a verdadeira narração de vida de um jovem adulto ... é sua história, suas palavras, suas percepções e padrões... é a história de sua transformação.

Minha História

Olá, eu sou...

Eu sou o que todos nós conhecemos como "velho demais para ser criança e jovem demais para ser velho o suficiente". Sim, você adivinhou certo, eu sou aquela fase da vida de todo mundo '*O Adolescente Entrando na Vida Adulta*'.

Além disso, me identifico como um estudante do último ano de medicina, com muitas histórias e lições de vida para durar minha vida restante. Como estou prestes a entrar no grande e ousado mundo profissional em cerca de um ano, a vida resolveu me ensinar uma lição muito importante e como! Deixe-me levá-lo nesta jornada comigo.

Quando criança, tive uma doença de pele que começou cedo na minha vida. Não me incomodaria muito inicialmente, mas com o tempo as coisas pioraram física e emocionalmente. A doença se espalhou, minha pele mudou de aparência e, ao longo do tempo, mudou a visão e a percepção das pessoas sobre mim. Do amor e do afeto, passou para a simpatia e um tanto de pena. Às vezes escalava a tal ponto que eu era tratado como um intocável. *O coração do meu filhinho estava doído. Comecei a me autoculpar. Achei que a culpa era minha, tinha cometido algum erro de estar sendo tratada de forma diferente. Eu desejava ser normal, ser igual a todo mundo, ser incluída. Mas eu não estava mais confiante, parecia que eu não podia ser eu mesma, mas eu não sabia mais quem eu era eu mesma.*

Nessa época, passei a me destacar na academia e, como mágica, o tratamento de todos comigo mudou.

Eu não era mais a 'menina piedosa' ou 'aquela com a pele feia'. Toda aquela atenção, apreciação, aquela adrenalina... foi como uma verdadeira alta. Vivi daquela adrenalina alta. *Eu me propus ao objetivo de estar naquela posição todas as vezes e tudo isso foi apenas para aqueles poucos momentos de atenção. Eu estabeleço referências e metas para mim mesmo. Qualquer coisa abaixo disso, mesmo que em 0,1%, não era aceitável para mim, era apenas fracasso. Eu coloquei tanta pressão em mim mesma que parecia viver* dentro de uma panela de pressão viva. Eu estava correndo atrás de algo que não era meu, mas o que eu estava acostumado a ser. *Eu tinha feito disso o meu 'padrão'.* Minha percepção sobre mim mesma havia cobrado um preço tão grande que comecei a acreditar que apenas minha doença e meus acadêmicos eram apenas quem eu sou e, sem eles, eu não existo.

Tudo isso continuou bem durante meus anos de escola, até mesmo na faculdade. *Cresci sendo um aluno brilhante, mas com autoestima muito baixa, tendo pouca confiança e quase nenhuma opinião sobre mim mesmo.* Eu tinha pouquíssimos amigos, pois não conseguia me misturar facilmente. Eu tinha me isolado do mundo para me proteger de me machucar. Mas eu desejava 'ser incluído'. Sofri de um caso grave do que nós millennials chamamos de 'FOMO – Fear Of Missing Out'. Some-se a isso a pressão dos colegas de ter uma vida 'iluminada' e era a mistura perfeita de uma vida miserável. *Mal sabia eu que me via do ponto de vista do que a sociedade me via.*

Entrando na faculdade de medicina, continuei a lutar. Exigia-me confiança e voz e faltava-me o básico. Eu tinha medo de ir para a faculdade, adivinhando a única coisa que eu achava que tinha certeza da 'minha escolha de ser médica'. O resultado disso foi que eu tive um revés logo no meu primeiro exame. E eu não levei bem. Todo o inferno se soltou depois disso. Entrei num modo em que senti ' *sou um completo fracasso, não sou bom para nada'.*

"Você *nunca* vai conseguir nada na sua vida. Você não vai dar em nada"

Esses eram os pensamentos que eu tinha, temia ser rotulado como 'perdedor'. Senti como se tivesse deixado de existir porque meus acadêmicos foram tirados de mim. Engraçado como eu estabeleci meus objetivos com base nas opiniões das pessoas e vi meus fracassos a partir dos meus pontos de vista e não deles. Porque eu fiz, eu teria perceberam que não se importavam com nada! Eles nem se lembraram disso na instância seguinte.

Esse era o meu padrão habitual. *Estabeleça metas e objetivos e mesmo que eu escorregue um pouco, pare de acreditar em si mesmo.* Eu nem consideraria todas as minhas conquistas e vitórias passadas. Um contratempo foi a minha nova definição de quem eu me via como. Eu tinha me tornado um cavalo com visão restrita, que só via as coisas em uma única perspectiva. E, sinceramente, *nem gostei dos meus sucessos porque tinha medo de falhar no minuto seguinte, e mesmo pensando neles trouxe lembranças de pressão e dúvidas.*

Então começou o ciclo de me esgotar completamente nos livros. Eu preciso ... de preferência... Eu tinha que voltar, voltar de novo. Precisei me identificar novamente.

Aos poucos as coisas começaram a subir, eu estava apenas aprendendo a ganhar minha confiança. Comecei a aprender sobre meus pensamentos e o poder da mente. Eu estava começando a aprender a viver honestamente e então... BAM!

A vida resolveu fazer uma piada cruel comigo. Adoeci e fui diagnosticado com algo que mudou minha vida, um distúrbio raro. Ainda me lembro do momento em que descobri, fiquei entorpecida, chocada. Eu não sabia o que dizer, o que sentir. Eu estava apenas respirando, mas não estava vivendo. Eu estava apenas aprendendo a abrir minhas asas, a crescer e tudo foi arrancado da base. Significou o fim do mundo para mim.

Depois disso, veio a onda de choro e culpabilização. "Por que eu?" "A vida não tinha sido cruel comigo o suficiente?" "Por que todo o universo estava completamente contra mim o tempo todo?" "Eu só sou o azarado e não mereço ser feliz" "Devo ter trazido isso para mim" Esses foram os pensamentos que passaram pela minha mente durante todo o dia. Eu estava com raiva, chateado, abatido, e assustado ao mesmo tempo. Todo o resto ficou em segundo plano na minha vida e comecei a girar em torno disso apenas. Eu tinha medo de conhecer as pessoas porque eu estava me vendo de seus óculos. *Voltei à minha antiga percepção, onde me identificava apenas com isso. Esse era o meu 'padrão'.*

Mas depois de um tempo, percebi que não estava me fazendo bem. Todo esse processo de pensamento negativo, minha imagem negativa de mim estava apenas me segurando. Eu tinha tanto medo do futuro por causa do meu passado ruim que eu não estava lá no meu presente.

Foi aí que decidi que sou eu quem mais importa no final do dia e que a coisa só vai virar quando eu me aceitar, vai todos os meus bens e defeitos incluídos.

Para quem eu estava provando alguma coisa?

No final, era toda a minha percepção e tudo o que importava eram as minhas opiniões e a forma como me via.

Tive que *'mudar minha percepção e quebrar meu padrão'.*

Preciso reconhecer que 'não estou bem agora... mas só me ajudarei a chegar lá em breve'.

Estou muito mais além dos meus problemas e também muito acima dos meus acadêmicos.

Aprendi a aceitar que "sim, algo desfavorável aconteceu e preciso lidar com isso de frente e não fugir em negação".

Culpar e criticar, tentar descobrir por que as coisas são como são, não vai ajudar... Mas o que com certeza vai ajudar é reconhecer e aceitar como está e planejar minhas ações daqui para frente.

Cada vez que eu tinha uma recaída ficava muito, muito difícil me levantar. O mundo parecia um lugar escuro e sem esperança. Eu simplesmente não tinha motivação para começar um dia ou fazer qualquer coisa. Eu estava como um vegetal na minha casa, deitado. Eu não tinha propósito, parecia. Faltava-me o próprio sentido da vida. Não foi fácil sair de tudo isso. E cada vez que piorava, parecia que eu tinha esgotado todas as minhas possibilidades e habilidades. Eu só senti que não era para acontecer comigo ou não fui cortado para isso. Não havia mais nada que eu pudesse fazer. Parecia o FIM!

Sem esperança, sem escopo!

Mas, eventualmente, esses pensamentos me deixaram com raiva de mim mesmo. Comecei a pensar "O que eu estava fazendo? Eu odiava não ser capaz de elaborar meus planos e agora eu estava fazendo isso voluntariamente. "Olhando para trás, percebi que estava sendo estúpido, estava sendo imaturo e irresponsável. Luto por algum tempo é bom, mas segurar e usar isso como motivo para justificar minha ação foi errado e precisa mudar agora!

Comecei a tomar consciência das minhas percepções e padrões. Fui me conscientizando e comecei a aceitar.

Não vou dizer que estou completamente bem agora. Pelo contrário, estou longe disso. Vai ser um caminho difícil, com muitos obstáculos e muitos momentos fracos.

Mas sei que este é o meu começo.

Este vai ser o ponto de viragem na minha vida , *porque eu escolho fazê-lo*. Aprendi isso da maneira mais difícil, mas é o que me faz, ME! Comecei a me redescobrir e reviver minhas paixões. Comecei a fazer coisas que me dão prazer como cozinhar, pintar, ler. Mas acima de tudo. Comecei a escrever novamente, escrever poemas tornou-se meu desabafo criativo, tornou-se meu diário emocional e se tornou meu consolo. Percebi que se eu me visse feliz e contente, então o céu seria o meu limite, ou melhor, não havia limite!

Eu gostaria de ter aprendido isso antes. Eu gostaria *de poder crescer mais uma vez*. Mas ainda não é tarde demais. Você pode ler mil discursos e citações motivacionais e tentar se inspirar, mas essa inspiração emprestada não durará até que venha uma voz de dentro que diga "You Do You".

Decidi meu caminho e decidi tomar a dianteira, o rumo da minha vida.

A jornada que iniciei só aconteceu quando decidi mudar minha percepção de mim mesma. Cada etapa da vida traz desafios e testa você de maneiras diferentes. Ele testa sua paciência e sua confiança. Você pode começar a duvidar de si mesmo, como tem feito diante de cada desafio. *Mas um desafio continua a ser desafiador apenas enquanto você perceber que é assim.*

Minha percepção de mim mesma girava em torno da minha doença e de como eu me saía no meu exame. A mudança só aconteceu quando decidi me ver além dela. Eu sou uma nova versão de mim mesmo a cada novo momento, estou em constante mudança e constante evolução e isso é perfeito para mim.

Essa aceitação trouxe essa força, essa força que eu precisava para sair do meu padrão de dúvidas, de autocrítica e de querer me pressionar. Meu loop só se rompeu depois que dei o primeiro passo para reconhecer e aceitar que tenho uma certa percepção sobre mim mesmo e reagi no meu padrão fixo. São passos de bebê que estou dando, mas me dá uma satisfação imensa e não vou para a cama pensando como poderia ter me comportado de forma diferente ao longo do dia. Pelo contrário, vou dormir com um sorriso e esperança para o dia seguinte.

Mudar é difícil no início. Confuso no processo dele. Mas lindo no final!

E assim, minha aventura começa, espero encontrá-lo na outra ponta em breve!

Mudei minha percepção e quebrei meu padrão. Estou crescendo... Mais uma vez.

Agora é a sua vez.

Rompimento

Eu sonho voar longe e alto Medos e dúvidas me prendem mentira

Minha hora é agora, de levantar e brilhar Não faz sentido chorar e lamentar Veja-me como quebro minhas correntes Liberte-me de dúvidas e dores Eu escolho ser um pássaro desengaiolado

O fogo em mim agora enfurecido Caindo e tropeçando na minha estrada Este é o meu voo e eu estou a bordo Não mais vou me segurar

Eu serei meu arco-íris quando tudo for preto Coz' Eu sou quem eu decido ser

Ninguém pode dizer 'isso não sou eu'

Nesses momentos eu me liberto

De todas as minhas dúvidas, medos e ser 'só eu'.

Tudo OK!

Está tudo bem... Estou entrando em aceitação e evolução. Eu escolho testemunhar a jornada da minha transformação.

Tá tudo ok... Sou o construtor e criador da minha vida.

Eu escolho me tornar meu próprio observador e diretor.

Está tudo bem... Eu sou o centro do meu Universo.

Eu escolho deixar minha dor e sofrimento se dispersarem.

Está tudo bem... Estou disposto a me soltar e me libertar.

Eu escolho sorrir para as experiências que a vida tem para me oferecer

Está tudo bem... Estou pronto para viver o momento. Eu escolho aprender a me amar no prazer.

Está tudo bem... Estou traçando meu objetivo.

Eu escolho mudar minha percepção e vestir minha alma.

Está tudo bem... Sou uma pessoa mais forte através da minha reflexão. Eu escolho quebrar meu padrão e viver a transformação.

Está tudo bem... Agora estou na faixa certa

Eu escolho curar e crescer mais uma vez.

Um novo começo

Eu quero crescer... Mais uma vez!

Quero mesmo crescer... Mais uma vez?

Eu queria... toda a minha vida.

Mas agora... Sinto que nasci de novo!

Eu realmente quero ir ao passado e acertar as coisas? Na verdade não... Estou no Agora... e é brilhante!

Diz-se que – Envelhecer é obrigatório, crescer é opcional.

E crescer é a opção que eu escolho. Porque é transformador.

Estou crescendo *porque agora aprecio como cresci!*

Estou crescendo mais uma vez, pois acredito que qualquer momento da minha vida pode ser aquele momento decisivo, de onde novos começos acontecem.

Comemore os finais, pois eles precedem os novos começos.

Comece fazendo o que é necessário; Então faça o que é possível e, de repente, você está fazendo o impossível.

Atrás de você, todas as suas memórias. Antes de você, todos os seus sonhos. Ao seu redor, todos os que te amam. Dentro de você, o novo te empoderou.

Cada momento da vida pode estar 'acontecendo'. Pode acontecer de nos fazer ou nos quebrar. A escolha é nossa. E cada acontecimento nos transforma em uma versão diferente de nós mesmos.

Prepare-se para um novo **"Eu... versão n.0"**

www.ingramcontent.com/pod-product-compliance
Lightning Source LLC
LaVergne TN
LVHW091635070526
838199LV00044B/1073